魔法書を作る人

3

いくさや

illustration by mizuki

【学園編Ⅱ】

GC NOVELS

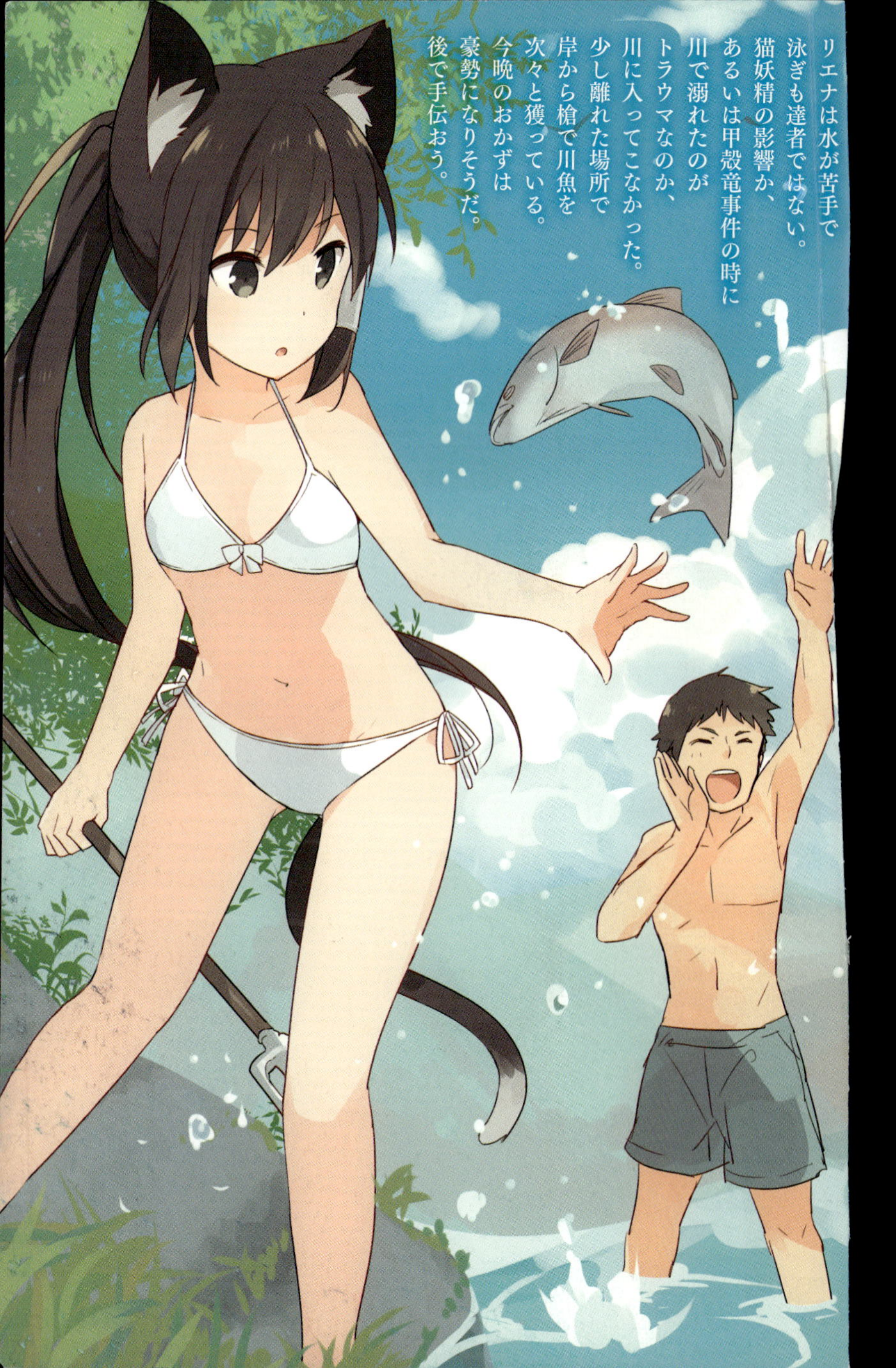
リエナは水が苦手で
泳ぎも達者ではない。
猫妖精の影響か、
あるいは甲殻竜事件の時に
川で溺れたのが
トラウマなのか、
川に入ってこなかった。
少し離れた場所で
岸から槍で川魚を
次々と獲っている。
今晩のおかずは
豪勢になりそうだ。
後で手伝おう。

魔法書を作る人3

【学園編Ⅱ】

Contents
目次

「学園編Ⅱ」 7
「あとがき」 344

"The Author of Another Spellbook"

「学園編II」

1

季節が春を迎えた頃。

王都に来てから一年が過ぎて、僕たちは魔法学園の二年次生に進級した。

一年次生の時のクラス分けは形式だけ残るものの、二年次生からはそれぞれの専攻ごとに師事する教師を選び、その研究室か訓練場に通う事になるのでクラスへの帰属意識は薄くなった。

こうなると付き合いは、研究室と訓練場の関係を除けば親しい友人が中心になる。

ラウンジで昼食を囲むメンバーはいつもの友人たち。

「シズってよ、あの師匠さんと、二人きり、なのか？」

運動服姿のラムズが特大のサンドイッチを咀嚼しながら尋ねてくる。

クレアに行儀が悪いと窘《たしな》められると、わりいと軽く苦笑いする姿には以前のような暗鬱とした雰囲気はなくなっていた。

「たまにリエナがいるけど、ほとんど僕と師匠だけだね」

「ん。あそこの空気、綺麗」

そういう理由で来てたんだ。確かに師匠が樹妖精なためか、研究室には観葉植物が多いし、あの辺りには人気《ひとけ》がないから、静かで落ち着くだろうけど。

黒の猫耳としっぽをピクピクと揺らしながら、ビスケットをカリカリとかじっていたリエナをクレアが意味ありげに覗き込む。

「ふふ。リエナさんが行く理由はそれだけなのかしら？」

「ん。シズがいるならわたしも一緒」

照れも衒《てら》いもなく断言するリエナ。どことなく誇らしげなぐらいだった。きりっと立った猫耳としっぽに気持ちがこもっている。こっちが赤面してしまいそうだ。

「シズ、顔まっかだよ？　はい、お茶」

紅茶のカップを渡してくれるルネは柔らかくはにかんでいる。ひとつ歳を取っても変わらず可憐な容姿と仕草だった。

紅茶を一気に飲み干して誤魔化したけど、皆の様子を窺う限り色々と無駄なのだろう。

その辺り強引に話題を避けるのも、まして自棄《やけ》になって踏み込むのも自滅するだけっぽいので、自然を装っておくのが無難だ。

「で、ラムズがどうして師匠を気にするわけ」

「樹妖精レグルスだろ。メチャクチャつええって魔法士の中では噂なんだよ」

「……強いだろうね」

実際に戦うところを見たわけじゃないけど、リエナが為す術《すべ》もなく投げ飛ばされる光景は目撃した事がある。

珍しい話題にクレアが顎に指を当てつつ、記憶を探るように呟く。

「噂は数多くありますわね。それと二つ名が……」

二つ名！

僕も『災厄』なんて呼ばれたりしてるみたいだけど、師匠にも何かしら畏怖を込めた呼び名があるというのは正直、興味深い。

「どんなの⁉」

前のめりになる僕に、クレアはどこか申し訳なさそうに教えてくれた。

「ええ。その、『狂人』と『虐殺樹海』と……あと『蒼の絶望』でしたっけ」

気まずい沈黙が落ちた。


師匠おおおおおおおおおおお‼

僕の『災厄』が霞むぐらい凶悪な二つ名じゃないですか！　それも三つも！　おじいちゃんやお母さんにも匹敵してるよ！


皆の気遣わしげな視線が心に痛い。師匠がそんな物騒な二つ名を持っていると知られれば、それは心配もされるさ。

これは弟子として師匠をフォローしなくてはならない。

「『狂人』っていうのは研究のせいかなあ」

「合成魔法、でしたわね。わたくしにはない発想ですわ」

前衛的な試みが理解を得られないのは、今も昔も、現世も前世も一緒だ。百の言葉を並べても意味はなく、結果で示していくしかない。

「『虐殺樹海』と『蒼の絶望』は……なんだろ？」

伝えたいニュアンスはわかる。その……凶暴性？　でも、師匠は意味もなく暴力は振るわないと思う。つまり、意味があれば容赦ないわけだけど。

これは僕より貴族の三人の方が詳しいようだった。

「たぶん、妖精族だからって学園から追い出そうとした三代前の学園長が、一族郎党役職を辞して、領地に帰った事件が原因じゃないかなあ」

「妖精族の奴隷を売買していた貴族が、半死半生で城門に磔《はりつけ》にされていた件ではありませんの？」

「俺は百匹近い魔物の群れを、一人で全滅させたって聞いたぞ」

どれが正解かと言えば、どれも正解なのではなかろうか。何故ならとっても師匠らしいから。

身に掛かる火の粉を払い、なんのかんの言いつつ同胞を救い、襲いくる魔物は撃滅。

「じゃあ、その二つ名って」

「貴族にとっての恐怖の象徴ですわね。後は噂が一人歩きしたのでしょう」

平民には知られていなくても、貴族の間では有名なのかもしれない。僕が知らなかったのもその辺りが理由っぽいなあ。

貴族街にある魔法学園であれだけ術式崩壊を連発していて、いくら学長先生が庇ってくれているとはいえ、傲慢な貴族が文句を言ってこないのも納得だった。下手に敵対しようものならひねり潰されるのだから手も口も出せない。

僕が一人で納得していると昼休憩終了の鐘が鳴った。

一年次生の後輩たちが慌ただしく移動を始めている。今はまだ体験授業とかの時期だろう。クラス単位での活動だから、団体行動を乱すわけにいかない。

僕たちはそれぞれの研究室や訓練で別々だ。

「リエナはどうするの？」

魔法の模写が半分で、実戦訓練が半分というリエナだけど、たまに師匠の研究室に来ることもあるので確認しておく。

「ん。訓練」

「お、リエナはこっちか。勝負しようぜ、勝負！」

ラムズが好戦的な笑みを浮かべる。

僕が知る限り、ラムズはリエナを相手に連敗記録を更新中のはずだけど、心折れたりはしていないらしい。

属性魔法の雷、付与魔法の強化、そして回復魔法を使いこなす『雷帝』の弟子。既に学園全体を見てもリエナの魔法士としての実力は突出しているらしく、訓練所では対戦相手を探すのに苦労するほどだとか。

ラムズも二年次生の中ではトップレベルのはずだけど、それでもリエナには遠く及ばないというのだから成長著しい。

「じゃあ、ボクはあっちだから」

「わたくしも失礼しますわ。リエナさん、終わりましたらまた」

「ん」

ルネとクレアは複数の研究室に顔を出しているみたいだ。

二年次生になって大きな変化と言えばクレアだろう。一年次生の時と比べて取り巻きを連れることが少なくなり、単身で僕たちと合流する機会が増えていた。

あの取り巻きたちは遠方に領地を持つ貴族の中でも、中堅どころや弱小の貴族子弟だったそうだ。クレアを守るための防壁ではなく、逆にクレア――ルミネス家によって庇護を受けていたらしい。

それがなくなったのが何故かと言えば、競技会の影響で色々とパワーバランスが崩れた結果と聞いている。最大派閥だったケンドレット家の権勢に陰りが見え、その隙にガンドール家が反撃に出た結果、互いに拮抗しているのだとか。中立のルミネス家の派閥に構う余裕は両者になく、比較的安全な状況になったのだと思う。とにかく、クレアが自由に動けるようになったのは喜ばしい。

今日もリエナと放課後にどこか遊びに行く様子だ。人見知りのリエナに親友と呼べる相手が出来たのは、幼馴染として嬉しいものである。

「じゃあ、またね」

そうして、僕たちは魔法士組と書記士組で別行動になる。僕の目的地は当然、師匠の研究室なので、書記士側だ。

途中まではルネとクレアと並んで歩き、僕は研究棟の中でも端に位置する部屋に向かう。

「失礼します」

「来たか」

白木の杖が立て掛けられている窓際で、香木を咥《くわ》えて外を眺めていた師匠がこちらに目を向けてくる。

青髪の樹妖精は数冊の本を次々とこちらへ放り投げてきた。僕も慣れたもので片手でキャッチして重ねて受け取っていく。

わかっていた事だけど、師匠の弟子は僕しかいない。実際に聞いたわけではないけど、話の端々で聞く限り僕が最初の弟子でもあるみたいだった。

合成魔法という異端の研究に樹妖精という別種族、そして本人の気質。おまけに貴族間に伝わる例の二つ名だ。その辺りを考えると不思議でもなんでもないや。

「行くぞ。ぼやっとすんな」

「あ、はい！」

先程の話題から色々と考えていると、鋭い眼差しに射竦められる。ここですぐに動かないと拳骨が降ってくる。

先を歩く師匠の後についていく。目的地はいつもの空き地。術式崩壊の赤い光の柱が毎日のように立ち上るという、学園内でも最も危険な場所だ。いや、原因は完全に僕たちなのだから、他人事みたいに言うべきじゃないかもだけど。

僕が二年次生になったからといって、何かが劇的に変わったりしない。

確かに競技会から友人は増えたし、色々と視野が広がったりしたけど、それはそれ。基本的な生活スタイルは以前のまま。今まで座学に充てられていた午前が研究室に通い詰める形になって、単純に研究室にいる時間が増えたぐらいだ。今は午前中が僕の模写の時間。午後は師匠の合成魔法の研究としている。

模写は順調に進んで、既に上級まで終えていた。不器用な僕はかなり時間が掛かったけど、師匠が根気強く指導を続けてくれたおかげもあり、有用な魔法は一通り書けるようになっている。

まあ、代償にたんこぶが増えたりしたけどね。師匠の指導と拳骨は切っても切り離せない関係なのだ。

とはいえ、まだまだ未熟だという自覚はある。やはり、魔法陣に精密さが求められる法則魔法や、描画が必須の召喚魔法は、不器用な僕と相性が悪くて効果が足りない。効果時間や範囲が著しく落ちていた。

魔力凝縮という反則技を使えば、不足を補う事もできるのだけど、これはこれで魔力消費が激しい上に威力が強すぎて危なっかしい。

「おい……おい！」

「あ、はい――あいったあ！」

いきなり拳骨をくらって頭を抱える。

何事かと思えばいつの間にか空き地に到着して、通り過ぎそうになっていた。

「魔法を扱う時に気い抜いてんじゃねえ」

「すいませんでした」

特に僕の場合は暴発した時の被害が洒落にならないのだから、普段から人一倍は注意しないといけないのだ。

頬を叩いて気持ちを入れ替えた。考え事は後でもできる。不器用だという自覚があるんだから、ひとつひとつ目の前の事から片づけよう。

「よし。始めるぞ」

「はい!」

そして、今日も合成魔法の実験が行われて、沢山の術式崩壊が起きるのだった。

2

そんな日々が続いた晩春。

師匠の研究に変化があった。

というか、成功した。

ある日、なんの前触れもなく。

夕暮れの茜に染まる空の下。

いつもの場所でいつものように。

慣れた作業工程のまま。

術式崩壊の光が上がらず、一枚の魔造紙が完成した。

術式が不適切なら完成せずに術式崩壊するのだから、それが起きないなら魔造紙として成立したという意味に他ならない。


この時ばかりは僕も師匠も顔を見合わせて驚いた。

毎度のように退避準備も万全で、いつでもどうぞと待ち構えていたのだから。

一通りの模写が終わったおかげで魔法に詳しくもなり、最近はどの魔法を組み合わせたか判別できるようになっていたため、完成したらこんな感じになるんだろうなあとのんびり想像する余裕まであったぐらいだ。

師匠は慎重に魔造紙に近づく。

これが喜劇なら時間差発動を狙っているとしか思えないけど、現実は違う。ここで師匠の背中を押せば観客は大いに笑ってくれるかもしれないけど、僕は師匠にぼこぼこにされるので自粛する。いもしない観客のために体を張って笑いを取りに行くほど愚かじゃないつもりだし、僕は笑いの神なんて目指していない。

……ああ、これはダメだ。かなり動転しているぞ。思考が暴走気味になっている自覚がある。

僕が混乱している間に、師匠がそっと魔造紙を拾い上げる。

淡く輝く赤い文字の術式と魔法陣。術式は完全に既存のものを離れているけれど、確かに魔造紙だった。

師匠が自分のバインダーにゆっくりと魔造紙を収納しても、やはり何も起きない。

「師匠？」

「……実験に行くぞ」

さすがの師匠も声が硬い。

無理もない。師匠は五百年もこの研究をしていたのだから。その胸中は僕なんかには推し量れなかった。わかったつもりになるだけで不遜な気さえするほどだ。

未知へ踏み出した好奇心で逸《はや》る気持ちもあるけど、師匠の悲願が達成するかもしれない喜びの方が強い感じだ。

でも、興奮して浮足立っては足を引っ張りかねない。逸る気持ちを我慢するのは大変だった。


夕日が沈みかけた暗い訓練場に人影はない。おかげで人目を憚《はばか》る事なく実験ができる。

師匠はバインダーを開くと例の魔造紙を抜き出した。

今回、完成した魔造紙は属性魔法と召喚魔法。属性魔法は『火《か》・豪煉《ごうれん》』という周囲に炎の鎧を構成する魔法で、召喚魔法は『命名《めいめい》：晶狼《しょうろう》』という水晶製の狼を呼び出す魔法。

完成イメージは炎を纏《まと》った水晶の狼みたいなのを想像している。

「いけ、『烈火狼《れっかろう》』」

宙を滑るように落ちた魔造紙を、師匠が白木の杖で大地に縫い止めると、そこから巨大な魔法陣が展開する。

赤い魔力光が地面に五芒星を描き出した。

ここまでは『命名《めいめい》：晶狼《しょうろう》』と同じ流れ。普通はこの後、五芒星から水晶の狼が出てくる。


しかし、魔法陣から噴き出したのは赤い炎の柱だった。


師匠が大きく後ろに下がってきて僕の前で杖を構える。失敗した場合、何が起きるかわからないのだ。術式崩壊以上の災厄が起きる可能性も師匠は警戒しているかもしれない。

いつも以上に真剣な顔つきに僕も気を引き締め直す。

僕に何ができるかなんてわからないけど、少なくとも師匠の足手纏いにならないようにしないと。

けど、その警戒は杞憂に終わった。

膨れ上がった炎はすぐに収まって、その中から美しい獣が姿を現す。

紅蓮の炎を周囲で燃え盛らせて、自らの炎で水晶の体を煌《きら》めかせる狼は見蕩れてしまうほど美しい。

「師匠！」

「あほう。慌てんな、チビ」

窘《たしな》められはするものの、拳骨は落ちてこなかった。

僕というよりも自分自身に言い聞かせている師匠の雰囲気に、僕はゆっくり息を吐き出す。

そうだった。まだ、実験は終わっていない。もう一度気を引き締め直せ。

僕の心の準備が終わるのを待っていたように、師匠は一歩だけ前に出て炎の狼と向き合った。

「伏せろ」

命令に従って炎の獣が伏せの姿勢を取る。砂が焼ける臭いが漂った。

続けて師匠がいくつもの命令を出していっても狼は忠実に従う。走って、軌道を変え、俊敏に身を翻し、止まり、炎を噴き上げ、爪牙が空を切る。

最後に魔法の終了を告げると、火の粉と共に狼は空気へ溶け込むように姿を消した。

発動から終了まで炎が燃え続けていたのだから、同時発動とは違うだろう。本来の『火《か》・豪煉《ごうれん》』はそんなに長く持続しないのだ。

制御に問題なく、効果も一足す一を二ではなく、二以上に仕上がっている。たった一枚の魔造紙で二枚分の働きができるなら、バインダーの五十枚という上限を考えれば、単純に百枚分の火力を携帯できるという意味でもある。

これなら文句のつけようがないだろう。

師匠は散っていく炎で香木に火を点《つ》けると、煙を大きく吸い込んで、長い時間をかけて吐き出した。

そして、宣言する。

「成功だ」

「師匠！」

今度こそ飛びついてしまった。

普段なら乱暴に振り払われそうなものだけど、今日ばかりは師匠も口の端で笑みを浮かべている。

「すぐに発表しましょうよ！」

「あほう。検証も再現もしてねえのにはしゃぎすぎだ」

いやいや、ここははしゃぐところだって。

あほうの言葉と一緒に拳骨が来ないのは、師匠も見た目ほど冷静じゃないからだろうか。この人は自分ができていないことでは叱ったりしないから。

師匠はぶつぶつとこれからの予定を考えている。横で聞いているだけでも色々と大変そうだった。

なにせ合成魔法の種類は膨大な組み合わせがあるのだ。全ての魔法が組み合わせ可能ではないとしても、数がどれほどになるのか見当もつかない。検証するなら他の魔法だけじゃなくて、時間や場所、気温に素材などの条件も試すことになるだろう。

これから忙しくなる。僕だけじゃ人手が足りないかもしれない。

「師匠、僕の友達にも手伝ってもらいましょうか？」

「はっ、チビの口から友達なんて言葉が出てくるとはな」

……大魔法競技会まで迷走に迷走を重ねた自分を、ぼっこぼこにしてやりたい。

皮肉な台詞とは裏腹に、師匠も手が足りないとは考えたのだろう。

「そうだな。お前が信頼できる奴なら呼んでもいい」

未発表の発見なのだから、取り扱いに慎重になるのは当然。

それなら決まっている。リエナとルネ、それからクレアにも頼もう。ラムズは……書記士の方面は苦手みたいだけど、実践なら手は借りられる。

明日からが楽しみだ。

3

合成魔法の研究は捗《はかど》った。

慣れている僕が師匠の用意する術式をどんどん書き起こしていき、魔造紙として完成させていく。

ルネとクレアが成功した合成魔法の再現を検証するために筆記。

それらをリエナとラムズが次々に使用していき、師匠が記録を集めた。

この体制になってから一ヶ月。既に百を優に超える数の魔法が誕生していた。今までの失敗はなんだったのかという成功の連続。

再現した魔法も発動する。時間や場所などを変えてみても、素材などを変更しても効果の差が出たぐらいで、問題なんてひとつもない。未だに何がきっかけで成功したのかが判明していないけど、既に成功率は百パーセント。

まだまだ師匠の考案した合成魔法の組み合わせは残っているものの、失敗する気配はない。これは完全に第七の魔法として成立したと言っていいだろう。

僕も、協力してくれている皆も、歴史的な快挙に興奮を隠しきれない。

新しい魔法の作成。それは千年前に世界を救った始祖と同格を意味している。

つまり、合成魔法の第七始祖、レグルスの誕生。

この世界における始祖は神にも等しい扱いだ。空想の産物ではなく、実際に世界を救っているのだから無理もない。

師匠を見る目が変わってくるだろう。


しかし、その日の作業を終えて、皆が帰った後の師匠の表情は難しいものだった。

順風満帆と言える進捗状況で浮かべる表情じゃない。いつもの不機嫌そうな様子とも違っていて、苦悩というか、憂慮というか、何か良くない事があるみたいだ。

片づけの手を止めて、僕は尋ねた。

「師匠、どうしたんですか?」

関係ないと言われる覚悟をしていたけど、師匠は実に面倒臭そうな顔で僕を見てくる。

じっと見つめられて、思わず腰が引けてしまった。

最近は特に叱られるような事はしでかしていないはずだと首を傾げていると、師匠はひとつ舌打ちを挟んで答えてくれた。

「……気になる事がある。おい、チビ。お前は明日買い出しだ」

え、なんで?

いや、そういうのが弟子の仕事っていうのはわかるし、別に嫌でもなんでもないけど。普段はこの研究室の消耗品は師匠がどこかから調達してくるので、今まで弟子といいながら備品の管理もした事がなかった。

「知らん奴を行かせたくねえんだ。お前が行ってこい」

師匠がそう言うなら従う他ない。

正直、今は実験が楽しくて仕方ないから研究室を離れたくはないのだけれど、師匠に信頼されているからこその役目と思えばちょっと嬉しくもある。

明日の実験は皆にお願いしよう。

わかりましたと返事をしかけたところで、師匠が条件を加えてきた。

「あー、猫も連れて行け」

「リエナもですか？」

これが護衛という意味だとすれば、お使いなんて意識で臨んでは酷い目に遭いそうだ。なにせ、この師匠の買い出しなのだから、普通の品ではない可能性が高い。

「なんだ、妙な顔しやがって」

「えっと、ご禁制の品とか、洒落にならない劇薬とか、貴族と奪い合いになっている稀少品をお求めだったりします？」

「……チビが俺をどう思っているかはよくわかったな」

ひいっ。師匠スマイル、超怖いんですけど！

それでも自覚はあるのか、師匠は香木を咥《くわ》えて火を点《つ》けると、怒気の代わりに煙を吐き出した。

「単純に遊びに行けって事だ。他の連中は自分の都合も考えて予定を立ててるが、お前と猫は毎回参加してるだろうが。たまには休め」

確かに弟子の僕はともかくとして、他の皆は自身の勉強や用事を踏まえて、空いた時間を使って手伝ってくれているけど、リエナだけは初日からずっと手伝いに参加してくれている。

そういう事は僕が気付いてフォローするべきだとは思うし、反省もするけど、本音がポロリと零れてしまう。

「……師匠らしくない気遣い」

「あぁ？」

「いえ、なんでもありません！　ありがとうございます！　明日はリエナと一緒に買い物に行ってきます！」

師匠の眼光に危険な鋭さが宿るのを見つけて、半端だった片づけを即座に終わらせる。

手早く荷物をまとめて、退出の準備も完了したところで、師匠が紙封筒を投げ放ってきた。

「中のメモに店の場所が書いてある。店主に俺の名前を言え。釣銭で適当に飯でも食え。駄賃代わりだ」

「はい。ありがとうございます」

一礼してから研究室を出ようとして、チラリと見えた師匠が再び難しい顔をしていたのが気になった。

買い出し先は市民街の裏路地だった。

東西南北の門に至る四方の大通りから一本奥に入ったぐらいではまだ問題ないけど、そこから更に奥へ入り込んでいくと途端に道が複雑になって迷いやすくなる。地元民だとその辺りはよく把握していて、大通りを歩くより近道できるらしいけど、土地勘のない人間には無理だ。

師匠から渡されたメモに従う。

王都に来てから一年以上経って、少ないけど何度か街に来た事はあったけど、ここまで奥へ踏み入ったのは初めてだった。擦れ違う中には時折、いかにも厄介な事情を抱えていそうな人がいてちょっと怖い。

いざとなれば魔法があるとはいえ、気休めにしかならなかった。素人が武器を持ったからといって、傭兵に絡まれたら怖いのと同じ。武器を出す前に財布を出すに決まっている。

まあ、僕の場合は基礎魔法でも砲撃のレベルなんだけどね。別の意味で迂闊に使えたものじゃない。

「リエナはなんだか嬉しそうだね」

「ん。シズとお出かけ」

競技会の後の告白から、リエナは自分の気持ちを率直に告げてくるようになった。こうも正面からストレートに告げられると照れてしまう。

リエナの猫耳がピコピコ揺れて、ピンと空を指すしっぽを見れば疑う余地はない。

こんな裏路地で満足なんて言わせてしまってはダメだ。用事が終わったら大通りで食事して、観光になりそうな場所を見に行こう。思えば一年間、ほとんど学園で勉強ばかりで王都を見る機会も少なかった。

内心で方針を決めている間に目的地に到着した。

「ここ？」

「のはずなんだけど……」

店の前で眉を顰《ひそ》める。

半地下の酒場。

田舎の村ならともかく、王都では飲酒に関してちゃんと取り締まられている。僕らの年代で入っていい場所じゃないと思うんだけど、何度見返しても地図が示しているのはこの店だった。

恐る恐る中に入ってみると、傷だらけの顔の店主が激渋の重低音で『いらっしゃい』と告げてきた。

薄暗い店内で、店主に若干イリーガルな空気が漂っているものの、意外に客層はまともだ。近所の人らしい男女から、少し身なりのいい人まで、色々な人たちが食事を楽しんでいる。どうやら日中は料理店で、夕方から酒場になるっぽい。

店主に師匠の名前を告げたら無言で箱を出され、お金を支払って終了。これって買い物じゃないような気がするんだけど。取引とかじゃないの？　頭に『闇』とかつく類の。というか、この店主さんは何者なの？

一体、うちの師匠はどういう伝手《つて》を使ってるんだろうか。箱の中身が気になって仕方ない。

今の時間帯は料理店でも、僕たちの年代がいるのは如何なものかと思うので、このまま店を出よう。

出入り口に向かおうとしていると、ちょうど誰かがお店に入ってきたのか扉が開く。

「え？」

驚いて足を止めてしまった。

向こうは明暗差のせいかこちらに気付いていないらしく、特別な反応はしていない。

「戻って！」

僕は囁きながらリエナの手を引いて、不自然にならない程度に近くの空席に滑り込む。

入ってきたの、グラフトとマロン（仮）なんだ。

一年次生の時にルネを脅して僕の魔力凝縮した魔造紙を奪おうとした先輩と、大魔法競技会でヒューレに与《くみ》していた同級生。僕と因縁のある両者だけど、既に問題は解決している。先輩はルネに心打たれて改心したまま卒業したし、マロン（仮）は頼りのヒューレが失態を演じた事で立場をなくしている。

とはいえ見つかれば面倒なのは間違いない。回避できるなら回避してしまいたい。

「って、隣にキター！」

「あん？」

「……どうしたの？」

不用意に声を上げたせいでグラフトが訝しげに辺りを見回し、マロン（仮）も様子を窺い始める。

にゃーんとでも鳴いて誤魔化そうか。ダメか。飲食店に猫がいるわけない。目の前に猫妖精の血筋はいるけどさ。

「知っている声が聞こえたような……気のせいか」

失敗した。二人が隣のテーブルに着いたから驚いて声を上げてしまった。

しかし、この二人はどうしたんだろう？

グラフトはガンドール派で、マロン（仮）はケンドレット派。対立する大貴族の派閥に所属しているはずだ。そもそもここは市民街。貴族が利用するのは色々とおかしい。

「どうしよう……」

「ん。お水」

平常心のリエナが羨ましい。注文を取りに来た店員に無料の水を堂々と頼んでいる。

それにしてもリエナはさっきから猫耳がやたら伏せたり持ち上がったり、あっちこっち向けて忙しくしている。こっちもどうしたんだろう？

目の前の猫耳も気になるけど、今は隣席の二人に集中だ。

別にやましい事なんてないし、今後もこの二人と積極的に関わるつもりもないのだから、機会を見計らって脱出するのが一番か。店主さんが超睨んでいるし。あ、僕にも水お願いします。

二人は注文を終えると、前に身を乗り出して声を潜めて話し始めた。隣の席でも僕だと聞き取れない。退散しようとは決めたものの相手が相手。関わり合いになりたくないけど、放置しておくのもちょっと怖い。

こちらもリエナと顔を寄せ合う。

「なんの話してるか、わかる？」

「……ん。男の方が女の方を誘ってる？」

リエナ。名前覚えてないのは仕方ないけどさ。うん。僕が言えた事じゃないからいっか。

それにしても誘うって？　男女交際的な？　派閥を超えたロマンス……にしては両者とも雰囲気が殺伐としているなあ。

そこからは二人が更に声を潜めてしまい、リエナも何故か上の空でうまく聞き取れず、断片的な情報しか手に入らなかった。

「騎士に……流れ……紹介……親だって……逆転……」

「うん。僕は関係なさそうだ。気付かれる前に出よう」

どうも逆恨みとかではないようだし、店員さんが二人の料理を運んできたタイミングで脱出する。

階段を急ぎ足で上ったところで一息。

「……なんだったんだろうね？」

出てきたお店を振り返り考える。

リエナは顔と猫耳を伏せていて、僕の声が届いていなさそうだ。やっぱり、さっきからリエナらしくない。僕は何か見落としているのだろうか？

「お、やっべ！」

自問自答していると、聞き覚えのある声がしてそちらに意識が向く。

僕たちが出てきたばかりのドアが半開きになっていて、知っている顔があった。

「……ラムズくーん？　何をやってるのかなぁ？」

師匠の実験を手伝っているはずのラムズがどうしてここにいるのか。

隠れるには遅すぎだ。観念したのか、ラムズはそっとドアを閉じて、そのままこちらに合流してくる。気まずそうに苦笑いする巨体を見上げれば、問い詰めるより先に自白を始めた。

「いやあ、レグルス先生が二人はデートだとかいうから気になってよ」

「つまり、覗き？」

呆れて言葉もない。

大切な合成魔法の開発や検証を放り出してする事じゃないだろうに。よく師匠に止められなかったものだ。第一、覗いて楽しい事なんて起きないだろうし。

「いやいや、面白いもんは見れた」

「何それ？」

「それだよ、それ」

ラムズが指差す先は僕の手だった。正確には『リエナの手を握りしめたままの』僕の手なのだけど。

そういえば二人から隠れた時に手を引いて、そのまま離していなかった。いくらなんでも無遠慮すぎる。慌てて手を離そうとして、嫌がっているなんて誤解を招かないようそっと指を開いた。

リエナは解放された腕を抱きしめるみたいにしている。うん。ちょっと気まずい。

そんな僕たちの空気を気にした風もなく、ラムズは一人で何事か納得したように頷いて指摘を続ける。

「リエナは慌てたりしねえと思ってたんだが、やっぱ違うんだな。シズに手を握られた途端に耳がピーンと立つし、顔を寄せられたらしっぽがビュンビュン揺れてたし、あれって興奮してる感じか？機嫌悪いってわけじゃねえよな。や、珍しいもん見れたわ」

あ、これはまずい。

ラムズの考えなしな発言に直感する。なにせ隣でその猫耳が前方に向き、垂れたしっぽがゆっくりと左右に揺れ出したのだ。

ラムズの指摘した状態は確かに喜んだり嬉しかったりで興奮している時の仕草だけど、今のこれは戦闘態勢の時の仕草だった。

「ラム……」

ヒュンっ！

警告の言葉が音になる前に、放たれた貫き手によって空気ごとまとめて切り捨てられた。

ほんの一呼吸の間に立ち位置が変わる。気が付けばリエナの伸ばした腕がラムズの頬を掠めるような位置にあった。

ほとんどノーモーションで放たれたリエナの貫き手を、ラムズが紙一重のところで躱した結果のようだ。

いっそ穏やかに見える程に感情の色が消えたリエナと、冷や汗を浮かべるラムズの二人。一触即発の雰囲気に対処を迷うけど、臆していても何も進まない。

「リエナ、さん？」

「ん。記憶、消す」

怖い宣言だった。

リエナはあまり感情を顔に出さないし、割とマイペースだけど、人から押されるのには弱い。そこを突かれると少々（？）極端な行動に出る。

で、今は割と本気っぽい。なんか修羅のオーラが見える。

「おま、今の喉潰すつもりだったろ⁉」

「喉、ダメ？　ん。じゃあ、目」

手刀が人差し指と中指を残して握りこまれる。その用途は言及するまでもない。どうも消されるのは記憶だけじゃ済まないようだ。

ラムズに視線で救いを求められるけど、こうなったリエナはちょっと簡単には止められない。

元はと言えば下世話でデリカシーのないラムズが悪い点を加味すると、うん。

「生きろ！」

「薄情だぞ、親友！」

「屍は拾うよ、親友」

僕だって命は惜しい。今のリエナは冷静じゃない。下手に口を挟めば巻き込まれて、僕まで制裁を受けかねなかった。

そんなことを言っている間にも両者はじりじりと間合いを計って、引いて、寄せて、細かなフェイントを交ぜながら機を狙っている。馬鹿げた理由で戦っているけど、魔法学園二年次生の魔法士の中でもトップの二人。無駄にハイレベルな攻防を繰り広げていた。

しかし、いくらラムズとはいえ、相手がリエナでは逃げ切れるはずがない。ほんの少し生き残れる時間が増えるぐらいだろう。

と、二人の目に見えない応酬と、猫耳としっぽを観察していた僕だけど、ラムズの次の発言で覆されてしまった。

「おい、リエナ！　シズもさっきからお前の耳としっぽをメッチャ見てるからな！」

「ラムズ⁉　何を言って……」

抗議するよりも先にリエナがこっちを見る方が早かった。両手でしっぽを握るリエナのどこか責めるような視線。

まあ、うん。怒って揺れるしっぽもかわいいな、今ならちょっとぐらい触っても気付かないかな、今度ブラシかけさせてもらえないかな、なんて思っていたりしたけど、それぐらいはいいんじゃない？　ダメ？　ダメかあ。

すっかり混乱しちゃって、ちょっぴり涙目になっている。もう理屈じゃないなあ。

これを好機と見たのかラムズが僕らに背を向けて逃げ出した。

けど、そんなの予想済み。リエナがラムズに視線を移している間に、僕もほぼ同時にラムズの背中を追って飛び出して、リエナの脇を駆け抜けていた。

すぐにラムズに追いついて、並走する。

「逆方向に、逃げろよ！」

「一人だけ、助かるなんて、許さない！」

言い合いながらも全力疾走。けど、微《かす》かな足音が背後から迫っていた。

4

「たらひま、もどひ、まひは」

「おせえ！　どこで道草食って……大丈夫か？」

師匠が素で心配になる程度に大丈夫です。

既に太陽が地平線に半分ほど沈む時間帯。今の今まで王都の市民街を舞台にした鬼ごっこに興じていたのだ。

単純な走力では速度、身のこなし、持久力の全てでリエナが上回っているものの、貴族子弟のくせに市民街の裏道に精通していたラムズの逃走ルートのおかげで善戦できた。まあ、最終的に二人揃って捕まってしまったわけだけど。

僕は噛み猫リエナに腕を噛まれただけで済んだのに対して、ラムズはひっぱたかれ、蹴られ、引っかかれて酷い有様だった。

仮にも相手は貴族子弟なのだけど、その辺りで遠慮されるのをラムズ自身が嫌がるので、僕もリエナも全く遠慮がない。今だけはそんな自身の方針を後悔しているかもしれないなあ。

で、疲労困憊《こんぱい》になって帰ってきたのだった。正直、さっさと寝てしまいたいぐらいヘトヘトだった。

とはいえ、当初の目的を忘れるわけにもいかず、リエナは寮に、ラムズは家に帰ったけど、僕は師匠の研究室を訪ねたのだ。懐に入れていた包みを取り出す。

「これ。頼まれた、やつです」

「汗でべとべとじゃねえかよ。そこらへんに置いとけ」

わざわざ師匠が水を汲んできてくれた。コップの水を一気に飲み干して、ようやく落ち着いてきた。

「なんかあったのか？」

「はい。ラムズがリエナに余計なことを言って……」

今日の出来事を大まかに伝えようとして、思い出す。

ラムズの登場で忘れてしまったけど、お店で遭遇したグラフトとマロン（仮）の密会。あれはなんだったのだろうか。

「それとルネを脅迫した卒業生と、競技会の時に喧嘩別れした同級生が密談してるところに遭遇しました」

「前にやりあった連中か。本当に間の悪い奴だな。さすがは『災厄』」

否定できない。星の巡り合わせが悪すぎる。そろそろお祓いでもしてもらった方がいいのだろうか。厄を払ったら二つ名がただの『災《わざわい》』にならないだろうか。

と冗談はそれぐらいにして、現実に対処しよう。

「あの二人、派閥が違うのに密会なんてどうしたんでしょうかね？」

「敵対しているが、交流断絶してるわけじゃねえんだ、そういう事もあるだろうよ。大概は碌でもねえ話だろうがな」

少し考えてみる。

ぱっと思いつくのは情報交換だろう。後は敵の敵は味方的な同盟関係とか。実は密偵だったなんていうのもあるかな。うーん。対立派閥の人員のやり取りとしてはありだけど、それが学園の生徒となると現実味が薄そう。

「今度、その辺りの事情を聞いてみようと思います」

クレアとラムズなら派閥のことは詳しいだろう。忘れないように気を付けないと。

「因縁があるんだ。一応は気を付けとけ。そろそろ何かあってもおかしくねえ空気だしな」

「不穏なこと言わないでくださいよ」

「ふん。平和ボケしてっと後悔するぞ」

師匠が念を押すのだから、気を引き締めておくべきなのかも。

平民の僕は未だに貴族の抗争というものには実感が持てていない。だからこそ、せめて心構えぐらいしておかないと、気付いた時には手遅れという事態もある。

「はい。わかりました」

「ああ。それから合成魔法はしばらく研究中止にした。明日からは実験に来なくていい」

……………。

ん？

ええっと。

「……は？」

しばらく何を言われたのか理解できなかった。

師匠の言葉を頭の中で五度ほど繰り返して、ようやく脳の処理が追いつく。

「師匠、ぼけましたか⁉」

「お前ほどじゃねえよ！　誰に口きいてやがる！」

無礼な口をきいてしまったけど拳骨は落ちなかった。代わりに強い言葉が返ってくる。

「いいから中止といったら中止だ！　詮索もすんな！　模写したい魔法があるなら今まで通り見せてやるからお前も文句はねえだろうが！」

確かに僕と師匠の関係はお互いが利するところから始まったけど、そんなのもうすっかり忘れていた。僕は師匠の弟子だし、師匠は僕の師匠だ。

文句があるかないかなんて言われたら……。

「大ありですよ！　やっと師匠の夢が叶いそうなところなのに！　なんで目の前で足踏みなんてするんですか！」

師匠は噛みついてきそうな形相で何かに耐えるように天を仰いだ。何事か呟いたみたいだけど、声が小さくて聞き取れない。

「あほうが。生意気言いやがって」

「理由ぐらい教えてくれてもいいでしょう？」

「ダメだ。お前には言えねえ。こっちにも色々あんだよ。別に諦めたわけじゃねえんだ。とにかく、今は続けるわけにいかねえ。それだけだ。納得できなくても従え」

わからない。

わからないけど。師匠がこんな言い方するなんて余程の事だというのはわかる。それと決めたら曲げないだろうというのも。弟子なんだから。それぐらいはわかる。

「……諦めてないんですよね？」

「当たり前だ。こちとら五百年続けてんだぞ。そう易々と折れたりはしねえんだよ」

いつもの不敵な笑みに不安な気持ちが解けていく。

大きく息を吸って胸の内の感情と一緒に吐き出した。

「……わかりました。でも、ここには来ますからね」

「そりゃあ構わんが、物好きな奴だ」

いや、師匠だけだと研究室が荒れ放題になるし。

しかし、そうなると明日からどうしようか。合成魔法を中心に動いていたから、その時間がまるまる空いてしまった。

「そうだな。ひとつここは師匠らしいことをしてやろうか。チビ、お前の目標は魔法士でも書記士でもなく、魔導士だとか言ってたな？」

魔法を使って戦う魔法士。魔造紙の作成が専門の書記士。両方を卓越した技量で行える者は魔導士と呼ばれる。僕の目標だ。

「え。はい」

なんだか、嫌な予感がするなあ。

「よし。しばらく研究がねえぶん魔法士の方を重点的にしごいてやるよ。まあ、そうだな。猫にボコられねえ程度にはな?」

そう言って師匠は凶悪な笑みを浮かべた。

聞くまでもなく師匠はスパルタ式の特訓をしてくれるだろう。学園の訓練が子供のお遊戯と思えるレベルのをだ。ぶっちゃけ、超逃げたい。

だけど、今までは魔法を覚える方を優先していたのだから、そろそろ魔法士の方面も鍛えないといけないのは事実で、誰かに師事するとしたら、それはやはり師匠しか思い浮かばなかった。

メチャクチャ腰が引けるけれど、師匠の申し出自体は願ってもない事だった。

「おおおお願い、します……」

「断腸の思いみたいに言うんじゃねえ。今日はさっさと帰って寝ちまえ。明日から始めるぞ。朝は模写の復習で午後から武技。場所は実験に使っている空き地だ。いいな?」

「はい!」

5

夏を近くに控えた季節。

虫の鳴き声がうるさいぐらいに降り注いでいる。

大地を炙《あぶ》るような日光は木々のおかげで和らいでいるし、僅かとはいえ風も吹いている。本来なら過ごしやすい立地なのだろうけど、今は体が熱すぎて気休めにもならない。

なんとか起きようとして、手足に力が入らずに再び倒れ込んだ。

「ち、ぬ……」

頭上から木漏れ日が降り注ぐ中、僕たち――僕とリエナとラムズは突っ伏していた。

僕も二人も息がうまくできないぐらいに動き回った後で、呼吸を整えようとしてもちっとも回復しない。うえぇ。吐きそう……。

「シズ。おま、え、いつも、これ、こんな、こんな……こんなの、やってる、のかよ」

まだうまくしゃべれないままラムズが聞いてくる。

リエナは……うつぶせで倒れていた。しっぽがピクリともしないけど、僅かに猫耳がピクピク動いているから意識はあるのだろう。たぶん。

「今日は、三人だから、ちょっと、楽だった」

「マジか……」

顔色が青白くなるラムズ。酸欠とショックのせいだろうか。

しかし、本当の事だから仕方ない。

「どんだけ、強いんだ、あの人……」

自然と視線がもう一人の人物に行きついた。

腕組みしたまま木に背を預けて瞑目する師匠。息をするのもやっとなぐらい疲労困憊《こんぱい》の僕たちに対して、呼吸のひとつとして乱れた様子もない。

僕たちは今日、三人がかりで師匠に挑み、一矢報いる事もできずに地べたを這う結果となったのだ。

六百年を生きる樹妖精の戦闘技術と経験は凄まじいの一言で、予想通り——いや、予想以上に何度もぼこぼこにされた。

「……え？　ぐぎゅう！」

それが最初の組手での全て。いきなり真後ろから殴られて終了。開始から一秒の出来事だった。

村での訓練はなんだったのかだって？　あの『風神』セズに鍛えられていたんじゃないのかって？

無理を言わないでほしい。

なにせ師匠はいきなり視界から姿が消えるのだ。

どういう原理なのかちっともわからないけど、目の前に立っていたはずの師匠が、気付けば背後にいるという受け入れがたい現実。強い強いとは思っていたけど、想像よりも遥かに強い。しばらくは何が起きたかもわからないまま後ろから殴られ続ける破目になった。

とはいえ未熟な僕だって何度も殴られれば学習する。師匠の移動法は見切れないまでも、展開を読んで防御しようとした。

「今だ……へぶ！」

師匠の姿を見失うと同時に振り向きつつ防御姿勢を取ったところで、今度は横から蹴り飛ばされて転がされる。

少し考えれば当たり前だけど、背後に回り込むだけじゃない。前後左右に上中下段、間合いの遠近まで色んなパターンを想定しないと訓練にならないのだ。

などと言ったところで対策なんてできなかった。師匠は僕の考えることなどお見通しだとばかりに、後ろを警戒すれば横。横を警戒すれば頭上。時には意表を突いて正面からと、全方位が攻撃範囲。その全てが一瞬で姿を消した死角からの急襲なのだ。

こうなると死角から放たれる攻撃の予兆を感じ取って、素早く反応する以外に道はない。とてもできるとは思えないのだけど、できなければたんこぶを量産する事になるのだから、やるしかない。

結局、それができるようになるまで一ヶ月も掛かり、その間の修業風景は『かわいがり』を受けているようにしか見えなかっただろう。

師匠が悪意で拳を振るうことはないとわかっていなければ、早々に逃げ出していたかもしれない。初めてガードできた時は嬉しくて飛び上がった。まあ、飛び上がったところを蹴っ飛ばされたのだけど。組手の最中に隙を見せるなのコメント付きで。

防げたからと言っても本当にそれだけだった。二手目で防御の隙間を突かれて撃沈する日々が続いた。

そして、訓練にリエナが交ざるようになった。というか乱入してきた。どうも一方的にやられている僕を助けようとしてくれたみたいだ。

『雷帝』であるお母さんに鍛えられ、学園で経験を積んだリエナはかなり強い。学園生の中でも最強。おそらく普通の騎士でさえ彼女には勝てないと思う。

そんなリエナでさえ有効打のひとつも取れないのだから、とんでもない事だ。初見で攻撃を防がれた師匠は唇の端を持ち上げて笑うと、数手でリエナを封殺してのけた。立て続けに拳を打ち、隙の生まれた足元を鋭く払い、受け身を取った時には喉元に白木の杖を突きつけている。

ちなみに僕はその攻防の最中で撃沈していた。

それからはリエナも積極的に訓練に参加するようになった。

リエナの進歩は目覚ましい。今では師匠と激しく槍と杖を打ち合うまでになっている。

その才能に見るものがあったのか、師匠は上機嫌に笑いながら打ち負かすのだけど、正直ちょっと近寄りがたい光景だった。

対して僕はといえば防御に専念するのが精一杯。

「亀か手前は。おら、反撃しねえと舐められんぞ」

「反撃って、そんなの、無理ですよ！」

泣き言を言った途端に投げ飛ばされる。背中から投げ落とされて咽《む》せていると、容赦なく踵が降ってきた。

何度も踏み潰されているおかげで咄嗟に地面を転がって回避し、今はほとんど反射的に素早く起き上がろうとする。数えきれないほど繰り返しているおかげで、この動作だけは非常にスムーズだ。

そして、立ち上がれば再び死角から奇襲され、防いでも防いでも押し切られ、転がって起きて転がって、が繰り返されるのだ。

正直、何度かくじけそうになったけど、せめて一発ぐらい返さなくては悔しくて仕方ない。それに成長したところを見せないと弟子として情けなさすぎる。

いや、リエナと違って僕の方はちっとも成長できている気がしないのだけど。途中で投げ出す気は微塵もない。

負けん気だけを支えに挑み続けた。


そんな日々が三ヶ月ほど過ぎ、夏の気配が濃厚になったある日、僕たちの特訓にラムズが参加を表明した。

何故かといえば魔法士の授業で、久々にリエナと対戦してフルボッコにされたからだ。

僅か三ヶ月で大幅に差を広げられて、ラムズの闘志に火が点《つ》いたのだろう。愛用の木剣を手に参戦したラムズ。

絶賛急成長中のリエナ。二年次生でもトップレベルのラムズ。これは師匠に一撃でも有効打を入れるチャンスではないかと考えた僕は三人がかりで師匠に挑んだわけだけど。


「完敗かあ」

起き上がりつつ思い出す。反省は大切だ。失敗を次に活かさないと師匠の容赦なさが跳ね上がるから。

僕より先に復活したリエナは……素振りしている。イメージトレーニング中みたいだ。

「最初にラムズが吹き飛ばされたんだよなあ」

「お前ら、なんで、あれに、反応できるんだよ！」

未だに息が整わないのに叫ぶラムズをスルーして反省を続ける。

まあ、ラムズの気持ちはわかる。初見で死角から襲い掛かる師匠に反応できるのはリエナぐらいだろう。僕も何度も実体験して学んだおかげで、今は余程の達人が相手でもない限り不意打ちでやられない自信があるよ。代償は大量のたんこぶと痣《あざ》。それと師匠への深まり続ける畏怖。

というわけで、全く反応できなかったラムズは開幕一秒で水切り石みたいに吹っ飛ばされた。盛大に転げ回るラムズを尻目に、僕は正面から師匠に突撃。

いつも僕が吹っ飛ばされるところを、ラムズが肩代わりしてくれたのだから、攻め入るチャンスだと判断した、と思わせたかったのだ。

つまり、本命のリエナを隠すための陽動。

まあ、そんな浅知恵はあっさり露見してしまったのだけど。

「陽動がみえみえだ」

香木を片手にした師匠からダメ出しが飛んでくる。何がいけなかったのか。すぐに思い当たってしまう。

「……もっと本気で掛からないとダメでした」

師匠を引きつけるはずが、すぐにやられてしまわないよう守りに気を取られすぎていた。そのせいで陽動のつもりで前に出たのに、攻め気がないのを見破られたのだろう。

僕が注意を引いている間に、リエナに不意打ちしてもらうつもりだったのだけど、全て見透かされていたせいで僕はすぐに投げ飛ばされてしまい、しかも投げられた先にリエナがいて、援護どころか進路妨害してしまう結果に。

リエナはうまく僕を躱してくれたけど、その隙を見逃してくれるほど師匠は甘くない。僕が咽せている間にリエナまで打ち倒されてしまった。

そこからは各個撃破。連携なんてする暇もない。一人が復帰しても、次の誰かが復帰する前に叩き潰され、最後に気力だけで立ち上がった僕が投げ飛ばされたところで誰も動けなくなり、今日の訓練は終わった。

三人がかりになったんだから、なんとかなるんじゃないかなって、甘い考えだったなあ。

「急造の連携なんぞ逆効果だ。小細工する前に底力をつけやがれ」

返す言葉もない。

そもそものレベルが違いすぎるのだ。今日は負けず嫌いの虫が出てしまったけど、一足飛びに強くなれるわけもないし、策を弄して一撃入れても意味がない。

少しずつでも上達できるよう頑張ろう。

「ちなみに、師匠」

「あん？」

「今日、攻撃に回ろうとして気付いたんですけど、攻める時はどうしたらいいんでしょう？」

初めて攻め手に回ったのは、今まで攻撃を防ぐので精一杯だったから。

「はん。自分の身も守れねえ奴にゃ、攻撃なんぞ千年はええんだよ」

「千年って」

始祖が生まれた時代までタイムスリップしろと？

不満が顔に出たのか師匠は香木の先を突きつけてくる。

「身の丈を見誤ると味方を殺すぞ、チビ」

ぐう。確かに今日も僕がリエナの足を引っ張る場面があったので言い返せない。

「とはいえ、だ。守ってるだけで反撃がねえと悟られるのも良くねえな。よし」

独り言のように師匠が呟いた直後。


殺されたと思った。


『今にも殺されそう』なんて悠長な話じゃない。既に僕は殺害されていて、遅れて恐怖に支配されたのではないかと本気で思った。もちろん錯覚なのだけど、そうと理性ではわかっていても恐怖が溢れ出して止まらない。

師匠は動いていない。香木を突き出した姿勢のままだ。だけど、その全身から溢れ出す気配が一変していた。

まるで周囲の空気が鉛にでもなったみたいに重くて、冷たくて、骨身が軋んだ気がする。

怖い、とか。

苦しい、とか。

そんなのはとっくに突き抜けている。かつて前世の四十万静《しじましずか》が経験した最期。底なし沼みたいな喪失感が足元に渦巻いている錯覚。

それはほんの一秒にも満たない時間の出来事だったと思う。

発生と同じ唐突さで空気が正常化した。あんなに異物みたいに感じられた空気が初夏の熱気を取り戻していて、脂汗を噴き出す体に熱を取り戻してくれる。

遅まきながら体が震えだして、膝から崩れ落ちる体を支えきれない。尻餅をついたところで、後ろに硬直して固まったリエナがいる事に気付いた。石化でもしたみたいに猫耳もしっぽも動かない。

あれ？　リエナは離れて槍を振るってたと思ったんだけどな。いつの間にこっちに？

「あほうが。『これ』でも自分より人を庇おうとするとは、筋金入りだな」

師匠の口ぶりから察するに、どうやら僕は無意識且つ咄嗟にリエナを背中に庇ったようだった。いや、庇うなんて偉そうに言えない。ただ両者の間に立っただけか。

師匠が香木を咥《くわ》えながら向き直ってくる。どこか苦笑の雰囲気が混じっていて、ほんの数秒前までの出来事と繋がらない。

質問しようとしてもうまく舌と喉が動かせず、言葉が出せなくて、何度も深呼吸を繰り返してなんとか声を絞り出した。

「……今の、は？」

「ああ。今のが本物の殺意ってやつだ。覚えておけ。それぐらいの気迫が持てるようになったら攻撃も教えてやるよ」

いや、あれはもう殺意なんてレベルじゃなくて、衝撃波ってレベルだったんですけど。もしくは重力操作。

いつぞや、研究室で師匠の過去について踏み込んだ際に似た体験をしたけど、アレを直接向けられるとこうなるのかもしれない。

……僕、攻撃まで教わる事ないんじゃないかな。

「シズぅ……」

「ああ、怖かったね。大丈夫。大丈夫だよ」

硬直から回復したリエナが背中にしがみ付いてガタガタと震えていた。猫妖精の鋭い感覚を持つリエナには、僕以上に師匠の殺気は強く、鮮明に感じられたのだろう。その頭とついでに猫耳を撫でて落ち着かせつつ、もう一人の当事者の様子を見る。

ラムズは寝転んだまま気を失っていた。

「おい。チビ」

ようやく全員が衝撃から復帰したところで師匠が切り出してきた。

「遠出の準備しとけ」

「遠出、ですか?」

突然の指示に首を傾げる。そんな予定は聞いていていない。

暑い時期になると一部の貴族が避暑地に行くとかはある。かといって師匠がそんな事を言い出すとは思えない。

「実験に行くぞ」

「実験って、合成魔法のですか⁉　あう！」

遂に実験再開かと勢い込むけど、額を小突かれて跳ね返された。

「ちげえ。チビの魔法の方だ。いい加減、手前の魔法ぐらい把握しとけ」

僕の魔法というと、魔力凝縮の事か。

確かに二十倍の魔力凝縮で起きる魔法現象は洒落になっていない。今まで使ってきたのは基礎魔法や下級の属性魔法、直接攻撃力のない法則魔法だけだった。けど、今なら上級の属性魔法でも作成できるようになっている。

元より魔族に対抗するために生み出された魔法の威力は高い。その上級ともなれば通常の魔造紙でも容易《たやす》く生き物の命を奪えてしまう。その二十倍ともなると想像を絶するだろう。少なくとも、街中にある学園で実験なんて迂闊な真似はできない。

加えて、未知の技術に対する周囲の目もある。派閥争いが繰り広げられている学園内で、僕がどこにも取り込まれずにいる理由は色々あるけど、この魔力凝縮もその理由のひとつなのだ。慎重な扱いが必要だった。

師匠はその実験に着手しろと言う。

「どこに行くんですか？」

「王都の北西に馬車で五日程度行くと廃鉱になった鉱山と廃墟の町がある。そこの領主に学長から許可を取らせておいた。検証には持ってこいだろ」

町って……よく許可をもらえたなあ。どこの貴族なんだろ。師匠と学長先生が動いているのだから、貸しとか言い出さないとは思うけど。

まあ、廃墟の町なんて取り壊すのにもかなりの労力がいるだろうし、かといっていつまでも放っておいて盗賊団の拠点にでもなればもっと面倒だろうし、魔法の実験で更地にしてしまえるなら文句はないのかもしれない。

しかし、学長先生にそんな事を頼んでいたとは。今度、お礼を言いに行こう。

「ん。わたしも、行く」

袖を引っ張られて振り返ればリエナが宣言する。

師匠を見れば肩をすくめていた。好きにしろという意味だ。

「あ、俺も行っていいっすか。野営とか得意っす。馬車の御者もできます」

いや、アピールはいいんだけどさ。野営も必要だろうけどさ。ラムズ、君って本当に貴族子弟なの？　本当に今更だし、僕は付き合いやすいからいいけど。

「馬車に乗れる人数までなら好きにしろ」

「やりっ！」

競技会でヒューレに逆らってから、ラムズは家と距離を置いているようだ。本当に親と不仲になったわけではなくて、不良息子が親に逆らって好き勝手しているというアピールらしい。親が上役の意に反しているわけじゃなく、ラムズ個人の行動だと。

それで許されるわけではないと思うのだけど、今のところこの件に関してラムズの家が脅されたりはしていないそうだ。

「じゃあ、ルネも誘おうかな」

「ん。クレアも」

クレアは大丈夫なのかな？　大貴族の令嬢ともなると、いくら本人が望んでも自由に遠出できるとは思えない。こと身の安全に関しては師匠がいるので一切の心配はないだろうけど、それを信用してくれるかはまた別の問題だろう。

まあ、聞くだけならただなのだし、リエナからクレアに声を掛けようと考えるほど深まった交友関係を否定したくない。

「出発は三日後。いいな？」

いきなりな話だけど、元から僕の日常は師匠との訓練や研究で回っているのだから、不都合なんてないし、あったとしても三日もあれば調整できる。

準備だって一日もあれば十分だ。

「はい」

そうして急遽、小旅行が決まった。

6

「シズ、あくまで俺を阻むか」

「ラムズ、誰が相手でもここを通すわけにはいかない」

砂利だらけの河原で僕はラムズと対峙する。

焦げつくような太陽の日差しも、二人の放つ熱い戦気と比べればまだやさしい。

互いに無手。得意とする戦法ではない。それでも僕もラムズも本気だった。もし意志力を視認できるのなら、立ち昇る気流の如きオーラの激突が観測できただろう。

既に交わすべき言葉は尽きている。ラムズは行こうとするし、僕は止める。それぞれの意志は言動によって示されていて、曲げるつもりは微塵もない。ならば、激突は必至。

どちらかが踏み込めば一撃を届けられる間合い。

先手はラムズ。リーチを活かして僕の手の届かない位置から仕掛けてくる。巨体に似合わない鋭く隙のない打撃が放たれた。

以前の僕なら防戦一方だったろうけど、今は違う。拳を受け、払い、弾き、同時に歩を進める。まさか受けられるだけでなく、前進を許すとは思っていなかったのだろう。ラムズが目を見開いて驚いている。

「なめないでほしいね!」

見える。わかる。動く。

師匠相手に組手している間は成長を実感できなかったけど、ラムズと正面からぶつかり合う事で理解できた。僕は強くなっている。

ひたすらぼこぼこにされているだけだと思っていた。けど、違った。今までの僕ならラムズと対等に渡り合う事なんてできなかったはずなのに、こうして正面から対応できている。

どうも師匠は僕の上達に合わせて、手加減の度合いを調節していたみたいだ。いつも一方的にやられているように見えて、実際は着実に腕前を引き上げてくれていた。そうでもないと理屈が合わない。

「マジかよ⁉」

「ここだ！」

焦りから大振りしたラムズの腕を潜り抜け、反撃の一打。

ラムズは咄嗟に片手で受け止めるものの体勢を崩した。その隙に二撃目を叩き込む。突き上げた掌打が、確かにラムズの顎を捉えた。

でも、ラムズも伊達《だて》に魔法士志望ではない。攻撃に耐えきるだけでなく、姿勢を乱しながらも僕の腕を掴んできた。単純な腕力では敵わず、とはいえラムズも重心が定まらない体勢のせいで押し切れない。互いに決め手を欠き、膠着してしまう。

「ぐ、くぬぅお！」

「うおおおおおおおっ！」

こうなれば意地の勝負。根性で負けるものか。

鋼の意志を込めて睨みつければ、同等の視線が返ってきた。敵ながら見事な覚悟だ。負けを受け入れるぐらいなら死を選ぶだろう。

だけど、僕だって負けるわけにはいかない！

「覗きなんてさせるかあ！」

「女の着替えを覗きに行かんで男を名乗れるかあっ！」

まあ、そんなしょうもない理由なのだけど、負けるつもりは微塵もない。

「リエナの裸を見るなんて百年早いぞ！　僕だって見た事ないんだからな！」

決意を口にすれば、ラムズがにんまりと笑みを浮かべる。もしも、悪魔が実在するとしたら、きっとこんな感じに笑うのだろう。

「なんだ、シズも見たいんじゃねえか。だったら、一緒に行こうぜ？」

だけど、リエナの知覚を掻い潜れる自信なんてないし、相手の心情を慮《おもんぱか》れば許されざる行為とも思う。

まあ、見たいか、見たくないかと問われれば、見たい。僕も男だ。

そんな僕の内心がわかるのか、ラムズは双眸に情熱を宿して畳みかけてくる。

「こういうのは理屈じゃねえし、できるかどうかでもねえ！　高い壁があるから挑む！　違うか？違わねえだろ！」

「う？」

「しかも、最高の宝が待ってるんだ。怖気《おじけ》づくなんて男じゃねえだろ？」

「いや」

「それとも、あれか？　シズから見たらリエナにもクレアにも魅力を感じねえってか？」

「そんなわけあるか！」

「なら、な？」

「ううう」

そりゃあ、ね。

小さい頃はあまり気にならなかったけど、最近はリエナが甘えてくるとドキドキするし、無防備にベッドに潜り込まれたりすると理性と本能の戦いが始まって眠れなくなる。なんかもう、余計な事を考えるのはやめて、勢いのままにいってしまえばいいんじゃないかとか、考えないといえば嘘になる。

そんなリエナの裸……うあああ！　想像するな！　やばい！

僕の葛藤が生んだ致命的な隙をラムズは見逃さなかった。

「隙あるれりゃああああ！」

もう何がなんだか聞き取れない声で吼《ほ》えると、ラムズの上半身の筋肉が膨れ上がったように見えた。上体の伸びきった姿勢から力のみで押し返してくる。ちょっと、師匠との組手でもそれぐらい力を発揮してよ！

技巧を含まない純粋な筋力によって趨勢《すうせい》は決してしまった。

「……なあに、一人でなんて言わねえ。シズ、お前も来い」

その上で完全に僕を折りに来た。甘い誘いの言葉に抗う気力を保てない。

無駄にいい顔で、いい声で、まるで導くような台詞。なんだかラムズが男らしくて、頼りがいがあるように見えてきたぞ⁉

「……何をなさってますの？」

突然のクレアの声に硬直する。

着替えているはずのクレアがここにいるという事実。それが意味するところは極めて単純だ。つまり、既に着替え終えたという事。

覗くには、あまりにも遅すぎた。

「「間に合わなかったか！」」

「間に合わない？　何にですの？」

声を揃える僕たちに、クレアの声には不審しかなかった。冷え冷えとした声音にさすがに僕も冷静になる。

「「なんでもないよ？」」

自然に声がハモった。狙ったわけじゃないのに凄い疑わしく響く。

ますます疑惑の深まる空気に焦りが僕とラムズの間で増幅してしまう。

「いやいやいやいや、なんでもねえよ。なあ……」

「いや、その、うん。そう。ちょっと準備運動してて、終わらなかったなあって……」

必死の弁解の途中でまずラムズが口ごもり、続けて僕もすぐに言葉を失ってしまった。

振り返った先にいたのは、当然クレアとリエナ。それはわかっていた。

わかっていなかったのは、二人の姿の破壊力だった。

まず前提として二人ともかなりの薄着である。肌の露出が制服や私服からは考えられない程に多い。

驚きの肌色率。前世でいうところのビキニと呼ばれるタイプの水着だった。

リエナのは白い布地が黒髪と対比して目に眩しい。上下の所々にリボンがあしらわれていて、シンプルながらも可愛らしさをアピールしている。長い黒髪をリボンでまとめてポニーテールにしているのも珍しい。

表情からは内心が読みづらいけど、猫耳をちょっと伏せさせて怯え気味のように見える一方で、しっぽの先が小刻みに揺れている辺り、テンションが上がっている様子だった。『ちょっと怖いな。でも、楽しみだな。水着、変じゃないかな』みたいな？

上目遣いに僕を窺ってくる仕草で心臓を直接殴られたみたいな気になる。

そして、クレア。

黒のシンプルなデザインで、レースみたいな布を腰に巻いていた。水着の黒が、リエナと比べてもなお白い肌と銀髪を際立たせている。

でも、僕とラムズの視線を強制的に惹きつけるのはその胸部武装。本来なら装甲と称するべきなのだろうけど、そこに宿るのは防御力ではなく攻撃力。最早これは、兵器だろう。破城槌《はじょうつい》とか、そんな感じ。男の紳士力の防壁をドッカンドッカンとぶち壊しに来る。

腕組みしているせいで余計に強調されて、ラムズは今にも鼻血でも噴き出しそうだ。

なんていうか、そう。生きてて良かった。そう思えた。

「たゆんた『黙っとこうか？』メロンっ⁉」

我を失って何か口走りそうなラムズを、一発殴って黙らせつつ正気に返らせる。

男として言いたい事はよくわかるけど、僅かでも紳士の気概があるなら本人を前にして言ってはいけない。考えるなとはいわないけど、せめて心の内に留めておくんだ。果たして覗き云々で討論（肉体言語）していた僕たちに紳士の資格があるか否かは置いておこう。

奇妙な言動の僕たちに女性陣は首を傾げている。

「随分と過激な準備運動ですわね？」

「虫が止まってたんだよ。それより二人とも、その、うん。えっと、よく似合ってる」

不審に思われないように褒めて話の流れを軌道修正。とはいえ、似合っているのは本当だ。うまく言葉で伝えられなくて申し訳なくなるけど、こんな一言でもリエナは伏せていた猫耳をピコピコさせて喜んでいる。

クレアはそんなリエナを見て上機嫌そうだ。

良かった。血迷ってラムズと一緒に覗きなんぞしていたら今頃は流血の大惨事だったろう。相手は学園の女生徒最強ペアだ。悲惨な結末が待っていたとしか思えない。

うん。水着姿でこれだけ満足できる僕らに、覗きはレベルが高すぎたんだ、きっと。

「ところで、ルネさんは？」

「え？」

指摘されて思い出す。

目的の廃墟の近くまで到着し、川の付近にしばらくの拠点の準備を終えたのだけど、初日は時間が中途半端なので自由時間になり、皆で川遊びしようという話になって男女別に着替える形となった。で、一番に着替えたラムズが暴走して、僕が追い縋《すが》って止めたわけだ。

慌てていたせいでルネを置いてきてしまった。

「悪いことしちゃった、な……」

反省の途中で気付く。


危うくルネと着替えを共にするところだった件について。


ルームメイトになって既に一年以上経つけど、未だに着替えの時は部屋を仕切るカーテンを引いているのだ。もう少しでルネの艶姿（？）を目撃してしまうところだったと気付いて動悸が速くなる。

でも、問題はそこじゃない。

僕とラムズは厚手の生地のズボン一丁だ。男なんてそんな程度で十分である。

けど、ルネはまずい！

もしも、ルネが僕らと同じ格好で出てこようものなら……うわ。と、とにかく、まずい！

とはいえ、既に止めに行けるタイミングではない。今から走ったところで二人きりでご対面になるだけだ。いや、対面して何がどうなるものじゃないはずだけど、なんか危機感が首筋に刺さってくるし。

「みんな、お待たせー」

対策を思いつく前に背後から声が掛かる。

振り返る前に正面に立っていた女性陣の表情を窺うと、意外に普通だった。リエナは表情も猫耳もしっぽも平常運転。クレアもルネがいるだろう方向に小さく手を振っている。

横目で既に振り返っているラムズを見た。こちらは何故かすごく安心したような吐息をついて、それから非常に複雑そうな顔をしていた。え？　なんなの、その反応？

ルネの足音が近づいてくる。そろそろ背中を向けたままというのは不自然になってきた。親友に不愉快な思いをさせるわけにはいかない。

そもそも、本来なら何も問題はないのだ。ない、はず。ないよね？

決めた！　僕はルネと正面から向き合うんだ！　師匠にも人と向き合えと言われたんだから間違いない！　ですよね、師匠！

「男も女もルネも度胸！」

意を決して振り返る。

既にルネは手を伸ばせば届く距離に来ていて、僕の目はその姿を余さず捉えた。

「二人とも、着替えるの早いね」

「……うん。まあ」

僕はどんな表情をしているのか、おそらくさっきのラムズと一緒だろう。安堵と落胆が入り混じった複雑な感じ。

「なにか、変かな？」

不安そうに聞いてくるルネに笑顔を取り繕って答える。

「いや、平気。問題ない」

ルネは僕たちのように丈の短いズボン姿。

だけど、上には半袖の上着が着こまれていた。ちょっと大きすぎてサイズが合っていないようなので、ルネの持ち物ではなさそうだ。

僕の視線に気付いたのかルネが上着の肩辺りを摘まんでみせる。

「レグルス先生が着ていけって」

師匠、さすがッス!!

おかげで弟子の精神的な何かが守られました。いや、単純に人前に出してはいけないと判断したのかもしれないけど。

木陰で一人白木の杖を抱えて、香木の煙を吐いている師匠に心の中で一礼する。

まあ、それでも素肌にぶかぶかの上着という別の破壊力を備えてしまっている辺り、ルネは魔性だと思う。

「さて、明日からは作業で忙しくなるでしょうし、今日は羽を伸ばしましょう」

「おうよ！　というわけで、行くぞ、シズ！」

クレアが音頭を取ると同時にラムズが僕の首に腕を回してきて、そのまま川に飛び込んだせいで僕も一緒に川にダイブする事になった。盛大に水柱が上がって、ルネとクレアの楽しそうな悲鳴が聞こえてくる。

僕は危うく水を飲みそうになりながらも冷静に水面を目指す。ラムズめ。覗きが間に合わなかった八つ当たりか、殴られた報復か。ともかく、やるというなら受けて立とうじゃないか！

幸いそんなに深い川じゃない。先に水面に飛び出して、ラムズが顔を上げると同時に両手ですくった水を思い切り叩きつける。水を飲んで咽《む》せるラムズ。落ち着く前に距離を取ると、復活したラムズが追いかけてきた。

しかし、ルネとクレアが飛び込んでできた水柱が直撃して、ラムズは再び咽せていた。

二人とも普段より随分とハイテンションだ。今まで平民みたいに川遊びなんてできなかったんだろうな。

リエナは水が苦手で泳ぎも達者ではない。猫妖精の影響か、あるいは甲殻竜事件の時に川で溺れたのがトラウマなのか、川に入ってこなかった。少し離れた場所で岸から槍で川魚を次々と獲っている。

今晩のおかずは豪勢になりそうだ。後で手伝おう。

「お前ら、三人がかりでずりいぞ！」

「戦いは非情なのですわ」

「ふふ。シズ、隙ありだよ！」

背後からルネが抱きついて、思わず悲鳴を上げてしまった。

「当たってる！　それ当たってるから！　それとも当ててるの……って、リエナ！　槍をこっちに向けないで⁉」

「ルネ、ずるい」

パニックになりかけたり、嫉妬か何かの穂先で狙い定められたり、我慢できなかったリエナに飛び掛かられたりしつつも夏の午後は賑やかに過ぎていった。

7

「加減ぐらい覚えろ、チビ」

「ひぐっ……すいません」

師匠の拳骨を甘んじて受ける。

前日の水遊びで普段使わない筋肉を酷使したせいか、想像以上に疲れていた。実験では魔造紙を書くだけなので疲れていても大丈夫とはいえ、我ながら迂闊すぎた。

他の皆は疲れを残していないのだから言い訳のしようがない。単純に僕がテンションを上げすぎただけだ。ラムズを抱えてバックドロップしたのがいけなかったのかな。

自分でも見当はずれな気のする反省をしていると、師匠が厳しい視線を送ってきたのに気付いて意識を切り替える。

「それでもやる事はやるぞ」

「はい。でも、実験ってどこから手をつけましょうか？」

僕たちの目の前には沢山の素材たち。

学園から持って来た用紙だけじゃなくて、辺りの森の木々から剥ぎ取った皮や、加工した木版に、食事のために狩った獣の皮まである。同じようにインクも木の実の果汁や葉を擂《す》り潰した物や樹液などから、獣や魔物の血まで取り揃えられていた。

「これ、素材の違いも試すためですよね？」

「ああ。ついでに連中の訓練だ」

これらを準備したのは他の皆だ。近くに用意した敷物の上でルネとクレア、ラムズがぐったりとしていた。

午前中を使って近くの森や平原から採取して、加工までしてくれている。貴族の三人は今まで経験した事のない作業なので苦戦したようだけど、村で狩りの経験もあるリエナがうまくフォローしてくれたおかげでこれだけ集められたみたいだ。

とはいえ、疲労は隠せないようでまだ復活できずにいる。リエナだけは平気みたいで、今は魔物や害獣が近くにいないか、何かしらの理由で人が実験現場に立ち入ってしまっていないか、警戒中だった。

普段、学園では好きに魔造紙もインクも使っているけど、それらは狩人が採取して、商人によって王都まで運ばれた物を王家や貴族の資金で買い取っているだけ。素材の収集や加工の大変さは書記士の中でもそれらを研究している者たちでないと実感が持てない。

「当たり前に紙もインクも手に入るなんて考えていると、手持ちがなくなったらそこで手詰まりだからな」

一理ある。

僕も子供の頃に甲殻竜の甲羅と、自分の血を素材に魔法（術式崩壊）を起こして、九死に一生を得た事があった。まあ、九死の内の四ぐらいが僕のせいだけど。

無制限に補給される環境だけで生きていけるならそれでいい。だけど、都市から遠く流通の不便な地で生きる事になった時に補給を頼り切っていた人間は苦労する事になるし、この経験が窮地から逃れる一手になるかもしれない。

とはいえ、今日の本題はそこじゃない。

師匠は廃墟の街へと視線を送る。ここはちょうど町の入り口だったであろう場所で、所々崩れた塀が並んでいる。

廃墟になる前は鉱山の町としてかなり栄えていたらしく、ラクヒエ村と比べるとかなり大きい町だった。王都ほどとはいかなくても市民街の総面積と同じぐらいはあるのではないだろうか。かつての住人は、新たな鉱脈の発見と共に移住したのだとクレアから教えてもらった。

「本当に壊しちゃっていいんですか、これ？」

「許可は得ている。問題があれば立会人が言うだろう」

「え？　立会人って誰が……」

「わたくしですわ」

休んでいたクレアが手を挙げる。初耳だった。

「クレアが立会人って、え？　いいの？」

「ええ。ここはルミネス家の所領ですから」

「……ああ」

道理でこの小旅行にリエナが誘った時、問題なく同行できたわけだ。親からの許可をもらったりしなくていいのかと心配したのだけど、最初からクレアが来るのは織り込み済みだったのだろう。

でも、クレアの実家のものだというなら心配いらないか。壊した後からイチャモンつけられるとかもなさそうだ。ないよね？

「まずはお前が普通に作った魔造紙を使え」

「じゃあ、早速。いくよ。『力《りょく》・烈砲《れっぽう》』」

バインダーから基礎魔法の『力《りょく》・烈砲《れっぽう》』を抜き放つ。

赤い光が魔造紙から発して、塀に当たって消えた。間抜けな「ターン」という音が廃墟に響く。塀は崩れることもない。

なんとなく、虚しい間ができた。

「普通だな」「普通」「普通だね」「普通ですわね」「普通じゃん」

「いやいやいや！　基礎魔法ってこんなもんだよね⁉」

元々、基礎魔法はいきなり始祖の魔法を使って事故が起きないようにするための練習用なのだからして。

クレアは自分の筆を用意するなりスラスラと魔造紙を書き上げると、リエナに渡した。

「リエナさん、こちらを」

「ん。『力《りょく》・烈砲《れっぽう》』」

書かれたばかりの魔造紙をリエナが槍で発動させる。

ゴッと重い音を伴って赤い光の柱が塀に激突して消え、脆《もろ》くなっていた塀の表面が剥がれ落ちた。

再び虚しい間が漂う。うん。純然たる実力の差が浮き彫りになったね。

師匠が香木を吸って、煙をゆっくりと吐いて結論した。

「満足覚えたらそこで止まるぞ」

「……精進します」

くそう。不器用な自分が恨めしい。これでも必死に筆記を続けて、初めて書いた時よりずっと成長したというのに。クレアと比べるのがいけないのだろうか。

いや、クレアだって学園では最上位でも、世界にはもっと腕のいい書記士がいて、そんな人たちに追いつき、追い越そうと毎日精進しているのだ。僕だってクレアに負けないようになんて上限を定めていないで、もっともっと頑張らないと。

悔しいのはどうしようもないけど、師匠の言う通り満足して足踏みしていちゃいけない。十の努力で足りないなら、二十、三十と積み重ねていけばいい。

そこは修練あるのみなので、今後も引き続き努力するしかない。今は気分を切り替えて、本来の目的に取り組もう。

「次に行く前に、お前の凝縮について確認するぞ。お前、それ調節できねえのか?」

「うーん、調節、ですか……」

実際に筆を出して魔力を凝縮させていく。

小さい頃から何度も繰り返しているので実にスムーズに凝縮は為された。

いつもの二十倍凝縮に。

ここから魔力を減らそうとすると一気に魔力が拡散して、普通のレベルまで落ちてしまった。何度か試行錯誤してみるけどうまくいかない。

少なくとも魔造紙を書き上げる間、ずっと維持するのは無理。

「……難しいです」

「それが最大か？」

「いえ、魔力はまだ余裕がありますからもっと凝縮できるとは思うんですけど……」

実際にやってみる。

魔力の凝縮に比例して、鮮紅の輝きが内側から緋色へと色味を濃くしていく。同時に筆から不吉な手応えが返ってきて、慌てて魔力を拡散した。

「……ダメです。これ以上は筆の方が」

「二十倍以上は筆がもたねえのか。それ、かなり貴重な材質が使われているようだがな」

「おじいちゃんからもらったんです」

僕の魔法はこの筆から始まっている。

貴重であること以上に僕にとって大切な一品だ。壊してしまうなんて絶対に避けたい。

「平均未満か二十倍か、相変わらず極端な奴だな」

「あ。二十倍って言っても、普段の僕の二十倍なんで」

あれ？　説明してなかったっけ？

見回すとリエナと師匠以外が唖然としている。師匠でさえ眉を顰《ひそ》めているのだからなかなかの爆弾発言だったのかもしれない。

「普段のって、もしかして夜にやってる魔力を使い切るための、あれ？」

同室のルネはよく知っている。魔力は使えば使うほどに回復した時に総量が増えていく。普通の人なら数年で限界に至ってしまうのだけど、僕はこの歳になっても限界を迎えていない。だから、毎日魔力を全て使い切るまで筆記の訓練を続けている。

その際、あまりに量が多すぎて普通に消費していると使い切るまで一日かかってしまうので、普段から凝縮しているのだ。

もう何年も繰り返しているので、凝縮というとこの辺りの魔力量に自然と落ち着くようになっている。

「それが大体、八倍ぐらいみたいですけど」

長年の繰り返しのおかげでこれだけは一定量が保てるのだ。

「それの更に二十倍だって言うのか？」

「つまり、百六十倍の魔力を凝縮していますの？」

頷くと揃って溜息を吐かれた。

「あの威力も納得できるね」

「そりゃあ真似できねえよ。クレアでも無理だろ」

「わたくしの魔力量ですと基礎魔法はなんとか、ですわね。そもそも凝縮ができないのですけど」

クレアも魔力を消費するのが大変だったようだ。毎日、大量の文字を書いて魔力を消費していたのだろう。僕のように凝縮して大量消費ができないと膨大な時間を掛けることになってしまう。

常々、優雅に振る舞うクレアだけど、人知れず努力しているんだろうなあ。

「ん。シズなら当然」

リエナの過剰な信頼感は本当にどうしたものか。なるべく応えたいものだけど。

「まあ、いい。その二十倍で今の『力《りょく》・烈砲《れっぽう》』を書いてみろ。まずは通常の紙とインクだ。終わったら他の素材も試すぞ」

「はい」

基礎魔法の術式は短いのですぐに用意ができる。

周りを巻き込まないように位置を整えると、師匠が頷いた。

「いくよ。『力《りょく》・烈砲《れっぽう》』」

先程と同じように発動させる。

今度は鮮紅の奔流が轟音を立てながら突き進んでいった。地を抉《えぐ》り、塀を飲み込み、家屋を数棟ほど粉砕して、そのまま宙に拡散して消える。

残るのは大型馬車でも通行可能なほどに大穴が開いた塀と、街並みにできた直線道路。

「……相変わらず規格外ですわね」

「上級の魔法並みだろ。これ」

「極大魔法に三枚落ち、といったところか。威力の差は……ふん。百六十倍と言われれば、確かにそのぐらいだな。凝縮によって特殊な条件が満たされて威力上昇と言うわけではねえのか。これは単純に魔力量による上昇だろう。変換式は単純に魔力量に比例すると考えていいわけか。となると、下級と上級を分けるのも文字数の差なのか？　いや、同じ等級の中でも文字数には開きがあるんだ。そこまで単純じゃねえか。術式崩壊の条件の一部もその辺りに引っかかっているかもしれねえな」

クレアとラムズが呻《うめ》いている間に師匠は検証していく。なんだか模造魔法そのものにも関わる域まで掘り下げているような……。

思考が一段落したのか、師匠は破壊痕からこちらに視線を戻してくる。

既に僕は次の指示を受けていたのを思い出して、慌てて近くの素材を使って筆記していく。二十倍でも基礎魔法程度の文字数ならまだまだ余裕だ。

その後も続けて五度、『力《りょく》・烈砲《れっぽう》』を発動させてみる。わかりやすいように横並びに塀をぶち抜いた。

崩れてくる建材に注意しながら威力や範囲をまとめる。

「……素材の差は誤差の範囲だな。原書に素材の面から近づけるより、魔力量での補正の方が大きいのか」

淡々と考察を続ける師匠に対して、僕とリエナを除いた面々は複雑そうな表情だ。始祖たちと、その原書に対する畏敬の念があるので聖域に踏み込む感覚なのかもしれない。

その辺り、僕は前世の影響か宗教への警戒心というか、妄信への拒否感があって馴染めない。世界を救ったという始祖たちを純粋に凄いとは思うけど、神聖視するというのは何か違うと思うんだよ。

リエナは僕が色々と影響を与えたせいで、一般的な感覚ではないみたいだ。

「基本的な推測はこれぐらいにしておくか……。まだ魔力に余裕はあるか？」

「はい。まだ半分も使ってないので」

僕の現在の総魔力は六万文字を超えていると思う。

以前聞いた話だと金バインダーのクレアで五千文字ぐらいだというから、自分でも呆れてしまう数字だった。これで未だに限界を迎えていないのだけど、僕の魔力は一体どこまでいってしまうのだろうか？　どうしても才能云々の話じゃないと思うのだけど。

「今日は基礎魔法を一通り試すぞ」

「あと、二種類ぐらいなら書けます」

「いや、素材の検証は数を減らして、その分で魔法の種類を増やす。四種類ぐらい試せるな」

そうして、魔力がなくなって、昼寝による魔力回復を挟んで、二度目の実験が終了する頃には廃墟の三分の一ぐらいが瓦礫の山になってしまった。

実験一日目、終了。

8

翌朝、昨日と同じように各人が配置につく中、僕は深呼吸で気持ちを落ち着かせる。

今日からが本番だ。

昨日は基礎魔法を集中して終わらせたけど、今日は各種魔法の下級と上級を試す。下級はいくつか試しているけど、それだって場所を選ぶせいで全部は試せていない。上級に至っては師匠から禁じられていた。

曰く、何が起きるかわからないと。

上級魔法になると大型の魔物の討伐に必須とされ、魔王と戦う最低条件とも言われている。その規模は基礎魔法はもちろん、下級の魔法の比ではない。

それが二十倍凝縮になった場合、師匠の言う通り想像もつかない。学園の訓練所で実験して周囲に被害が出たら大変だ。基礎魔法でさえ『大人の体当たり』が『砲撃』並みになったのだから、その危惧は決して大げさではない。

その点、ここなら被害を気にする必要もないから存分に実験できる。

「まずは下級の魔法から始めるぞ」

昨日より随分と見晴らしがよくなってしまった廃墟の外れに陣取り、師匠が実験開始を宣言する。

「はい」

魔造紙をバインダーから抜き出した。

使う魔法は既に決まっている。回復魔法は論外。召喚魔法と法則魔法は不器用な僕は特に苦手なので除外。付与魔法は成果の検証が難しいので後回し。

僕が書ける魔造紙の中で比較的安定していて、結果が一目瞭然な属性魔法。そこから更に属性を吟味した結果。

魔造紙を地面に当てる。

「いくよ、『氷《ひょう》・霜野《そうや》』」

通常の魔力で書かれた下級の氷属性魔法。

僕の前方に向けて地面から大人の足首を覆うほど巨大な霜柱が広がっていく。昨日の基礎魔法で破壊された残骸を閉じ込めていき、前方十メートル四方を飲み込んだところで止まった。

夏の日差しの中に突然出来上がった氷の園。少しだけ暑さが和らいだ気がする。

攻撃色が非常に強い属性魔法の中で、これは対象の足止めとして使われるらしい。直撃すれば身動きが取れなくなるだろうけど、範囲外に逃れるなり、霜柱に閉じ込められる前に跳躍してしまえばなんとでもなる。

発動が終息すると同時に後ろからラムズが走っていき、手にした旗を氷の範囲を囲うように突き刺していく。作業はすぐに終わって戻ってきた。

「溶ける前に続けるぞ」

「はい」

今度は二十倍の『氷《ひょう》・霜野《そうや》』。

鮮紅を湛《たた》えた魔造紙を同じように発動させる。

輝きが辺りへ広がっていき、同時進行で氷の侵略が始まった。暑気を追い払うように広がり続ける霜柱たち。高さにしてラムズの背を超えるほど、広さにして町の入り口から一帯を覆い尽くしてしまうほど。

氷の大地とでも呼べばいいか。旗も瓦礫も、最初の霜柱も、全てが内側で時を止めていた。

「単純に範囲が百六十倍ではないな。やや狭いか」

「氷の強度が増しているのかしら」

最早、氷壁と化した霜柱に触れながらクレアが首を傾げている。

リエナとラムズが槍や剣で氷を突き刺して削り出していた。おい。ラムズ。食べるな。暑いとはいえ、それはどうなんだよ。

「普通の氷だ」

「率先して毒見をありがとう」

ぶほっと派手に吐き出すラムズ。普通の魔法で生まれた水や氷なら大丈夫なはずだけど、色々と規格外なのだし安易に考えない方がいいと思うのだ。まあ、さすがに毒ってことはないと思うけどね。

自業自得なラムズは放置の方向で、次に移る。

これから試すのは上級の属性魔法。『氷《ひょう》・霜野《そうや》』の上位互換的な魔法だ。これを二十倍に凝縮したものを試す。

正直、緊張している。何度も言うけど本当に初めての試みなので、どれだけの規模の魔法になるのか想像もつかない。

術式が変換式だというなら、あまりの魔力量に術式が耐えられずに術式崩壊なんて事態も考えられる。八歳の時の魔力量であれ程の破壊が起きたのだ。今の魔力でしでかそうものなら今度は逃げ切れないかもしれない。

なので、全員が距離を取った上で、ルネが土の属性魔法で地面に塹壕を造り、クレアが法則魔法の防御結界を展開した。

術式崩壊の直撃には耐えられないとしても何もしないよりはずっといい。少なくとも余波ぐらいなら防げる。

問題は魔法を発動する僕は生身であることだろう。

離れずに残ったのはリエナと師匠。

他の三人も残ると申し出たけど、師匠に却下されていた。足手纏《まと》いだという厳しい発言に誰も抗議できない。まあ、この二人の身体能力を前に対抗するのは難しいだろう。

「発動と同時に距離を取る。猫は先行しろ。最短ルートを選べ」

「ん」

「チビは大人しくじっとしてればいい。俺が運ぶ」

「はい」

僕がいくら小柄とはいえ、人ひとり抱えて師匠はどれだけ速く動けるのか、この場の誰からも疑問は出なかった。この人ならやる。

三人が待つ結界には入れなくても、その背後にも塹壕を用意しているので、そこに入れば被害は小さくできるはずだ。

準備完了。全員と視線を交わして、頷き合う。

さて、鬼が出るか、蛇が出るか。どんな危険が潜んでいたとしても、僕自身の魔力と技術なのだ。

いつまでも放置するわけにはいかない。

今までは必要なかった。だから、先延ばしにできた。でも、この先で仮に誰かが窮地に陥った時、もしもこの魔造紙で事態を打開できるとしたら、その他に手段が残されていないとしたら、僕は使用を躊躇《ためら》わないだろう。

その時にぶっつけ本番になるぐらいなら、準備した上で実験した方がずっといい。

緊張を理性で宥《なだ》め、深呼吸をひとつして、覚悟を決めた。

鮮紅に染まる魔造紙。その中心を杖の先端で突く。

「いくよ、『氷《ひょう》・積原《せきげん》・輝星霜《きせいそう》』！」

魔造紙が輝き始めると同時に僕は襟首を引っ掴まれ、そのままとんでもない勢いで宙を泳ぐ事になった。すごい勢いで風景が後ろから前方へと流れていき、地面に置かれた魔造紙からぐいぐい距離が開いた。

宣言通り、師匠が僕を片手に掴んで走っているのだ。

ちょっ！　浮いてる！　比喩じゃなくて本当に浮いてるんだけど！

「えええええええええええっ⁉」

荷物（僕）を抱えているのに先行していたリエナに追いつきかけてる辺り、師匠の底知れなさを感じた。

追い抜かれそうになって、一度こちらを振り返り、「え？」って感じで二度見するリエナが印象的だったね。しっぽが驚いてボンと膨らんでいたからよっぽどびっくりしたのだろう。え？　運ばれ心地？　意外に首は絞まらないけど酔いそうになる、かな。

僕がコイノボリみたいに宙を舞っていたのは数秒程度だろう。あっという間に結界の後ろまで至り、塹壕の中に放り込まれた。

「……始まっているな」

師匠だけは塹壕の外に留まり、息ひとつ乱さずに魔法の発動を睨んでいる。

色々と師匠につっこみを入れたいところだけど、今は僕の魔法が本題だ。ほぼ同時に逃げ込んでいたリエナと顔だけ出して覗いてみた。

術式崩壊の鮮紅は起きていない。最悪の想定は起きなかった事を確認してほっとする間もなく、それに気付いた。

氷が広がっている。

当たり前だ。不器用な僕が書いた魔造紙とはいえ、仮にも上級の属性魔法。大型の魔物を範囲に収めるほどの規模の現象を起こす。

その二十倍ともなれば、かなり大規模の魔法現象が起きるのは想像していた。

吐き出す息が白い。夏なのに、まるで真冬みたいに。

前世の記憶に、水が凍る過程を映した映像を早送りで見た物がある。眼前の現象はそれに酷似している。違うのは、水がないのに勝手に氷が広がっていくところだ。霜柱――王都の城壁ほどまで伸びるそれを霜柱と認識していいのか疑問だけど――が次々と林立していく。

地面や建物を押し退けるような乱暴さはない。

氷結の対象となる地面は元より、空気も例外ではない。大気に浮遊する塵でさえも逃れられずに囚われて、霜柱の中に封じられていく。

音もなく一方的に行われた捕縛は、一分も経たずに終了した。

言葉はない。

僕も、皆も。

師匠だけが香木を咥《くわ》えたまま煙を吐き出して、呟いた。

「学園で試さなくて正解だったな」

その通りだ。

こんなの学園で発動しようものなら、どれだけの被害が出ていたか。

ほんの数十秒。その間に視界が全くの別物に塗り替えられてしまった。

氷に閉ざされた廃墟の町に。

透明度の高い、水晶を連想させる氷の世界。

塀も、残骸も、廃屋も、道も、氷の内側に沈んでいる。それなりに距離を置いているはずなのに、吹く風が冷気を運んできた。浮き上がった細かい氷の粒が、太陽の光を受けて輝きをばら蒔く光景はかなり幻想的だ。

氷山の頂点は高く、横へと広がる先は遠い。僕が知る最大級の大きさを誇る甲殻竜が群れであっても、悠々と内側に収めてしまえるだろう。

本来、足止めのための魔法なのに。

「呆けてる暇があれば動け」

師匠の拳骨で我に返った僕は皆と手分けして調査に入った。

9

結果はシンプルだった。

氷そのものは今までの魔法と大差ない事。

目測で十メートル以上の高さまでが範囲内である事。

そして、廃墟の町の全てどころか、町が背にしていた山の裾野までが魔法の範囲に入っていた事。

「ふん。高さに対して範囲が広い辺り規模こそ桁違いになろうが、魔法そのものの性質は変質していないな」

「術式——変換式は正しく作用しているって事ですか？」

「だろうよ。でなけりゃ、空高くまで氷の柱ができたかもしれんし、あるいは俺らも氷の中に閉じ込められたかもしれんな」

ぞっとする。

師匠は平然と言っているけど、本当にそんな事態だって考えられたのだ。結界や塹壕でどうにかかなるレベルじゃない。

僕どころか、ここにいる皆の命を奪う可能性を実感して震えそうになる。

自然と小休憩に入っている皆に視線が向いた。リエナはいつも通りの表情で、猫耳としっぽを揺らしている。クレアとラムズは何か意見が食い違っているのか、互いの主張に味方を求めてクレアはリエナの腕に抱きつき、ラムズはルネの肩を掴んでいる。最終的に何かラムズが失言したのか、リエナの槍で叩かれて、ルネが間に入って仲裁していた。

最近の僕らの日常。当たり前で、でも、大切な光景。

失われそうになったものの重さに目眩《めまい》がして、続けてこんな事をしでかしてしまう自分が恐れられるのではと想像して、膝から力が抜けそうになる。

「やめるか?」

僕の恐れを見て取ったのか、師匠が短く、淡々と確認してくる。香木を片手に僕を見下ろす視線に一切の揺らぎはない。

そう、確認だ。

師匠は僕がやめるなんて微塵も考えていなかった。僕が何を考えて恐れを抱いたのか、推測を得意とする師匠が気付かないわけがない。なのに、それでも僕が心折れるとは思っていないんだ。

わかる。一年も師匠の弟子をやってきたからわかる。拳骨が落ちないのだから、僕の感じた恐怖は間違ったものではない。見限られたのなら、そもそも尋ねられもせずに無視される。言葉は少なくて、安易に答えを与えてはくれないけど、行動と態度で示してくれる。それが師匠だ。

その師匠が信じてくれている。

僕が目の前に出された楽な道を蹴飛ばして、その勢いで踏み込んでくると。

師匠からの信頼を感じて、恐怖と向き合おうと思えた。意識的に深呼吸を五つ、皆の顔を思い浮かべながら繰り返す。

「僕は……」

ここで逃げてもダメだ。

この魔力は、技術は、僕だけのものなのだから。逃げてもどこまでもついてくる。切り離すなんてできない。

そして、実験の前に考えた事を改めて思う。僕はこの力が必要な場面に遭遇したら、悩んでも、恐れても、恐れられても、使用を躊躇《ためら》わない事を。

第一、逃げてどうする。誰にも迷惑が掛からないように皆から距離を取るのか？　そう考えて失敗したのが大魔法競技会の時じゃなかったのか？　あの時は大事なものを見失って迷走した。だから、原点を思い出すんだ。僕は自由に、人と心を通わせたいと思って、魔法学園に来たんじゃなかったか？　人の性質なんてそう簡単に変わらなくて、何度も同じ過ちを繰り返してしまうかもしれないけど、少しずつでも成長していくのもまた人間だ。

なら、するべき事は決まっている。

逃げない。難儀なのはわかった。正しく認識できた。その上で、それを受け入れて前に進めばいい。

強くなると決めたのだから。

師匠から身の丈に合わない力の危険性を指摘されたのを思い出す。考察するまでもなく、この魔力凝縮は僕の分を超えた力だろう。

だったら、どうするか。簡単だ。

「やめません。今の僕に過ぎた力なら、身の丈の方を合わせます」

言葉にして宣言する。

師匠の眼差しに正面から視線を返した。僅かに師匠の目元が笑んだ気がして、すぐに皮肉っぽく変わる。

「言ったからにはやれねえとは言わせせんからな。それと……」

言葉を一度切って、視線が僕の背後へと送られる。

「弟子の不始末ぐらい拭えねえで師匠は名乗らん。手前がしでかすのなんぞ想定の内だ。術式崩壊だろうが、術式の変質だろうが、手前とその仲間ぐらいどうにかしてやる」

実際に僕の規格外の魔法を前にして、それでもこう言ってしまえるとは。

それこそ、師匠は言ったからには実現してしまうのだろう。人に言っておいて、自分はできないなんてしない。

本当に格好いいなあ。

「それから、あまり仲間を甘く見ん事だな」

「へ？　ぶふぉ！」

突然、後ろから飛びつかれてすっころんだ。驚いて暴れる心臓を意識しながら確かめれば、腰に後ろからしがみついたままじーっと見つめてくるリエナと目が合った。

「な、何？」

「……シズ。やなこと考えてた」

鋭い。

前科がある上に、僅かとはいえ考えたのだから、言い逃れできない。

冷や汗を浮かべる僕を師匠は一瞥すると、紫煙を吐き出して一言。

「この程度でチビを恐れるようならついてこねえだろ」

リエナの突然の抱きつきに何事かとやってくる三人に目を向けて、一人も僕に対して怯えていない事実に気付く。

「どうしましたの、リエナさん」

「シズ、大丈夫？　怪我してない？」

「おいおい。白昼堂々、押し倒すとは大胆……あ、すいませんでした」

失言したラムズがリエナに睨まれて即謝罪する。

ああ。自己完結する癖、本当にどうにかしないとな。僕が身を滅ぼす以上に、信じてくれる皆に失礼だ。

ルネとクレアに手を引かれて、リエナと一緒に起きながら改めて思う。

「大丈夫。今度は間違えないから」

「ん。わかった」

リエナにだけ聞こえるように囁くと、満足げにしっぽが揺れた。

「休憩は終わりだ。次の実験に移るぞ。準備しろ」

集まってきた皆に師匠が指示を出す。

さあ、時間が勿体ない。まだまだ試すべき魔法はあるんだ。ある程度、ここに来るまでに用意してきているとはいえ、足りない分は書かないといけなくて、二十倍凝縮の上級魔法になると僕の魔力でも何枚も書けない。

限界まで書いて、試して、休んで、書いて、と効率よくいかないと。


その後も無数の凝縮魔法が試された。

属性魔法の上級は各種属性を一通り、回復や付与はもちろん、苦手な召喚や法則も僕が書けるものはできる限り。

廃墟と山は炎が躍り、水が舞い、風が裂いて、地が乱れ、雷光が駆け、氷河が落ち、光と闇が明滅し、時に結界が張られ、何体もの召喚獣が暴れ、強化されたリエナと師匠がぶつかり合い、その余波で吹っ飛んだラムズが治療された。

もしも第三者がこの光景を目撃したなら、世界の終わりを連想しただろう。

ちなみに、成功していた合成魔法に関しての実験も提案したけど、師匠に一言で却下されてしまった。

そうして、十日に渡る実験がいくつかの波乱を含みながらも終了した。

結果、僕の二十倍凝縮した上級魔法などは都市部での使用が禁じられる事になった。

なにせ、この十日間で実験場となった廃墟の町は残骸の一欠片も残らず消滅して……。

元鉱山まで地図上から消滅する事になったのだから。


地形が変わってしまい、やたら見通しが良くなった風景。

巨大なクレーターを前に、僕たちは顔を見合わせていた。

え、師匠？　一人だけ平然と香木を吸っているよ。この程度の破壊ぐらいなら経験した事があるんだってさ。……過去に何があればこんな経験するのだろうか。

領主の娘であり、監督役でもあるクレアに恐る恐る尋ねる。

「これ、やっぱりまずい？」

実験場の許可は取っていても、まさか実験場そのものが消滅するとは思いもしないだろう。

いつも優雅に振る舞うクレアもさすがに冷や汗を隠しきれていない。彼女にはこの実験について報告する義務がある。責任問題に発展したらあまりにも申し訳がない。

「……お父様からはこの町と鉱山を実験場にしても良いと聞いていますわ。町はもちろん、廃鉱も盗賊の住処になる事がありますから。寧ろ、そのような可能性のある施設は壊してくれると助かると」

まあ、なくなったね。施設というか山そのものが。

うん。盗賊団がここを拠点にするという選択肢だけは確実になくなった。こんな見晴らしの良すぎる場所なんて問題外だろうし、そもそもほんの数日で跡形もなく町と山が消滅したなんて曰くつきの場所に誰が住みたがるというのか。

どうしよう。弁償とか言われても支払い能力なんてないんだけど。

「大丈夫でしょう。ちゃんと説明して、了解を得ますわ」

「ごめん。手伝える事があったら言ってね」

「ん。わたしも手伝う」

強化の付与魔法を試して大暴れしたからか、リエナもどこか気まずそうだ。クレーター内の無数の亀裂はリエナと師匠による犯行だ。

心配ないと微笑んで見せたクレアは、既にいつもの余裕を取り戻している。領主の娘とはいえ、公私混同するような性格じゃない。不測の事態を権限でどうにかするなんて選択はしないはず。真正面から偽りなく報告して、問題なかったと認めてもらう気だ。だから、これは強がりだろう。それでも強がりに見せないのだから、芯の強さに感心してしまった。

「悪いようにはならねえよ。気負いすぎるな」

師匠が短くなった香木を握り潰しながらやってくる。火傷《やけど》しないんだろうかと心配になるけど、師匠だからなあとも思ってしまった。

ともあれ、師匠が言うからには迷惑を掛けない算段があるのだろう。

「よし。準備はできたな」

全員を見回す。

実験の日程は滞りなく終了した。帰り支度も済んで馬車に積み込み済み。

「帰るぞ」

こうして僕たちの小旅行は終わりを迎えた。

10

小旅行を終えて王都に帰ると、大通りの賑わいに驚かされた。

確かに東西南北の大門から王城にまで至る大通りは普段から多くの人が行き交っているけど、それにしたって今日は随分と数が多く見える。

都市外の広い街道のようにはいかないので、御者を務めるラムズが速度を落とした。

「ちっ」

そのまま数分程進んだところで、不意に師匠が舌打ちする。

何事かと様子を窺うと、不機嫌というか、面倒臭そうな気怠い雰囲気で香木の煙を吐き出すところだった。

「……お前ら、今日はこれで解散だ」

師匠が危なげもなく走る馬車から下りる。白木の杖と自分の荷物を片手に音もなく着地し、そのまま歩き出した。

「師匠？」

「行くところができた。学長には俺から言っておく。そのまま帰っていいぞ」

こちらを見ることもなく一方的に言い置いて、師匠は行ってしまった。その後ろ姿はすぐに人波に隠れて見えなくなる。

基本が放任主義の師匠だ。王都まで到着したのだから、引率としての役割は終了という事なのだろう。

「じゃあ、このまま学園に向かうな。そしたら俺は馬車を戻してくる」

「お願い。助かるよ」

そのまま第二城壁へ向かってゆっくりと馬車が進んでいく中、改めて辺りを観察してみる。

いつもより活気に満ちた大通り。色んな格好の人がいる。王都民に、内外の商人、傭兵や旅装の集団、そして、鋭く辺りに視線を巡らせる騎士たち。

「なんかあったっけ？」

隣に座ったリエナと首を傾げる。対面に座ったルネとクレアは事情を知っているのか納得顔をしているので、視線で問いかけた。

「今年は百年祭だから、もう準備が始まってるんだよ」

「百年祭？」

「ええ。一年の終わりに、始祖様への感謝と平和を願って祈る新年祭がありますでしょう？」

……ああ、あったっけ。

ラクヒエ村では収穫祭の方が盛大に行われて、新年は家族で細《ささ》やかに迎える感じだったから、いまいち実感はないのだけど、さすがに王都は違うんだったか。

去年は競技会の反省で色々と改めたり、方針を固めたりでほとんど関わらなかったんだよね。

「でも、こんなに早くから準備するものなの？」

「いえ、例年なら競技会の後からですわね。でも、今年は百年祭ですのよ」

最初にルネが言っていた単語だ。

なんとなく、言葉の響きから意味はわかる。

「百周年って事なの？」

「うん。始祖様がテナート大陸の魔族を撃退した年から、百年ごとに節目の年は盛大に祝うんだよ。それが今年なんだ」

なるほど。しかも、今年はちょうど千年目。百年祭と言うより千年祭と呼ぶべきかもしれない。節目の中でも特に大きな節目だ。ともなれば、半年も前から準備が始まるのも頷ける。

前世なら色々と技術が発展していたから短時間で準備を終えられるかもしれないけど、大規模な祭を開催するともなればそれなりの準備期間が必要になる。物資を揃えるのだって、組み立てるのだって、時間が掛かるのだから。

「シズたち、去年は見てないでしょ？　今年は一緒に行こうよ。屋台だけじゃなくて色んな出し物があるんだよ。大道芸とか、演劇とか、的撃ちとか。賭け事はダメだけどね」

「来年になれば魔の森への校外学習で忙しくなりますでしょう？　それぞれ進路もありますでしょうし、わたくしもできるだけ一緒にいたいと思いますの」

二人の言葉に色々と考えさせられる。

魔法学園は二年次から先で進路が分かれる。学園に残って研究を続ける者、騎士を目指して入団試験に臨む者、故郷に帰り魔法使いとして生きる者。

年度末に行われる実質的な卒業試験でもある魔の森での校外学習。

魔の森というのはスレイア王国の西部にある大森林だ。非常に広く深い森で、王国内で最も魔物が生息している場所になる。

二年次の最後に学生は魔の森へ向かい、実際に魔物を討伐する事で卒業が認められるのだ。これには魔法士も書記士も全員が参加し、多くの学園教師が同行する。

王都出身の生徒の中には、貴族だけでなく平民でも魔物を見た事がない者がいるのだ。魔法の本分を考えれば魔族との戦いに使えなくては意味がない。魔法使いを育成する魔法学園の卒業生が魔族と戦えないのでは名折れだろう。なので、新年が明けると二年次生は校外学習に向けて注力する。早い者だとこの夏から準備を始める程だった。

既に甲殻竜という大型の魔物を（結果的に）倒した事もあり、今回の小旅行でも魔物を狩っている僕たちは人より余裕がある。とはいえ、クレアなどは自派閥の生徒の面倒をみるだろうし、卒業後についてて考えたり忙しくなりそうだ。

のんびりしていられるのは年内までだろう。

「そうだね。うん。一緒に行こう」

「わたしも、行きたい」

リエナも積極的だし、断る理由なんてない。と、もう一人から不満が聞こえてきた。

「おいおい、俺は誘わないのか？」

「うーん。あー、行く？」

「誘い方が微妙⁉」

「冗談だよ。ラムズも行こう」

「いいけどさあ。どうかなぁ。予定入るかもしれねえしなぁ。ほら、新年祭って恋人ができやすいって言うだろ？　俺を物陰から見つめている女子が……」

うわあ、面倒臭い。よし。じゃあ、いい事を教えてあげよう。

「うん。知ってるよ」

「マジか⁉　誰？　同級生？　下級生？　俺の知ってる子？」

「草葉の陰で見つめてるって」

「幽霊じゃん！」

「皆、ラムズは一人……いや、二人きりで過ごしたいみたいだからそっとしておこうね」

「言い直すなよ！　その話からの二人きりはこええよ⁉　っていうか、リエナ⁉　どこ見たんだ⁉　そっちは空だぞ！　何がいるんだよ！」

いや、それは僕らの話が退屈なだけだと思う。たぶん。

もちろん、僕もリエナも霊視能力なんて持っていないのだけど。どうもラムズ相手だと遠慮する気がなくなるんだよね。

御者をしながらもわめくラムズを放置していると、不意に静かになる。

やりすぎたかと心配して様子を見れば、ポカンと大口を開けて固まっていた。ちょっと、御者！　危ないでしょ！

「ラムズ！　よそ見運転ダメ絶対！」

「お、おう！　いや、もう停めてるだろ」

え？　あ、本当だ。いつの間に……。貴族子弟らしからぬスキルばかり持っているな。

ともあれ、やたら達者な操車で気付かなかったけど、馬車を停めたのは何故だろうか。

場所は市民街の西の大通り。商家と歓楽街が多い場所で、あまり近寄らないのだけど、城壁との距離感だと半分ぐらい来たところだと思う。幸い四つの大通りの中でも広い道な上に、停めたのが道端なので、僕たちの馬車が停まっても運行の妨げにはなっていないけど、いつまでも停車していいわけがない。

見回していてすぐに気付いた。他にも何台もの馬車や人が足を止めている。一様にポカンとした表情を向ける先に、僕も目をやって驚いた。

「これ……もしかして劇場？」

大通りと交差する太い環状の道の角――いかにも大店の商家が居を構えそうな立地にそれはあった。

他より階段状に低くなっていく観客席が扇形に造られ、一番低い席から広めに空間が設けられていた。その奥には舞台が置かれている。すり鉢状の劇場だった。土台はできていても粗削りで、建設途中なのはわかるのだけど、規模がすごい。

最大の高低差が城壁を超えているんじゃないか。おそらく十メートルはある。けど、耳目を集めるのはその広さ。学園の訓練場が五個ぐらい悠々と入りそうだ。前世でいうところのコロッセオを四分の一に切り取ったらイメージしやすいかもしれない。

他にも大規模な工事をしている場所は見受けられるけど、これほどの大きさはない。

「いつの間に？」

「出る時はなかったよな。こんなの」

御者台に並んで顔を見合わせる。こんな目立つ工事がされていたらどんなに注意散漫でも気付くだろう。

他の三人も続いて身を乗り出してきて一様に驚く中、一人だけ違った反応をした。

「あら。そういえばもう準備が始まっていましたわね」

「知ってるの？」

「ええ。ルミネス家が出資していますから」

どこか誇らしげに胸に手を当て微笑むクレア。両手を広げてちょっと演出っぽくしながら続けて紹介を始める。

「こちらはルミネス家で用意している劇場ですわ。ルミネス領で生まれました新型演劇がこの冬に行われますの」

演劇と言うのはなんとなく、舞台の構造から用途を予想できていたので驚かない。

「新型？」

専用の劇場が必要になるとは、いったいどんな劇なのか。

扇形ですり鉢状の構造なので、音響とかにもいい影響があるだろうし、多くの人が観劇しやすくもなっていたり、単純に劇場としても優れているのだろうけど。

クレアは意味ありげに微笑むものの、唇に指を立てる。

「そこは是非、実際に見て頂きたいですわね。百年祭に向けて準備をしておりますので、一緒に観劇もいいかもしれませんわね」

百年祭に合わせて王都に進出したんだ。

これだけ広い土地を用意したり、資材を手配したりと、時間も人手も資金もかなり注ぎ込んでいるのは間違いない。その辺りからも本気の度合が見て取れる。

詳しく聞き出したいところだけど、劇の営業面でも秘密にしなければならない。いくら僕たちを信用してくれたとしても、どこで聞き耳を立てている人がいるかもわからないのだから、できるだけ情報流出の可能性は少なくあるべきか。

「百年祭の予定、ひとつ決まったね」

「ん。楽しみ」

「新型かあ、演目なのかな？　演出なのかな？」

「なあ、俺も。俺も行っていいだろ？　な？」

クレアとしては候補のひとつのつもりかもしれないけど、僕たちの中では観劇は確定だ。

……お値段は大丈夫だよね？　市民街に建てるんだから僕たちでも行けるぐらいだよね？

さすがに領主の娘の知り合いだからと、ただで見せろなんて言えない。クレアは気にせず招待してくれるかもしれないけど、友達だろうと遠慮するべき場面はある。

「劇団員に伝えておきますわ」

それは光栄かもしれないけど、領主令嬢の期待がプレッシャーにならなきゃいいなあ。どちらにしろ気合は入るだろうけどさ。

後ろの馬車から文句の声が飛んできて、ラムズが馬車を進める。

さあ、懸念なく冬を迎えられるよう明日から再び訓練に打ち込もう！

11

「え？　劇に参加してほしい？」

そろそろ夏の気配も空気から去りつつある秋口。衣替えで長袖の制服になったばかりの初日。相変わらずな師匠による、ムチ多めの指導方針に基づいた特訓が終わったところにクレアがやってきたのだ。

書記士志望のクレアとルネは師匠の特訓には参加しないので、こうしてやってくるのは珍しい。この後、一緒にどこかへ行くにしても僕らが身嗜みを整えてからになるので、合流するのはそれからが常だから。

そんな珍しいクレアが、更に奇妙なお願いをしてきた。

「えっと、話が見えないんだけど。僕が舞台に立つの？」

この不器用の最先端を走る僕が？　伝説作っちゃうよ？　悪い意味で。

「劇に出てほしい、というわけではなく……あの、大丈夫ですの？」

言葉の途中、酷く戸惑った様子で聞いてくる。

なかなか難しい質問だった。果たして僕たちは大丈夫と言えるのか。

木の枝に引っかかったまま吊り下がっている僕に、回復優先の本能に任せて丸くなって寝ているリエナに、薮に頭から突っ込んで動かないラムズ。

そして、やはり無傷どころか息も乱さぬ師匠。

今日の特訓もいつも通りなので、大丈夫と言えば大丈夫だけど、疲弊しきった僕たちの状態を平穏無事と表現はできないだろう。

特訓を始めて数ヶ月。それぞれが腕を磨いて、得手不得手を把握し、必死に連携して、それでも師匠に一矢報いる事ができないとは。意表を突いたつもりでも、完全に先を読まれていて、あっさり反撃されてしまうのだ。

「いつも通りだから、大丈夫だよ」

「そうは見えないのですけど……」

とりあえず、落ち着いて話せる体勢ではないので、必死にもがいて服に引っかかった枝から抜け出して地面に落ちる。いや、綺麗に着地する余裕なんてないよ。

「シズ⁉」

「平気平気。受け身は取ったから」

なんか考えるより前に体が勝手に動くようになった。師匠のしごきによって強制的に腕が上がっているような……。

そうしている間にリエナとラムズもよろよろと復活してくる。二人ともクレアの話が聞こえていなかったので、最初から具体的に説明してもらう事になった。

「実は例の実験の件なのですが」

「……やっぱりまずかった？」

「ええ。廃鉱とはいえさすがに山をひとつ失って、何もなしというのは示しがつかないだろうとなってしまいまして」

そりゃあそうだ。ある意味、領地を奪われるよりも大それた事をされているのだから。

いくら事前に許可を取っていたと言っても、明らかに申請を上回る規模を壊している。これで開き直ったりすれば、ほとんど詐欺みたいなものだ。

たとえ、領主がいいと言っても部下まで納得はしないだろう。領主の強権で押し通すのは最終手段で、その前に落としどころを探るものらしい。

で、結果として。

「舞台を手伝う、と」

「ええ。既に多く投資しておりますので、失敗は避けたいですから」

それは想像できる。

けど、首を傾げざるを得ない。僕だけじゃなくリエナとラムズも不思議そうな顔をしていた。

「それなら、尚更、僕みたいな素人は参加させちゃダメでしょ」

専門の劇団に素人が交ざってもいい事なんかない。後進を育てるとかならともかく、失敗の許されない舞台では無謀すぎる。

かなり器用なリエナなんかは意外に役者だってやってしまえそうな気もするけど、僕は問題外だし、ラムズを見れば必死に首を振っていた。

「ですから、皆さんには裏方として参加してもらおうかと」

「うーん。役者よりはいいだろうけど、背景作りとかもあまり期待してもらうと困るかも」

いや、責任逃れをしたいわけじゃないんだけど。どう考えても足を引っ張る未来しか見えないんだ。

「いいえ、この劇は皆さんでも、いえ、皆さんだからこそ活躍できるのですわ」

うーん。まあ、僕が考えるような事を、クレアや領主である父親が考えないわけもないしな。そう言うからには本当に僕は役に立てるのだろう。

本来なら莫大な金額を請求されていたかもしれない。というか、普通ならそうなっているはずなのだ。つまり、そうなっていないのはクレアが監督役の責任だと庇ってくれているから。どれ程の減刑がされたかわからないけど、確実に大なり小なり迷惑を掛けている。

これで強硬に拒否してはクレアに申し訳ない。そもそも、最初から何かあれば手伝うって約束しているんだから。

「わかった。僕はやるよ」

リエナもラムズも頷く。迷惑にならないなら断る理由はない。

「師匠、そういう事なんですけど」

最後に黙って聞いていた師匠にお伺いを立てる。学芸会じゃないんだ。舞台の手伝いが始まれば訓練にも支障が出る。

師匠はクレアにじっと視線を送り、クレアは真正面から堂々と受け止めた。

「好きにしろ。訓練は三日に一度にする。いいな」

つまり、残り二日は自由にしろ、と。

クレアに抗議する事もなくあっさりと認めた。

「いいんですか？」

「なんだ、不満か？」

「訓練の時間が減りますけど」

「ふん。最低限程度には仕込んだ。そう易々とは死なねえだろ」

基準が死なないかどうかって。いや、魔物と戦ったりする事を考えれば、戦闘技術の要諦《ようてい》ってそこなんだろうけど。

確かに始めた頃は開始一秒でのされていたのが、今日は遂に一分も耐えられたんだ！　いや、師匠相手にこれって本当に凄い事だからね？　瞬きの間に視界から消える人の攻撃を防ぐの大変なんだからね？

「足りねえ分は密度を濃くすりゃあいい」

やばい。シャレにならんフラグを立ててしまった。

「……これ以上だと訓練で死にかねない気がするんですけど」

「死にたくなけりゃあ、生きるか死ぬかの線引きぐらい実感しねえとな」

これ以上は死ぬというラインを体感して、その上で死なないようにラインの一歩手前で踏み堪《こた》えろ、と。

げんなりしないわけがない。リエナとラムズも顔色が悪くなっていた。

「……頑張ります。でも、そっちじゃなくて」

「なんだ？」

「てっきり、許可出したのに後から文句言うんじゃねえとか言って、領主館を夜襲するんじゃないかって」

拳骨がきた。どんなに腕を上げても何故か師匠の拳骨だけは防げない。不思議。

はい。さすがに僕も言い過ぎたかなって思いました。ごめんなさい。

「あほう。度を越したのがこっちなら筋は通すもんだ。むろん、向こうが調子に乗って欲をかいたら別だがな」

報復するんですね。わかります。

さっきクレアが目を逸らしたり揺らいだりしたら、大変な事になっていたかもしれない。

「決まったならさっさと動け」

「師匠は？」

「こっちも用事だ。留守が増えるが、用があるならメモでも残しておけ」

師匠はぞんざいに手を振って行ってしまった。どうも最近の師匠は細々《こまごま》と忙しそうだ。

ともかく、師匠からもお許しが出たので安心だ。

さて、既に訓練も終えているので早速話を進めてしまいたいところだけど、これはルネにも声を掛けておくべきだろう。罰に巻き込むのは申し訳ないものの、一人だけ話も聞いていないのは良くない。

12

僕たちはルネと合流して、そのまま市民街へと連れ立つ。事情を聞いたルネも参加を表明したのだ。門限まではまだ時間があるので、これから劇団の人に会いに行く事になった。例の建設が進んでいる劇場近くの食堂に入り、クレアが劇団へと声を掛けに行く。

そうしてやってきた団長を交えて説明を受けた。


「魔法を使った演劇?」

「ええ。ルミネス領の劇団コーデリアの新演劇ですわ」

説明を要約するとそういう事だ。

前世でも現世でも詳しくないものの色んな種類の演劇があるのはわかる。その劇団コーデリアは演出面で革新的な劇団らしい。今までも派手な舞台装置、有名な楽団との共演、客席まで下りての演技などを実現しているルミネス領の名物劇団なのだとか。

そして、遂に魔法を劇に取り入れるまでに至ったらしい。

「いやいやいや、魔造紙の素材ってそんなに安くないよね？　元が取れるの？」

学園は王家や貴族の寄付（という名目で実際は権力拡張のための投資）によってかなり自由が利くけど、一般はそんなわけにもいかない。

拘《こだわ》らなければ素材なんて簡単に手に入る物だけど、得てしてそんな素材は書きづらかったり、すぐに傷んだりする。書記の途中で紙やインクのせいで破けてしまって、術式崩壊を起こしたら洒落にならない。

更に魔法使いの人口がそんなに多くない地方ともなれば、需要が限られるせいで高騰する。ルミネス領は王都にも近いけど、それでも平民が手軽に手を出せる金額じゃないだろう。

「もしかして、その劇団にルミネス家が出資しているとか？」

「いいえ。王都の劇場に関してはルミネス領の政策の一環ですが、劇団そのものには関与していませんわ。他の劇団に不公平ですもの」

ルネの思いつきに首を振るクレア。確かに依怙贔屓《えこひいき》とか似合わないものな。

「そこは単純に劇団が用意していますわ」

「じゃあ、観劇の値段が高いとか？」

「通常の劇より少し高いだけですわね。この値段ですと赤字にはなるようですが、何も毎回、魔法を取り込んでいるわけではありませんので」

ここぞという時に公演するのか。折角の名物を安売りしては勿体ないもんね。

そうやって劇団の知名度を上げれば、通常の公演の集客力も増すのだろう。

「けどよ、危なくねえか？　観客もいるのに魔法を使ってよ」

黙々と食事を続けていたラムズの懸念はもっともだ。属性魔法の一発でも客席に飛び込んだら悲惨な結末が待っている。

「客席との間には少しスペースがありますし、結界の法則魔法も二重で用意しますわ」

それなら、大丈夫かな？

元から威力を求めていない魔法のチョイスなら、たとえ狙いが逸れたとしても二重の結界を破る事もない。とはいえ、魔法が飛び交う間近で演じなくてはならない劇団員は相当の覚悟が要るだろうけど。それこそ魔物と戦うぐらいの覚悟が。

そんなのただの劇団員が持っているかって？

持っているだろうなあ。

「ねえ、よく考えてちょうだい。あなたは王国の、いえ、世界中の人々を魅了できる才能を持っているわ。その才能を埋もれさせるなんて、あたしは絶対に認められないの。きっと歴史に名前を残せる。沢山の人があなたを見るために王都へ足を運ぶ。伝説になれるわ」

なんせ、団長がコレ、だし。

僕は今までなんとか視界に収めないようにしていた人を盗み見た。あ、リエナと目が合った。すごく困った顔で助けを求めてくる。無理もない。

リエナの手を取って熱弁を振るう女性？　うん。失礼ながら疑わざるを得ない。

だって、ねえ。

クレアが劇団長と紹介した女性は身長二メートルを超える筋骨隆々とした大男だった。

ふんだんにフリルを使ったピンクのシャツと、大胆なスリットの入ったピンクのスカートを身に纏《まと》った大男。

スキンヘッドの、やたら濃い化粧をした大男。

高い声に女性の口ぶりで、やたらと洗練された所作の大男。

この人こそ、劇団コーデリア団長、第九代コーデリアだった。

「亜人？　そんなの些末な問題よ。あなたの愛らしい容姿に気高い姿勢。その本来なら相反する個性が、あなたと言う人間の中で喧嘩する事なく同居している。ううん。お互いを高め合っている！　こんな奇跡があるなんて四十年生きていて初めてよ！　しかも、あの身のこなし！　わかるわ！　あなたならどんな難しい殺陣《たて》だって不可能じゃない！」

第九代コーデリアさんはこんな人だった。置いてけぼりになった僕たちが説明をクレアに求めたのも納得できるでしょ？

食堂で酔ったおっさんにリエナとルネが絡まれたのだけど、僕とラムズが動く前にリエナが一蹴したのだ。

ちょうど、やってきたコーデリアさんがそれを目撃し、どうも彼女（彼？）の琴線に触れてしまったらしい。最低限の挨拶と説明を終えた途端に、リエナに猛烈なアタックを開始してしまった。

貴族子弟が三人も同席している場所で、好き勝手振る舞っていいのだろうか？　この三人が気にしないからいいけど、普通なら不敬罪とか言われて牢獄に入れられるんじゃない？　演劇の事になると色々と歯止めが利かなくなるらしい。そりゃあ、こんな人が団長なら、他の団員もかなり危険な演出だって恐れないだろう。

ともかく、そろそろリエナが限界だ。コーデリアさんが殴られる前に止めよう。

「あの、コーデリアさん？」

「ああ!?」

超低い声で凄まれた。

勧誘を断ったリエナが理由を尋ねられて、『シズのお嫁さんになりたいから』とか言ってくれちゃってね！　嬉しくないと言ったら嘘だけど、ちょっと場所と場面を考慮してほしかった。

ルネは耳まで真っ赤になって、クレアは両手で口を隠しつつも『まあまあまあ！』と興奮し、ラムズは指笛を吹き、そして、コーデリアさんがガンを飛ばしてきた。

それでも諦めきれずにリエナを勧誘しているのだから、この人は真正の演劇バカだ。

「なんだよ。自分の女に口出すなってか？」

さすが役者。チンピラの演技が真に迫っている。……素じゃないよね？　リエナさん、自分の女って単語に反応して喜ばないでね？

気持ちに応えていないとはいえ、僕はリエナに告白された男なんだ。困っているのを座視して退くわけにはいかない。

「嫌がってる人を無理に勧誘するのはいけないんじゃ、ない、かと」

段々と尻つぼみになってしまう。

だって、この人！　下から抉《えぐ》り込むような角度で睨んでくるんだよ⁉　女装した筋肉ダルマが！　怖いって！

でも、退かないと決めたからには真っ直ぐに睨み返す。大丈夫。こっちは毎日のように師匠に睨まれているんだから、これぐらいのプレッシャーなんて耐えられる。

受けて立ったのが良かったのか、コーデリアさんは溜息を零すと、座り直してくれた。

「……そうね。無理強いは良くないわ」

良かった。見た目こそ裏組織の重鎮だけど、話のわからない人じゃないみたいだ。

「だけど、あたしたちの劇を見て気持ちが変わったらすぐに来て。いつだって大歓迎よ！」

逞しいなあ。これ、強がりじゃなくて本気だよ。目力がすごい。それだけ自分たちの劇に自信があるのだろう。

さて、コーデリアさんの暴走は止まったけど、話はまだ劇団についての説明しか終わっていない。

居住まいを正したコーデリアさんは僕たちに視線を巡らせる。

「レイナード伯爵よりお話は伺っております。魔法学園の優秀な生徒様がわたくしどもの劇団にご助力いただけると。感謝の言葉もありません」

うお。まともな対応できるんだ。見た目とのギャップがすごい。

でも、これはこれでさっきとは別の意味で話しづらい。他の面々も同意見みたいで微妙な表情だ。

代表してクレアが提案する。

「コーデリア。これからしばらくわたくしたちは共に事を為す間柄ですわ。もちろん、必要な礼儀は別として少し力を抜いてお話ししましょう」

「ですが」

「互いに遠慮や隔意があっては劇にも悪影響が出るのでは？」

「なるほど。クレア様のおっしゃるとおりね。そうさせてもらうわ」

ぶれないなあ。演劇のためなら王族にだって逆らいそうだ。

まあ、今はその方がやりやすい。

「あなたたちに手伝ってほしいのは、魔造紙の作成と発動よ。うちの劇団で雇った元魔法使いがいたんだけど、腕は悪くないのに性格とかでいまいち使い勝手が悪くて、しかも王都に来る途中で逃げ出しちゃったのよね」

「はあ。元魔法使い」

魔法使いは少ない。僕の村でも四人だけ。血筋で継承しやすいけど、ほとんどが貴族に囲われているせいで広がらない。

そんな魔法使いは何かと優遇されるので、魔法使いを廃業する人間というのは珍しい。魔力量に自信がなくても、下級の属性魔法が書ければ魔物対策に心強いし、他にも色々と生活を便利にできるので有用だ。なのに、辞めるというのだから、何か複雑な事情があったのかもしれない。お尋ね者とか？

まあ、辞めると言っても素材があって筆があれば書けるのだから、名乗るのをやめたってだけだろうけど。

「あんたがかわいがりすぎたとかじゃ「あん⁉」なんでもないっす」

ラムズが何かを言いかけて黙らされた。うん。僕も似たような事を考えていたけど、口に出さなくて正解だった。

「まあ、いなくなっちゃったのは仕方ないから、新しい人材を探していたのよね。王都なら魔法使いも多いからなんとかなるけど、今度はお金が、ね？」

給金が高くなると。元魔法使いと比べればそりゃあ高くつくだろう。

それで僕たちに話が回ってきたのか。

コーデリアさんはテーブルに両手をついて、深く頭を下げてくる。

「学生さんに面倒かけて申し訳ないけど、どうか手伝ってくれないかしら」

事情はわかった。

確かに魔造紙の書記なら演劇素人の僕たちでも手伝える。現場も僕たちを必要としているし、こちらは迷惑をかけた代償なので賃金は断った。

ちょっと、団長は濃すぎて困りものだけど、既に話は受けているんだ。

「わかりました。喜んで手伝わせてもらいます」

事情がわかったのだから、尚更だ。

補償の話がなくても手伝っていただろう。どうせクレアの事だから、僕たちが本気で嫌がったら補償をなかった事にして、一人で劇団の手伝いをしていたかもしれない。

知った以上は協力するに決まっている。

「やるからには全力でやりますよ！」

「シズ、ダメ」

「シズはちょっと抑えた方がいいかも……」

「お気持ちはありがたいのですけど、程々にお願いしますわ」

「王都を吹っ飛ばすんじゃねえぞ？」

……皆で言わなくてもいいじゃない。二十倍なんて使わないに決まってるでしょ⁉

こんな街中で使おうものなら、どれだけの被害が出るのか知れたものじゃなかった。テロリストになんてなってたまるか。

「じゃあ、早速明日からお願いできるかしら？」

次の師匠の特訓は三日後。皆も予定は大丈夫らしいので、コーデリアさんと握手を交わす。

「……よく見るとあなたもかわいい顔してるわね。さっきもあたし相手に意見してきたし、度胸もあるわよね。あなたが劇団に来たらリエナちゃんも」

「明日からよろしくお願いします！」

強引に割り込んで握手から逃れる。

危なかった。何が危なかったかも考えたくないけど、とにかく危なかった。

13

魔造紙を用意するといっても必要な枚数は多くはない。

どんな斬新な演出でも連発してしまえばチープになってしまう。使いどころは限定するべきで、そんなことはプロであるコーデリアさんも承知している。脚本家さんと演出担当さんと話し合った結果、一度の稽古で必要になるのは十数枚。本番では三十枚もあれば足りる見通しが立った。

それぐらいの枚数なら僕でなくても銀バインダークラスの魔力量で余裕なので、五人の誰でも担当できる。とはいえ、一人で全て賄う必要もない。それぞれが得意な魔法を分担する事になった。

問題なのは魔法の発動の方だ。役者さんの演技に合わせてタイミングよく発動させないといけないし、角度や範囲にも注意が必要になる。それも演出の関係上、一度の公演で二人が舞台側と客席側に分かれないといけない。

これも話し合いの結果、五人全員ができるように練習する事になった。

基本的に二人一組で分かれ、一人が舞台袖で待機という役割分担だ。これなら何かしらトラブルが発生した際、余程の事でもない限り対応できるだろう。慎重すぎるかもしれないけど、魔法の事故を考えれば過剰なぐらいでちょうどいい。

魔造紙の用意よりも、こちらの練習の方を重点的に行う予定だ。台本を頭に叩き込んで、何度も役者さんの演技を見て、タイミングを覚えないと不自然になってしまう。

そうして大まかな段取りが決まったのだけど、当然、役者さんも演出さんも魔法を使う場面に掛かりきりになるわけではないし、僕たちだって全員が一斉に練習できるわけじゃない。

どうしても時間が空く人間が出てきてしまう。

「で、俺は大道具作りか」

「ボクは衣装だけど、こういうのも面白いね」

「こっちも鍛錬のひとつと思えばいいか」

木材を運びながらぼやくラムズに、同じく布の束を胸に抱えたルネ。

素人でも手伝える部分に二人は参加していた。ラムズも木工の経験はないのか荷物の運搬とか書割を支えたりとかの支援に徹している。ルネはなんだか戦力として重宝されているみたいなんだけど、裁縫までできるなんて女子力が半端ない。

「ん」

「ああ。リエナ、お帰り」

「わたくしもいますわよ?」

「クレアもお帰り。どうだった?」

「見て、いっぱいでしょ。この子たち、二人でどんどん素材を集めちゃうし、魔物まで倒しちゃうのよ。あたしたち、荷物持ちしかできなかったわ」

「ふふ。夏にレグルス先生からご指導頂いたおかげですわ」

素材集めから帰ってきたリエナとクレアとコーデリアさんと裏方劇団員さん。

うーん。最初に基本だけ教えて、後は間違える度に舌打ちが入るという師匠のあれを指導と言っていいものかどうか。傍《はた》から見ると小舅みたいだった。

まあ、机上で学ぶよりは身になったのは間違いない。

「せめて加工ぐらいはあたしたちでやるから、二人は少し休憩して。あんたたち、これ運ぶの手伝いなさい！」

「うっす！」

体格のいい劇団員たちと一緒にコーデリアさんが背負い籠や台車を奥に運び込んでいく。

必要になる素材は買う予定だったのだけど、リエナを中心に王都の近くで得られる素材は採取する事にしたのだ。こっちは鍛錬になるし、劇団も経費が安く済ませられるので歓迎されている。王都の近辺で得られる素材はたかが知れているけど、本番以外で毎回いい素材を使う必要もないので、練習分は自力採取で十分。

ここは建設が進む劇場に隣接した建物で、元は商家だったためか一階は広大なスペースがあり、大道具の作製に使われていた。午前中は役者が練習に使うのだとか。この建物には広い搬入口もあり、地下には倉庫、二階は従業員用の宿泊用施設、と至れり尽くせりだ。ちなみに劇場が完成したら地下室と連絡通路を繋げて直接行き来できる計画だとか。

劇団コーデリアはここに滞在しながら三ヶ月後に迫った公演に向けて着々と準備を進めている。僕らは魔法演出の入る場面は立ち会っているので既に観劇済みだけど、是非とも完成した劇を客席から見てみたい。

演技と縁のなかった僕がそう思うぐらいだから、彼らの熱気は強烈なのだろう。

団長のコーデリアさんはもちろん、他の団員たちも演劇に捧げる想いは本物で、僅かな妥協も許さない厳しさが徹底されている。発声練習、筋トレ、台本合わせ、演技。どれひとつとっても迫力が違った。

「元の話って結構、有名なんだよね？」

僕もリエナも劇なんて見た事がなかったので、題名を聞いてもわからなかったのだけど、他の三人は知っていた。

「ええ。五人の始祖様が魔族の大群を打ち破り、テナート大陸を解放した大戦の逸話ですわね」

始祖の死後、テナート大陸は魔族に取り返されてしまったのだけど、一時は人類全滅の危機まで追い込まれた事を思えば、一度でも逆転しているのだから始祖の功績は凄まじい。

たった五人で大陸単位まで侵略した魔族を打ち破るなんて、どれだけの魔法を使えたのか。スレイア王国とブラン王国を隔てる山脈は始祖の魔法によって隆起したという逸話を思えば、不可能ではないのだろう。

「無数の魔王や魔神を打倒したそうですわ」

「魔神なんて本当にいるの？」

「スレイア王国に現れたのは始祖の時代が最後のようですわね」

だから、この国で魔神を目撃した人間は一人もいない。記録は存在するので実在は確かだけど、実感を持つのは難しい。

魔王ですら滅多に現れないのだから、当然だ。

「ブランには出現するという噂を聞きますけど、あの国の事はあまり知られていませんから真偽がわかりませんの」

「ふうん。ブランって閉鎖的なの？」

「というより、環境が過酷でこちら側からは気安く入り込めないのですわ。あちらは魔族との戦いの最前線ですので、こちらからは物資や魔造紙などを手配していますけど、それも軍がまとめて管理していますので」

アルトリーア大陸に存在するのはスレイア王国とブラン王国。クレアの説明に加えるなら、互いを南北に分かつ山脈のせいで交流は限定的なのだとか。

「こっちは魔王が現れただけで大事件ですわね」

撃破すれば二つ名を得てしまえる程に。うちのお母さんとか。

「だから、その辺りは随分と想像で補うようですわ」

「まあ、お芝居だしね。現実味がないのも問題だけど、現実的すぎて興ざめしちゃったらダメだもんね」

「ん。シズなら魔王も魔神も大丈夫」

リエナの僕への買い被りが天井知らずだ。

確かに僕の凝縮魔法なら魔王だけじゃなく魔神だってただでは済まないと思いたいけど、半ば伝説上の化け物を退治できるかは定かではない。

昔見た甲殻竜でさえカテゴリーはただの魔物なのだ。あれ以上ともなると完全に怪獣だろう。

「あの魔法なら不可能じゃないかもしれませんわね」

「だといいんだけど。はい、こっちも終わり、と」

話している間に書き上げた二十枚の魔造紙を確かめる。結界の法則魔法を十枚に、後は属性魔法と召喚魔法が半分ずつ。

「やっぱり、シズの法則魔法と召喚魔法は線が歪みますわね」

「……円は教えてもらった方法でなんとかなったんだけどね」

支点を定めて腕と筆をしっかり構えて、用紙の方を回転するとか、発想が凄いよね。クレアに教えてもらってから魔法陣の円を綺麗に書けるようになったけど、直線や曲線はフリーハンドで書くしかなく、そちらはまだまだ修行が足りない。

クレアが余った素材でササッと魔法陣を書き上げ、術式を乗せてみせる。美しく仕上がったそれと比べたら僕のは子供の落書きだった。

「……やっぱり、結界魔法はクレアに担当してもらった方がいいね」

「でしたら、シズは属性魔法で。ルネさんには召喚魔法ですわね」

「わたし回復魔法」

付与はラムズに頼もうか。

回復担当のリエナの出番がないに越した事はないけど、備えておいて損はない。

当日は予備を含めてバインダーの大半を劇仕様にする。全員が必要な魔造紙を揃えた上で、それぞれが得意とする魔造紙を更に控えさせておけば、何かしらのトラブルが起きても対応できるだろう。

「おーい、シズ！」

呼ばれて振り返ればラムズだった。

「どうしたの？」

「なんか、材料が足りなくなりそうなんだよ。手が空いたなら買い出し手伝ってくれ」

魔造紙のノルマは終えている。本当ならこれから脚本家さんと演出担当さんと一緒に魔法を使う場面の練習予定だったけど、リエナとクレアもいるので問題ないだろう。

「いいよ。二人は魔法の方をお願い」

「わたしも行きたい」

リエナが袖を引いてくるけど、大道具の買い出しとなれば力仕事だ。リエナやクレアに持たせるのは申し訳ない。ルネ？　論外でしょ。

「リエナはクレアを手伝って。こっちは二人で大丈夫だから」

「……ん」

ぐう、しっぽが不満そうにひゅんひゅん揺れている。余程前言撤回しようかと思ったけど、ここは我慢しないと。

公演まで三ヶ月だけど、『まだ』ではなく『もう』なんだ。役者も裏方も最高以上を目指して頑張っているのに我が侭は言えない。適材適所。効率よく進めないと。

「行ってくるね」

「行ってらっしゃい」

小さく手を振るリエナに見送られて僕たちは出発した。

14

買い出しには意外と時間が掛かった。

買い出しと言っても本当に大きな荷物は、直接現場に運んでもらうので、こうして買いに行く必要があるのは細々《こまごま》としたものばかり。ちょっと足りなかった釘とか、破けた軍手の代わりとか。大きくても木の板ぐらいで小物ばかり。

ほとんどが大きめの雑貨屋で手に入った。その他の店も含めて、場所などは相変わらず市民街に詳しいラムズが知っていたので、迷う事もない。

場所は確かで、荷物の量も知れているのにどうして時間が掛かるのか、と言えば僕が原因だ。

正確に言えば、

「やはり、どこか『風神』様の面影がありますわ」

「ありがたい。ありがたい。今日は本当にいい日だ」

「セズ様こそ真の騎士であらせられる。それと比べて今の騎士ときたら、碌なもんがおらん。聖騎士などと大仰に名乗っておきながら、権力争いばかりしよる」

おじいちゃんと同年代ぐらいの御年輩に囲まれ、握手を求められ、滔々《とうとう》と語られ。

如何に現役時代のおじいちゃんが素晴らしかったか、今の騎士が軟弱であるかを聞かされている。


つまり、僕のおじいちゃんのせいだった。


二年近くも王都にいながら、僕はほとんど学園から出ていない。皆と出かけても学園の裏口がある東方面ばかり。

対して西方面は歓楽街があったり、大きな商会が軒を連ねていて非常に賑やかで、それだけ人口密度も高い。

そんな街の中で、いつも通りラムズと話しながら用事を済ませていたのだけど、段々と違和感を抱くようになったのは、買い出しの終わり近く。

なんだか、周囲の人が僕を見ているような気がした。

「何、これ?」

「さあ。なんか、シズが見られてねえか?」

首を傾げ合うけど、答えは出てきそうにないので、ともかく用事を済ませようと、最後の目的地である雑貨屋に入った。

で、会計を済ませたところで、その店員さんが声を掛けてきたのがきっかけだ。

「あの、お客様?」

「はい？　僕ですか？」

「不躾で申し訳ありません。もしかして、『災厄』のシズ様でしょうか？」

本当に不躾だった。

が、悔しい事にその『災厄』は確かに僕だったりする。

ラムズが僕の名前を呼んだ事で気付き、学園の制服姿や容貌などの噂から気付かれてしまったのだろうか。

まさか貴族だけでなく、こんな市民街の雑貨屋さんにまで知られているとは。去年までは知名度も低かったはずだけど、いつの間にか話が広がっていたらしい。げんなりしながら、トラブルの予感をひしひしと感じつつも答える。

「まあ、そう呼ばれてるみたいですけど」

だから、何か？　と続けようとしたところで遮られた。いきなり手を握り締められていたのだ。

「やっぱり！　『風神』セズ様のお孫さんですよね！」

そっちか。今度はそっちなのか。

僕の『災厄』の二つ名には色んな要素があって、その中にはおじいちゃんの異名も含まれていて、それがこの一年ほどで『災厄』のシズ＝『風神』セズの孫と有名になったのだとか。

「私が若い頃、セズ様にこの店を悪漢どもから救って頂いたことがありまして、是非ともお礼を言いたいと思っていたのですが、お会いする事もできずにいたのですよ。セージュが感謝していたとどうか伝えてください！」

「は、はあ」

あまりの熱意に押し流されてしまった。

その後も雑貨屋のおじさんは当時の感動を熱心に語り、感謝の気持ちにとあれこれとおまけに焼き菓子とかを入れてくれて、何度も頭を下げられて見送られた。

半ば茫然としたまま店を出て、再びラムズと顔を見合わせる。

「自分の事じゃないのに感謝されても……どうしよう、これ」

「まあ、王都じゃ特に有名だからな、『風神』セズは」

身内の評判を目の当たりにして言葉もない。

まあ、有名人の孫が知られている割に外に出なくて、そのぶん過剰に反応されてしまったのだろう。

などと、軽く考えたのが失敗だった。

雑貨屋の話がどこでどう広まったのか。帰り道は更に周囲の視線が集まってきて、最初に品のよさそうなおばあさんが話しかけてきたのをきっかけに、一斉に詰め寄られる。

正直、身内とはいえ代わりに言われても困惑するしかないのだけど、ほとんどが感謝を伝えてほしいというものばかりで、おじいちゃんの偉業を目の当たりにした気分だ。

もう何十年も前の事なのに、これだけ多くの人がおじいちゃんに感謝しているなんて、余程の事だろう。

あくまで、僕はメッセンジャーに過ぎなくて、その点は勘違いしちゃいけないとわかっていても誇らしい気持ちだった。

とはいえ、僕とラムズは買い出しの途中で、いつまでも裏方さんを待たせるわけにはいかない。適度なところで話を切って帰りたいのだけど、囲む人垣は熱さと厚さを増していくばかり。解散するどころかどんどん増えていく。

本格的に困っていると、警邏《けいら》騎士が駆けつけてくれた。

「そこ！　往来の邪魔になっているぞ！　すぐに解散しないか！」

若い騎士の集団だった。

いいところを邪魔されたと文句も出るけど、基本的に向こうの言い分が正論だ。こちらは道の真ん中で集まっているのだから。

三々五々に散っていく人々を掻き分けて、二十代ぐらいの騎士がやってくる。

「君たち、これはなんの集まりなんだ？」

「すいません。うちのおじいちゃんの件で、集まっちゃって」

「祖父？　何を言っているんだ？」

まあ、普通は老人の名前ひとつで人垣はできないもんね。

どう説明したものかと悩んでいると、帰り際の誰かが余計な事を言ってくれる。

「その子、『風神』セズ様のお孫さんなんだよ！」

今度は騎士が息を呑む番だった。

さすがに年齢的に知り合いとか、助けられた、とかはないだろう。

「せ、セズ様のお孫様であらせられますですか⁉」

「敬語、おかしくなってんぞ」

いや、指摘するラムズもだいぶ失礼だから。

騎士は空咳で醜態を誤魔化し、それでもどこかソワソワした様子で尋ねてくる。

「その、本当に、セズ様の？」

「まあ。はい。セズは僕の祖父です」

ちっちゃくガッツポーズしてるの見えてますよ？

もう一度空咳をした騎士の瞳には童心が宿っていた。

「そうか。うん。『風神』セズ様の名前が出たら仕方ないな」

いや、人心を乱したとか言いがかりをつけられるよりずっといいけど、そんな納得の仕方をしてしまっていいのだろうか？

僕の心配をよそに、騎士は一人で何やら語り始めてしまう。

「いや、実は私も幼い頃に『風神』の伝説を聞いて育ってね。あの方に憧れて騎士になったんだよ。いやあ、やっぱり魔の森の撤退戦は凄いよ。圧倒的な数で迫る魔物を相手にたった一人で殿《しんがり》の役を果たしたなんて、普通なら信じられないからな。けど、そこが『風神』の凄いところだ。数人がかりで発動させる極大魔法を一人で、しかも、即興で作り出して、波のように押し寄せる魔物を半日も押し止めてしまったというのだからね。君も魔法使いならこの凄さがわかるだろう？　あのお方は別格なんだよ！」

騎士という事ならこの人も貴族のはずなのにな。

平民出身のおじいちゃんを絶賛していた。さりげなく昔の事に関して、身内の僕よりも詳しかったりする。

「実は私の上司が昔、セズ様に手解きを受けたという方でね。厳しい人だが、やはり『風神』を目指すなら、あれ程の鍛錬は必要なのだろうな。この前も……」

結局、熱のこもった解説が終わったのは三十分近く経った後だった。

『君もお祖父さんみたいな立派な騎士になるんだよ！』と何度も叩かれた肩が痛い。

ようやく、解放されてフラフラと裏通りへと避難する。

律儀に僕を待っていたラムズは疲れ切った顔をしていた。きっと僕も似たような表情をしているのだろう。

「シズ、お前もう表通り歩かない方がいいぞ」

「……引きこもろうかな」

悪意に囲まれるのは辛《つら》いけど、善意に押し寄せられるのも変わらないのだと悟った瞬間だった。

何事も程々が肝要なんだね。

15

「しっかし、お前どうしてリエナに手を出さないんだ？」

「ぶほっ！　ごほっ！」

突然の問いに咳き込んだ。

抗議の視線を送れば、ラムズは心底不思議そうな顔をしている。どうやら嫌みとかからかいではなさそうだ。

釘などの小物が入った袋を抱え直して、止まっていた足を進める。巨大な板を両腕に抱えているラムズもついてくる。色々とあって大通りから奥に入った道なので人通りは少なく、変に注目はされていなかった。

「色々あるんだよ。色々と」

リエナに釣り合ってないとか。魔力の問題とか。まあ、総じて一番足りないのは僕の覚悟なのだろうけど。

「色々って、まさか男が好きとかじゃねえだろうな」

「違うよ！　やめてよ、距離取るの！　一息で近づけない絶妙な間合いの取り方とか本気で警戒してるっぽく見えるから！」

「けどよ、ルームメイトがルネだろ」

「いや、ルネは男とか女とは別の存在だと思う」

男性、女性、ルネ。そんな感じ。

これにはラムズも反論できないみたいで元の距離感に戻った。

「そういうラムズはどうなの？　あ、リエナに手を出すなら潰すよ」

「お前、もうそれ気持ち決まってんじゃね？」

我が侭は百も承知だけど、譲れないものがあるんだ。

「俺はなあ、いまいちピンと来ねえんだよ。いや、クレアみたいなスタイルとか超好みだけど、じゃあ、クレアと付き合いたいかって言うとなあ」

まあ、そうだね。可愛いな、綺麗だな、っていうのと。好きだなっていうのは似ているけど、違うだろうし。

「それに今の俺だと家の方もあるしな」

未だに実家と距離を置いているラムズ。本人はあまり貴族らしくないけど、それでも貴族の一員である事実は覆らないし、目を逸らすつもりもないみたいだ。

「貴族は面倒だね」

「本当に好き放題やってるのなんてケンドレット派でも上の方だけだぜ？　まあ、それも競技会の辺りからちぐはぐになってるんだがな」

「ふうん」

「ガンドール派がこの機会に派閥を切り崩そうとしてるみたいだしよ」

ああ。その方針ってまだ続いていたんだ。春ぐらいに鞍替えが多いって聞いてたけど。

思い返してみれば春に知り合い二人の密会を目撃したけど、あれもそういう事なのかな。

親だけじゃなくて子供まで派閥争いに加担しないといけないなんて、本当に貴族の生き方は面倒臭い。

暗い空気を払うようにラムズが話題を戻してくる。

「そんな事より、リエナだよ。告白されたりしねえの？」

「……された。返事は待ってもらってる」

「おいおい。すげえキープ発言だな」

そんなんじゃないと言いたいところだけど、客観的に見ればそういう事なのだろう。これで他の人に浮気なんかしたら刺されても文句は言えない。

「本当にこの魔力ってなんなんだろうね。まだ成長が止まらないし」

「それが原因かよ。まあ、気にはなるよな。今は何文字ぐらい書けるんだ？」

「凝縮なしで普通に書いたら……七万ぐらい、かなあ？」

「俺の二十倍ぐらいあるぞ、それ」

「クレアの十四倍だって。どうなってるんだろ？」

漆黒のバインダーを撫でる。最高位の金バインダーを圧倒的に上回る魔力量。これをただの才能とか偶然とかで片づけていいとは思えないのだ。

今更、リエナを巻き込みたくないなんて言ってもリエナはついてくるだろうし、それが明らかに間違っているのでないなら、本人が決めた事を僕がとやかく言わない。そう約束した。だけど、リエナの気持ちに応えたらもう後戻りができなくなってしまうのではないだろうか。だから、逃げ道……は言い方が悪いけど、他の選択肢を最後までリエナには持っていてほしい。

「さあな。まあ、足りなくて後悔するよりはいいだろ」

「前向きだね。でも、それぐらいの気持ちでいた方がいいのかな。悩んだからって答えがわかるわけでもないし」

「だな。ん……？」

なに、リエナの真似？　ちっとも可愛くないからね。

突然、足を止めたラムズが荷物を放り出すと、今通り過ぎたばかりの細い路地に早足で踏み込んでいった。

何が何やら事情の掴めない僕が荷物をどうするか悩んでいると、路地からは言い争う声が聞こえ始めた。ラムズを放っておくわけにもいかない。荷物をまとめて道端に置き、小さな結界の法則魔法をかける。これで盗まれる心配もないだろう。

杖とバインダーを確かめて追いかける。

「ラムズ、どうしたの⁉」

夕暮れが近づいて薄暗い路地の奥へ。

最初に目に入ったのは五人の騎士。揃いの騎士服に軽鎧で身を固めている。同じく統一された剣を抜剣こそしてはいないが、柄に手を置く者までいた。五人が五人とも渋面で駆け込んだ僕を睨んでくる。奥にはラムズがいて、どうやら彼らと対峙しているようだ。騎士の一人に胸ぐらを掴まれて、頬が僅かに赤くなっているように見える。殴られた、のか？

その背中で誰かを庇っている、んだと思う。五人の騎士とラムズの巨体に隠れてよく見えないけど。

表通りから見えづらいこんな場所で、五人の騎士が一人を取り囲む状況。

捕り物、にしては騎士の方が物騒すぎるな。騎士装備じゃなかったらチンピラにしか見えなかった。

また、トラブルか。珍しく僕が原因じゃない……よね？　ともかく、この状況でラムズを見捨てられるものか。意識を切り替えて、僕はもう一度尋ねた。

「……どうしたの？」

路地奥にラムズが追い込まれた形から、結果的に騎士たちを前後から挟んだ形になっている。

「ちっ、また学園生か」

「逃げられたら面倒だぞ」

人数は騎士たちが多くても、表通りに片方が助けを呼びに行けば止められない状況。

それでもこれが騎士の役目なら問題ないだろうけど、やはり公務ではなかったのか騎士たちは顔を見合わせると、柄から手を離した。

「今日は帰るが、貴様よく考えるんだな！」

「お前らも、顔は覚えたぞ」

庇われている誰かを恫喝し、僕たちまで牽制してくる。これが本当に騎士なの？　おじいちゃんが所属していた頃も、こんな感じだったのだろうか？　少なくとも、さっき会った『風神』セズの話を興奮気味に語っていた騎士の人とは全然違って見えた。

乱暴に僕を押し退けて五人は去っていった。その姿が通りの向こうに見えなくなるまで待ってから緊張を解く。

「ラムズ、大丈夫？」

「ああ。助かった。あの人数相手じゃどうしようもねえからよ」

冷や汗を拭うラムズ。

現役騎士を相手に勝てる学生は少ない。リエナは別枠だ。今のリエナならあれぐらい余裕で無力化してしまうだろう。ラムズも勝算はあるだろうけど、それだって一対一が前提。

「で、なんだったの?」

「こいつが囲まれてるのが見えてよ。割り込んだんだ」

そういってラムズが脇にどくと、背中に隠れていた人がようやく見えた。

学園の女子生徒だ。制服姿なので一目でわかる。見覚えがないから同級生ではなく一年次生かもしれない。

かなり背は低く、僕の肩ぐらいまでしかない。サイズの合う制服がないのか、袖が余ってぶかぶかだった。長いスカートから見て書記士志望だろうか。僅かに覗く手足は細く、意味もなく心配になってしまう。

大きな瞳は不安に揺れていて、僕と、ラムズを交互に見つめてくる。綺麗、というよりは可愛くて、可愛いというよりは愛らしいというべきか。なんというか、子犬とか小動物みたいな印象だった。

ふわふわの亜麻色の髪は肩の辺りで切り揃えられている。あまり装飾品はしていないけど、首のチョーカーには銀細工。貴族子弟かな?

「知り合い?」

「知ってるって程じゃねえけど、ケンドレット派の寄合で見た事があるんだよ。えっと、シャークティ家の長女で、名前は……」

腕を組んだまま固まってしまった。覚えてないんだね。まあ、あの頃のラムズはヒューレのせいで死んだ目をしていたし、仲間意識も興味もなかったんだろう。

「あの……その……いい、ですか？」

囁くような声で聞き逃しそうになった。

僕とラムズの視線にビクッと肩を揺らして、窺うように上目遣いしつつ手を小さく上げる。

「私、ココ・シャークティ、です。助けてくれて、ありがとう、ございます」

途切れ途切れの台詞。

どうもリエナとは別ベクトルの人見知りみたいだ。真っ赤になりながらこちらをチラチラと見上げてくる。

「はじめまして。僕はシズ。二年次生ね」

「俺はラムズ・ベルムントだ。同じく二年次生な。ココは一年次生だよな」

こくんこくんと頷くココ。

自己紹介も終わった事だし、いつまでもこんな路地にいても仕方ない。

「学園に帰るのか？」

「いえ、もう家に帰ります。今日は、ちょっと、用事があって」

それで市民街に出てきたと。ココのような貴族子女が一人でこんな場所に来る用事って言うのは気になるけど、初対面の人間が尋ねるには踏み込みすぎかな？

「貴族街まで送るか？」

ラムズの申し出に、俯きがちだった顔を輝かせて、でもすぐに曇ってしまう。

「いえ、その、大丈夫、です。一人で帰れます。本当に、さっきはありがとう、ございました」

ぺこりと頭を下げると、早足で行ってしまった。

いや、あまり足は速くないので、追いかけようと思えば簡単に追いつくだろうけど。

「どうする？」

事情を聞き出すべきか。出会ったばかりの相手にはちょっとハードルが高い。

「大通りまで出れば大丈夫だろ。さっきの騎士もまだ人目は気にするみてえだし」

「騎士、ね。それ、さっきもちょっと話が出たよね」

正確には騎士団ではなくガンドール派の話だけど、軍はケンドレットで、騎士団はガンドールの手足みたいなものだし同じ意味だ。

ガンドール派がケンドレット派の切り崩しを図っているって。

さっきは暗い話だからと流されたけど、少しでも関わった以上は知っておきたい。

「それだよ。戻ったら五人で話すか。クレアは知ってるだろうけど、派閥に属してないお前らは知らねえだろうし」

16

荷物を劇団に届けたところで日が暮れたので、寮に戻って食事という話になった。

食堂は寮住まいでない生徒でも利用できるのだけど、ラムズはともかくクレアは目立ってしまう。食堂中の視線を感じながらも、端の方に陣取る。

クレアが僕たちと行動を共にし始めてそれなりに経つけど、未だに陰口みたいな声はあった。僕たちを中傷するものから、クレアの真意を疑うものまで色々と。無視するのが一番だし、強引に邪魔してくる生徒も最近はいない。

現在の学園でも有名な面子が集っているせいか、近くの席から生徒が離れていく。

魔法士のトップのリエナと、それに次ぐラムズ。書記士のトップのクレアに、『灰のエルサス』の嫡子であるルネ。

そして、凝縮魔法の凶悪さと、絶対的強者の肉親と師匠を持つ事で有名な『災厄』の僕。

うん。一人だけ仲間はずれがいるね。

ともかく、話をするのに聞き耳を立てられないのはいい。全員が食事を終えるのを待って、先程の出来事を説明する。

「そうですか、騎士団がそんな事を……」

クレアが愁いを帯びた溜息をついた。

「嘆かわしい事ですわね」

「知ってるの？」

「ええ。この半年、そのような類の話は多く耳にしますわ」

本人は勢力の拡大とかに興味がないのだろうけど、大貴族の娘のクレアは嫌でも話が耳に入ってし

まうのだろうし、知らないわけにもいかないようだ。

食後の紅茶で唇を湿らせて、その間に話すべき内容をまとめたのか、ラムズに代わって説明を始めてくれた。

「去年の冬まではケンドレットが最も強い勢力を持っていましたの」

同じ三大貴族のルミネス、ガンドールから頭ひとつ抜けた派閥。

それが崩れたのが大魔法競技会だったと言う話は知っている。

「ケンドレット家に近い血筋のヒューレが、手段を選ばず勝ちに行ったというのに、平民に負けた上に本人は途中棄権で、チームは最下位」

風聞は良くないだろう。あれ以来、ヒューレは姿を見せる事もなくなってしまった。

「もちろん、それぐらいで長年かけて築き上げた派閥が崩れはしません。しませんが」

僕からラムズに視線が移る。

「ラムズさんが反旗を翻した事で、今まで強引に従わせられていた家々が揺らいだのです」

なんか、僕が考えていたより大事になってない？

ケンドレット家をつまずかせた石ぐらいの自覚はあったけど、そこが起点になって大きな動きが知らぬ間に出来上がっていた。

「ラムズ、大丈夫だったの？」

「俺が大丈夫だから、話が大きくなったんだよ」

苦虫を噛み潰したような顔のラムズ。

そうか。本来なら報復を受けるはずのラムズが無事なため、似た状況にあった貴族家が今ならケンドレットの派閥から抜け出せるかもしれないと思ったわけか。

「そこを狙ってガンドール派が寝返りを推奨して声を掛けているのですわ」

春に見たグラフトとマロン（仮）のやり取りもそれだ。親同士だけじゃなくて子供まで勧誘するなんて必死だな。

そうしてケンドレット派からガンドール派に流れた貴族が増えた、と。

「ルミネス家には流れないの？」

「当家は当主のお父様が領地におりますし、両家のように役職を持っているわけでもありませんから」

頼る相手として距離がある上に、決定力に欠けると思われるのか。

でも、さっきの騎士団は勧誘とか推奨なんて穏やかなものじゃなかったでしょ。どう見てもあれは恫喝だった。

「両家の勢力が逆転して、増長した騎士の一部が過激な勧誘を行っているという話ですわ」

「それならケンドレット家からすぐに乗り換えるんじゃない？」

無理に耐える必要はあるのか疑問だ。

「まだ趨勢《すうせい》は決しておりませんから。再度の逆転もあり得ますし。望まずと言っても今まで敵対していたガンドール派を信用するのも難しいのでしょうね」

それもそうか。僕だってガンドール派のグラフトに脅されたりしている。いきなり手のひらを返されても信頼できない。

考えてみれば、こんな強硬手段に訴える派閥。入るのに抵抗感があって当然か。

「なんだか、どっちもどっちというか」

「権力闘争なんてそんなものですわ」

達観したクレアの言葉通りだろう。話を戻す。

「寝返った家は特に積極的に動いているようですわね」

あの五人もその一員なのだろうか。あまり騎士っぽくなかったし、もしかしたら元は軍人なのかもしれない。家がガンドール派に寝返ったため、軍を辞めさせられて騎士見習いに移籍した、とか？

ケンドレット派を裏切った以上、ガンドール派が負ければ彼らは許されないため、積極的に自陣の強化に動く。それに新参者となれば尚更手柄を求めるのだろう。

ガンドール家も手下の暴走を止めようにも、結果として自派閥が大きくなるので文句は言いづらいし、下手に責めて折角得た仲間に離脱されても困る。

「ガンドール家も急に増えた派閥の管理に手を焼いているのかもしれません」

結果、あんな恫喝まがいの勧誘がケンドレット家の派閥に対して行われている、と。

でも、親の方はともかく子供の方にまで騎士が脅しをかけるなんて。やっている事が地上げ屋とか誘拐犯とかと変わらない。

「なんだか、嫌な話だね」

表情を曇らせるルネの言う通りだ。

自分が少なからずきっかけになっているので、責任とは言わないまでも、気が重くなる。

ちょっと話題をずらそう。

「いい機会だから、騎士団について聞いてもいい？」

「騎士団についてと言いますと」

「うん。治安維持とか、王室警護とかが仕事って言うのは知っているけど、あまり知らないなって思って」

おじいちゃんは基本的に昔の事を話したがらないから教えてもらえなかったのだ。

だから、本人が『風神』なんて伝説になっていて驚かされたわけだけど。

クレアはひとつ頷くと、話し始める。

「まず、騎士団は魔物などの対外戦力に備える軍と違い、対人戦闘の専門家ですわね」

騎士の戦う相手は人間。

犯罪者や逆徒を討つ精鋭部隊で、例外なく魔法使いでもある。

「学園の卒業生からも多くが騎士団に入団していますの」

厳しい入団試験を越えると騎士見習いとして認められる。

騎士と言っても色々と階級のようなものがあり、最強戦力である五人の聖騎士を筆頭に、騎士、準騎士、従騎士、そして騎士見習いで構成されているそうだ。

「役目も多種多様ですわ」

王族を守る近衛騎士。市街地を巡回する警邏《けいら》騎士。各領地を巡って不正を暴く巡廻騎士。

普段、僕たちが目にするのは警邏騎士だろう。

「簡単に説明しますとこんな感じでしょうか」

前世で言うところの警察、に近いのかな？　役割はともかく、態度の差が大きいのでイメージと合わないけど。

自分の中で聞いた話をまとめていると、思い出したようにルネが付け加える。

「あと、騎士団は『風神』の影響が大きいよ」

うちのおじいちゃんは準騎士だったみたいだけど、以前ルネとクレアから教えてもらった話だと、騎士見習いの頃から王都に留まらず国中で勧善懲悪的に大暴れして、平民では異例の昇格が認められた結果だそうな。

まあ、影響が残っているのは今日の騒動でもわかる。

「どんな感じ？」

「良くも悪くも、だね。単純に伝説を見聞きした人が尊敬していたり、感謝していたり、そういう騎士が多いって話」

中にはその偉業に憧れて騎士を目指す少年がいるのだとか。ああ、今日の人みたいな感じは珍しくないんだ。

「逆に有力貴族家出身の騎士は恨みに思っているんだって。逆恨み、みたいだけどね」

「これは噂なのですが、聖騎士は『風神』セズのような強者に対抗するために生まれた役職なのだとか」

「……本当？」

「あくまで噂ですけど、真実味はありますわね。当時は騎士団の腐敗が極まっており、真っ向から反抗する『風神』を誰も止められなかったと言いますし」

従えられない巨大戦力によって掻き回されるのを嫌った貴族が、家柄を捨てて強さだけを求めて組織した、という噂。

貴族である事や、家柄が求められる騎士団の中で、聖騎士だけは完全に実力のみで選ばれる。

「なんだか怖いね、それ」

「騎士こそが正義と教育されているので逆らう事もなく、上層部の有力な駒なのでしょうね」

教育って、それ洗脳じゃないの？

こんなのが暴走したら収拾がつかない気がするけど、その辺りの制御は大丈夫だろうか？

まあ、僕が心配する事でもないか。

「ともかく、今の騎士は少し危ういところがありますので、関わりにならない事をお勧めしますわ」

「そうしたいところだけど、顔を覚えられたからね」

「もちろん、良識的な貴族もいますし、そもそもガンドール家はあくまで王家を守る事を至上としておりますわ。理由もなくシズが害されたりはしないでしょう。上層部も遠からず手勢の手綱を握りますでしょうから、それまでの辛抱ですわ。何かあればルミネス家も弁護できますし」

できれば、そんな事態には発展してほしくないな。

僕はクレアと友達だけど、ルミネス家だからクレアと付き合っているわけじゃない。

周りから見たらわからない事でも、クレアが自分の身分に囚われない人間関係を求めているのは知っている。できるだけ、その気持ちに応えたい。

まあ、逆に遠慮しすぎてしまうのも過剰に意識しているみたいでバランスが難しいのだけど。

「ココはやばいかもな」

今まで黙っていたラムズが難しい顔で呟く。

無意識に漏らしたのだろう。僕たちの視線が集まったところで独り言になっていたと気付いて苦笑いした。

「いや、確かココのシャークティ家は軍の輜重《しちょう》隊を任されてるんだよ」

後方支援の補給部隊が前線に立つわけではないけど、軍にとって糧食は重要だし、敵によって真っ先に狙われる危険な役目でもある。直接戦力でなくても重要な役目だ。

「しかも、シャークティ家もケンドレット家とは反りが合わないって噂だからよ」

「そんな家をガンドール派が見逃すわけがない、か」

ルネとクレアも頷くので、ラムズの懸念は的外れではなさそうだ。

とはいえ、ココは学年も違えば、直接の関わりは今日のあれだけ。本人から助けを求められたわけでもないし、積極的に動く理由はない。

「ないんだけどね」

「ん。放っておけない？」

「知っちゃうとね」

親ならまだしも、ココまでが脅迫されるなんて可哀相だろう。

僕だって入学当時、グラフトたちに脅されて嫌な思いをした。あんな小さい子が、騎士に狙われるなんてそれ以上に怖い思いをしているはずだ。

「それに、あの子さ、僕たちを巻き込まないように一人で帰ったでしょ」

送るという提案に喜んだ顔。あれが本心なのに、自分の境遇を考えて遠慮したのではないか。

ああいう子が嫌な目に遭うのは見たくない。

誰も彼もを救えるだなんて思い上がってはいないつもりだけど、自分たちにできる事があるなら、やってもいいじゃないか。

「できる事なんて多くないと思うけど、見つけたら声を掛けるとかするだけでも違うよね？」

「そうですわね。交友関係が広がれば、騎士も周りの目を気にして諦めるかもしれませんわ」

希望的観測でも、やらないよりはずっといい。

「じゃあ、頼んだよ、ルネ！」

「ボク？　いいんだけど、どうして？」

だって、ねえ。

あの子、人見知りみたいだから異性の僕はきついだろうし、ラムズは体格的にも威圧感があるし。

リエナは性格的に無理で、クレアは肩書で緊張されてしまいそう。

その点、ルネなら性別がルネだし、性格も適しているじゃないか！

「ルネが一番頼りになるからだよ」

「そっかあ、うん。ボク、頑張るね！」

両手を握りしめて微笑むルネ。

ほら、可愛い。僕の人選に間違いないよね。だから、リエナさん？　あの、太ももを抓るのはちょっとやめてもらえないかな？

17

ルネにココの様子見をお願いしたところ、割とすぐに見つけたそうだ。

勉強熱心なルネは色んな教師の研究室と関係がある。普通の教師は自分の研究は気に入った生徒にのみ開陳し、弟子や助手として優秀な生徒を自身の下に囲い込むものだけど、ルネは不思議と教師たちに信頼されるためか自由に研究室を回っている。

その中でココを見つけたらしく、声を掛けてくれた。

この辺り、作為があってもなくても態度の変わらないルネは強い。人見知りするココが相手でも無理なく、自然に話相手になったらしい。

「いい子だよね。趣味は散歩とか、ピクニックなんだって。最近はちょっと悩みがあって、授業に集中できていないみたい」

たったの三日で悩み相談までされるルネの人懐っこさは凄い。

やはり、悩みは騎士団による脅迫だろうかと聞いたのだけど、ルネは困った笑顔で誤魔化して教えてくれなかった。

まあ、人から受けた悩み相談を勝手に触れ回るのは良くないので、仕方ない。

師匠の特訓も劇団のお手伝いも大変だけど、順調に進んでいる。

「シズ、大変だよ！」

そんなある日、師匠の特訓を受けているとルネが駆け込んできた。

突然の駆け込みで組手が止まる。僕は顎先で寸止めされた師匠の拳に硬直したまま、ぎこちなく振り返った。

「ル、ネ？」

「えっと、ごめん。邪魔しちゃって。でも、大変なんだ」

青褪《あおざ》めた顔の僕に気圧《けお》されたルネだけど、すぐに緊急性を訴えてくる。

ただ事ではないと、師匠に襲い掛かる直前だったリエナと、倒れていたラムズも立ち上がり、こちらにやってきた。

深呼吸で意識を切り替えて、半ば話の内容を予想しながら問いかける。

「どうしたの？」

「ココちゃんが誰かに呼び出されたみたいなんだ」

やっぱり、ココの事か。

慌てるルネの説明は要領を得なかったけど、師匠が一言で落ち着かせた。何を言ったのか気になるけど、今は重要じゃない。

「今日はココちゃんの悩み相談をするつもりで待ち合わせしてたんだけど、待ってもココちゃんが来なくて」

いつも時間前に行くルネよりも更に先に来て待っているココが約束の時間を破った。彼女の事情を知らなければ不思議に思いながら待っていたかもしれない。

嫌な予感がしたルネはすぐにココのクラスメイトを探して、何かなかったか聞いて回ったらしい。

友達が少ないらしいココの動向を知る者は少なく、何人も声を掛けて調べた結果、昼休みに手紙を見て蒼白になっている姿を目撃した生徒がいた。

「でも、どんな手紙かわからなくて。でも、何も言わずに約束を破るなんてないから」

「前の騎士団からの呼び出しかもしれない？」

もちろん、考えすぎかもしれない。

家の都合で急いで帰ったとしても不思議ではない。

だけど、現状を考えると思い過ごしとは言えないだろう。

余計なお世話は百も承知で首を突っ込む。誰も反対はしなかった。

「師匠」

「許可なんぞ求める前に動け、あほう」

景気づけとばかりに頭をはたかれる。

既に出遅れているんだ。急がないと。今は人手を分散するしかないか。

「リエナはクレアを探して、家の事情を調べてもらって。リエナは伝言したら東側と北側の地区を探して。見つけたら保護して……師匠、研究室を使わせてもらってもいいですか？」

「好きにしろ」

師匠の研究室なら相手が貴族でも騎士でも安心だ。

「師匠の研究室に連れてきて。二時間たったら見つけられなくても合流」

「ん」

リエナが走り出す。クレアが学園のどこにいるかわからないけど、リエナならすぐに見つけられるだろうし、捜索範囲が広くても対処できる。

もしも、僕らの心配が的外れでも、クレアが確認した上でストップをかけてくれる。

「ルネは貴族街をお願い。詳細は今聞いた通りで」

「うん。行ってくる」

「俺はどうすりゃいい」

「西地区をお願い。僕は南地区に行くから」

この広い王都からココを探すのは難しい。

でも、人目につくのを嫌うなら大通りや店内は選ばないと予想できるし、市民街に詳しくない貴族を呼び出すのに、あまりに複雑な地理は避ける、と思う。

となれば前回のような大通りから少し外れた路地が怪しいから、そこを虱潰しに探していこう。

走り続ける事、一時間。さすがに息が上がってきた。

南地区を東側から西に向けて走っている。路地から路地へと走って、走って、予測が見当外れだったのではと浮かんでくる疑念を宥《なだ》め、鈍りそうになる足を叱咤して進め続ける。

「ここは、行き止まり」

蔦植物に濃く覆われた壁を前に方向転換。

最短距離を行こうと、入り組んだ裏路地を通っているせいで道に迷いそうだ。それでも時折見える太陽の位置から方角に見当をつけて探す。

ココは見つからない。空回りならそれでいい。誰かが保護していてもいい。

前世の携帯電話とかの便利さが恨めしい。無駄に知っている科学知識のせいでもどかしさが倍増してしまう。

「あれ？　ここ……西地区？」

何度も道を阻まれながら走り続けている内に、見た事がある風景に辿り着いていた。いつかのお使いや、劇団の手伝いで何度か来ている西地区の路地だった。気が付けば西側まで来てしまっていたらしい。

こちらはラムズが調べているはず。僕の担当地区の全てを確かめたわけではない。合流するべきか、引き返してもう一度、南地区を回るべきか迷う。

少しだけ足を止めて、息を整えながら考えていると聞こえてきた。

誰かが争う物騒な物音と、声が。

しかも、その声には聞き覚えがあった。

「ラムズ？」

即座にそちらへ向けて進む。

路地は音が反響して確かな位置がわかりづらい。それでも段々と声が大きくなってきた。

「ラムズ！　いるの⁉」

「シズ、こっち……がっ！」

大声で呼べば声が返ってきて、途中で短い悲鳴に変わった。

背筋に冷たい感覚が刺さり、嫌な予感に焦燥感が胸を撫でる。

今の声は近かった。すぐ壁の向こうじゃなかったか？　耳をすませば粗野な罵声と、重い物がぶつかり合う嫌な音まで聞こえる。

道を探す時間も惜しい。

「いくよ、『刻限《こくげん》・天鳥式《あめのとりしき》』」

バインダーから脚力強化の付与魔法を発動。

助走をつけて壁を乗り越えると、その先は家と家の隙間にできた裏路地の行き止まりだった。そこに複数の人間がいる。五人の騎士と、ラムズと、ココ。

着地までの二秒で目測をつけて、そいつの頭を踏みつけようとする。

「っと、あぶねえな！」

踵は空を切ってしまった。風切り音が聞こえたか、影が差したせいか、寸前で僕に気付いて避けたのだろう。

でも、構わない。ラムズたちから引き離す事には成功していた。両者の間に着地して陣取り、強く騎士たちを睨みつける。

「おいおい。いいところ、持ってくんじゃねえよ、親友」

五人の騎士を警戒しながらチラリと背後のラムズを見る。

腫れた顔。痣《あざ》だらけの腕。額から流れる血。汚れた制服。軽口を叩いているけど、強がっているのがみえみえだ。

歯を軋む程に食いしばる。でも、暴発しちゃいけない。落ち着け。怒りに飲まれるな。冷静になれ。こんな時こそ軽口で応えろ。

「本命は最後にやってくるんだよ、親友」

「俺は引き立て役かよ、っ痛」

ラムズは笑おうとして痛みに顔を歪めた。本当は立っているのも辛《つら》いだろうに。それでも耐えているのは、人数差の不利を少しでも埋めるためか。

傷だらけのラムズと比べて、いつかみたいに背後で庇われているココに目立った怪我は見当たらない。ああ、それこそがラムズの殊勲の証だ。僕が本命なんて烏滸《おこ》がましい。こんなの後始末と大差ない。

「後は任せて」

余裕の態度で僕たちを囲む騎士たちに向き直る。

18

ニヤニヤと趣味の悪い笑みを浮かべる五人は無傷。

状況を見れば何があったか一目瞭然だ。戦えないココを庇うラムズを、五人で一方的に痛めつけたのだろう。

ラムズは強い。

真っ当に戦えば勝てないまでも、もっと善戦できたはずだ。相手が騎士でも、五人でも、こいつらだって無傷では済まない。それだけの気概を持っている。なのに、防戦一方になったのは五人の誰かにココが狙われ続けたせいか。

「卑怯者め」

「卑怯？　戦術って言うんだ、ガキ」

そうかもしれない。少ない労力、少ないリスクで最大の戦果を得るのが正しいし、賢いのだろう。

僕は子供で、未熟で、奴らの言う通りガキなのも否定しない。

「確かに僕はガキだ」

「はっ、分を弁《わきま》えたら――」

「でも！」

先程、踏み潰し損なった男の言葉を強い言葉で切って、睨みつける。

「僕がガキなら、お前らは屑だ」

「熱くなって、馬鹿じゃねえの？」

言葉と同時に拳が来た。

鋭い。腐っても騎士。学生とはレベルが違う。

だけど、こんなの話にならない。

「師匠と比べれば！」

見切った拳の下に潜り込み、まだ残っている脚力強化に任せて踏み込むと、僕の頭と男の顎が衝突した。

カウンターになった上に、ぶつかったのが顎だ。男は脳震盪《のうしんとう》を起こしたのか尻餅をついて、そのまま立ち上がれない。僕は大丈夫。なにせ毎日、師匠から拳骨をくらってるのだから。かなりの勢いでぶつかったけど、僕の石頭は無事だった。

舌打ちや溜息が聞こえる。

「油断しすぎだろ、馬鹿が」

「おい。躾だ、躾」

「腕の一本でも見せしめにすりゃあ、そっちのガキどもも素直になるだろ」

「いやいや、ここは顔を焼いてやろうぜ？」

残りの四人は笑みを消し、物騒な言葉を吐きながら次々と抜剣する。後ろの二人はバインダーまで取り出していた。

そっちがそう来るなら僕にも考えがある。バインダーから魔造紙を抜き出す。

魔法を警戒した騎士の二人が突撃してくるけど、僕が杖で魔造紙を地面に突く方が早い。

それでも騎士たちは動きを止めない。発動の赤い光の向こう側から二人が剣を振り下ろし、後ろの二人も何かしら魔法を発動させたようだ。未熟な学生の魔法なんて容易《たやす》く破れると思っているのだろう。

確かに僕は未熟だけど、武器がないわけじゃない。

「甘いのはそっちだ。『縛鎖界《ばくさかい》——凱旋路《がいせんろ》』」

長方体の赤い壁が僕たちと奴らを分断する。

剣撃は弾かれ、飛来した氷柱が砕けた。鮮紅の向こう側で騎士たちが息を呑んでいる。

前衛は立て続けに剣を振るうけど、赤い壁は泰然と受け止め、亀裂のひとつもできなかった。後ろの二人が逃げようとしたのか、回り込もうと思ったのか、反対側に行こうとして道を封じられていることに気付く。

内部からの脱出を阻む結界の法則魔法。

ちょうど路地を埋めるように張られた結界に、騎士たちは囚われた。四人は一ヶ所に集中して魔法を放ったりしているけど、悉《ことごと》く阻まれて効果がない。

本来なら労せず砕けるはずの結界を破れない事に、苛立ちと不安を抱いたのか、途中からは技も連携もなく暴れ出す。怒鳴り声も遮断されて届かず、高度なパントマイムをしているみたいな滑稽な光景だ。

「二十倍凝縮なんだ。破れるわけないだろ」

これを砕きたかったら極大魔法でも持ってこい。まあ、使えば余波で内側の使い手は助からないだろうけど。

さて、これで終わりなものか。

一気にバインダーから二枚の魔造紙を取り出す。先程と同じ鮮紅を浮かべる魔造紙を。

四人が凍りつく。どうやらわかっているようだ。この結界が『縛鎖界《ばくさかい》』の系統で、内側からの脱出は阻んでも、外から内側に入る事が可能だと。

いくら騎士といえども、ここで上級の属性魔法でも放り込まれれば大変だ。同等の魔法で相殺なり、小規模の結界で防ぐなりできるかもしれないけど、少しでも対応を誤れば命はないのだから。

硬直した四人によく見えるように掲げると、どうやら失笑を買ったようだ。笑っている。そうだね。普通ならこんな魔造紙を脅しみたいに見せられても笑うだろうね。一人なんかは余程つぼに嵌《はま》ったのか、腹を抱えて笑っている。

「いくよ。『力《りょく》・進弾《しんだん》』」

基礎魔法の『力《りょく》・進弾《しんだん》』は精々、ボール投げ程度の威力しかない。そんな魔法で脅されたって冗談に思われる。

だけど、彼らはよく考えてみるべきなのだ。目の前の結界が本来はあり得ない程の防御力を発揮している事実に。

もちろん、これも二十倍凝縮。魔造紙を大笑いしている騎士の足元に向けて放った。

さて、ここで問題。

この小さな玉がヒュンと飛んでいくだけの魔法。当たったら痛いなあ程度の基礎魔法。それを二十倍の魔力で書き上げるとどうなるでしょうか？

答え、高エネルギーレーザー。


いぃぃぃぃぃぃんんんん！


名状しがたい異音を伴った赤い軌跡が、結界へと突入して夕闇を焼いた。空気が焼ける臭いと共に残ったのは細く小さな地面の穴だ。筒状に底知れず続く穴の断面は焦げている。

四人の笑いが凍りついた。

「……今の撃ち方だとちょっとわかりづらいかな」

手にしていた二枚目を今度は前衛二人の間を通すように向けて発動。

先程と同じ現象が空間を貫いて、結界を瞬き以下の刹那で駆け抜けた。閃光は反対側の結界に阻まれて消えるけど、彼らは焦げた臭気を嗅いでいるだろう。

僕はバインダーから同じ魔造紙を五枚取り出して、再び彼らに見せつける。

戦慄が場を支配した。

地中深く貫く貫通力。摩擦で土を焼き焦がす熱量。発動と同時に数十メートルを通過する速度。あんなものが人間に当たればどうなるか。たとえ想像したくなくても、あまりにも簡単に想像できてしまい、強制的に光景が脳内に浮かんでしまうだろう。

逃げようにも周囲は結界で閉ざされていて、破る事もできないのは既に自ら実証済み。

命乞いか、怒号か。何やらわめいているみたいだけど、聞こえない。聞こえないんだから仕方ない。

「伏せた方がいいんじゃない？」

五枚を立て続けに発動させた。

基本的に射線は水平に。

たまに少しずれて地面に穴を作ってしまったりもしたけど、蹲《うずくま》った騎士の股の間を焼き貫いただけ。

その騎士は泡を吹いて白目を剥《む》いて気絶する。

幸い四人には当たらなかった。

相手は剣を抜いたのだから命を奪う権利があるのかもしれない。そういう選択が間違っているとも思わない。見逃したせいで自分や近しい人が傷つく将来があるかもしれないのだから。

でも、今の僕には人殺しする覚悟なんてない。師匠なら温《ぬる》いとか思うかもしれないけど、これが僕なんだ。

「ここで死んでいた方が幸せかもしれないけどね」

果たして暴走した新参のガンドール派を、上層部は許すだろうか。しかも、平民の学生を相手に多数で挑んだ上で一方的にやられておいて。愉快な結末は待っていないだろう。

赤い閃光の乱舞の中、仁王立ちするような剛毅を持つ者はいなかった。四人の騎士は頭を抱えて地面に伏せて、極寒の雪中に取り残されたみたいに震えている。

僕が攻撃をやめても反撃に出ようとはしなかった。もっとも、未だに結界は健在だし、僕の手の中には次の魔造紙が既に準備されている。彼らが駆け寄るよりも先に発動できるから、気概を示したところで無駄だけど。

こういう時、模造魔法は便利だ。弾数さえあれば速射性・連射性ともに優秀だから。

「まだ今の魔法は残っているし、もっと強力なのもある。そろそろ僕も狙いを間違えちゃうかもしれないね。ほら、僕はガキだからさ」

聞こえているのかな？

少なくとも二人は恐怖のあまり気絶しているように見えるけど。

見せつけるように魔造紙を掲げる。なんの魔法かは読み取れないように裏向きに。でも、鮮紅の輝きは彼らにも見て取れる。

「いくよ、『力《りょく》・浮漂《ふひょう》』」

今までを遥かに上回る光が結界内を満たして、新たな二十倍の基礎魔法が四人を飲み込んだ。

放っておけば半日ぐらい光っているはずだけど、もう狙った結果は出ているだろう。すぐに結界と一緒に魔法を解除すると今度こそ全員が失神していた。

これは二十倍にしても光が強く、長くなるだけなんだよね。そんなの知らない彼らは酷い恐怖を覚えたに違いない。

さて、これで僕の役割は終わりだ。

「ラムズ」

「ん、お、おう」

メチャクチャ引かれていた。ココなんて騎士たち相手以上に怯えているんじゃない？　おかしい。助けたはずなのに……解せぬ。

それでもラムズは頭を乱暴に掻いて、すぐに調子を取り戻した。

「シズ、キレてただろ？」

「んー。どうだろ？　まあ、怒ってたけどさ」

「お前みたいなのが一番怖いかもな」

違う。キレたら怖いのはルネだと思うんだ。全然、想像できないでしょ。怒らせたのなんて一年次生の時ぐらいで、あの時だってキレてはいなかったよね。

まあ、それはこんな時に考えるべきことじゃない。

「ほら。最後に気合入れてよ、本命！」

その肩を叩いて、全滅した仲間を茫然と見つめている男を見遣る。

最初に脳震盪を起こして立てずにいた騎士だ。もちろんわざと残した。

「一対一。どっちも負傷あり。今なら対等だよ」

ラムズはしばし呆けたように立っていたけど、すぐに痛がりながらも笑い出した。

さあ、決めてくれよ。ヒーロー。

「任せろ」

ラムズに代わってココの護衛に立つけど、もう必要ないかな。というか、近づいたら後ずさりされたんだけど……。

僕が地味に凹んでいる間にラムズは騎士の前に立った。騎士はラムズを見上げ、次第に怒りか羞恥で顔を赤くする。

「お膳立てしてもらって偉ぶるのもだせえが。まずは」

普段からは想像できない冷たい目で見下ろした。

「立てよ、おっさん」

「ガキ、どもがあああっ！」

脳震盪の影響はまだ残っているようだけど、怒りを原動力に立ち上がった。

ラムズだって怪我だらけで本当なら歩くのだってやっとだろう。

「そのガキに負けんだよ、あんたらは」

「くそがあああっ！」

挑発に剣を抜くのも忘れて殴りかかる騎士。その拳に向かってラムズは自ら額を打ちつけた。

鈍い音が響く。

ラムズの巨体が崩れかけて、騎士はあらぬ方向に指の曲がった拳を掲げて悲鳴を上げる。

顔を真っ赤にしながら騎士はようやく抜剣しようとするけど、折れた指に加えて感情が昂《たかぶ》りすぎて満足に柄も握れない。

「おい……」

隙だらけの騎士の胸ぐらをラムズが掴む。騎士はラムズと剣を交互に見遣って、ますます慌てていた。

ラムズは岩石みたいな拳を振りかぶり、

「ガキを、舐めんなっ!!」

一喝と共に叩き込んだ。硬い拳は騎士の頬にめり込むと、そのまま騎士の体はグルンと半回転して宙を舞い、受け身を取る事もできないまま地面へ激突した。

動かない。気を失ったか。

それでも油断なく残心していたラムズは、勝利を確信すると同時に膝をついた。

「ラムズ！」

僕が駆け寄るよりも早く小さな影が横を駆けていく。

ココはラムズに抱きつくようにして支えて倒れるのを防いだ。

「ごめんなさい。私のせい、ごめんなさい。こんなに怪我しちゃって、ぐす、ごめん、すん、なさい」

謝りながら遂には泣き出してしまうココにラムズは動揺を隠せない。痛みも吹っ飛んだのか、無言のまま百面相で救いを求めてくる。

いや、泣いている女の子の慰め方なんて僕も知らないし。

うーん。リエナならどうだろ？　猫耳としっぽを撫でる？　違う。それは僕の願望だ。勝手にそんな事したら泣きやむかもしれないけど猫パンチをくらう。そもそも、ココには猫耳もしっぽもない。

でも、発想そのものはいいはず。

泣いてるリエナを慰めるなら、

『頭を撫でるんだ！』（ジェスチャー）

『勝手に触って大丈夫なのか!?』（ジェスチャー）

『大丈夫！　今ならイケる！　……たぶん』（ジェスチャー）

『嫌がられたら恨むからな！』（ジェスチャー）

なんだか、最後の対決より緊張していそうなラムズがココの頭を撫でる。

ココはビクッと肩を揺らしたけど、すぐにラムズを見上げた。涙に濡れる瞳を受けて、ラムズの動揺が大きくなるのが見ていてわかった。

さすがにここで僕に救いは求めてこない。来られても気付かないふりをするよ。

「あー、その、大丈夫、か？」

「はい。先輩のおかげで、元気です」

まるで壊れ物を扱うみたいにラムズは再びココを撫でる。

これまで暗い表情ばかりだったけど、一転して笑顔を見せてくれた。うん。付き合いって呼べるような関係はまだないけど、やっぱり笑顔がいいよね。

ラムズも同感なのだろう。緊張の抜けた裏表のない笑みを返す。

「そか。それなら良かったよ」

「うん。ありがとう、本当に、ありがとう、ございます」

今度は感謝を繰り返しながら、両手でラムズにしがみついている。なんか頬が桃色に上気して、目はキラキラと輝いているんだけど、これって……。

いくら鈍感と言われる僕でもわかるよ。ラムズが立てた！　フラグを立てやがった！

「僕、ちょっと席外そうか？」

「変な気遣いすんなよ！　それよりどうすんだ、これ？」

倒れた五人の騎士を見回して言葉に詰まる。

怒りのままに打ち倒してしまったけど、やっぱりいい状況ではないよね、これ。

本来なら治安を守るべき騎士が暴行事件を起こしたのだ。このまま騎士団に連行してもらっても、有耶無耶にされてしまうどころか、逆にこちらが罪に問われかねないかも。

じゃあ、軍を頼るのかと言えば論外だ。敵対派閥で、こいつらが裏切り者なら厳重に処分するかもしれないけど、僕たちの味方でもないのだから共倒れを狙われでもしたら大変だ。そもそも奴らにそんな権限はないんだし。

「ん。埋める」

「うわあっ！」

背後からの物騒な提案に悲鳴を上げてしまう。

振り返ればリエナがいた。いつの間に、というかどうしてここに？　二時間はまだ経っていないし、いくらリエナでもこの短時間で市民街の半分も見回れたとは思えない。

「ん。クレアに呼ばれた」

「……恥ずかしかったですわ」

うっすらと頬を染めたクレアと、フラフラ足元の定まらないルネがやってくる。

「クレアが呼んだって、どうやって？」

「寮の屋上から叫びましたの。『リエナさん、戻ってきてくださいな』と」

耳のいいリエナには届くかもしれないけど、事情を知らない周りからは奇行として映ったろう。まるで去ってしまったリエナを求めて感極まっているようにも取れる台詞だし。確かにそれは恥ずかしい。

ルネは貴族街を走り回った上に、ここまで休みなく走ったせいで体力切れみたいだ。

捜索していた五人が集まったのは好都合だけど、不可解が解消されたわけではない。

「けど、クレアはどうして二人を呼んだの？　それに、ここがわかったのも……」

「わたくしではありませんわ。レグルス先生ですわ」

師匠が？

僕が詳細を尋ねるより先にクレアが片手を上げて制してくる。

「その前にこちらの後始末ですわ。騎士団を呼びましたの」

クレアが言うのと同じぐらいのタイミングで、二十人近い騎士装備の一団が駆け足でやってきた。

僕とラムズが反射的に警戒する間に、彼らは素早く倒れた五人を捕縛していき、隊長らしき一人がこちらに来る。

初老の男性騎士は深々と頭を下げた。

「騎士団の者が迷惑を掛けた。申し訳ない！」

潔い謝罪に言葉が出てこない。

ラムズの後ろで怯えていたココまでポカンとしている。

「いえ、騎士団の落ち度ではなく、その者たちの罪でしょう」

「ご寛恕《かんじょ》の言葉痛み入る。しかし、入団間もない若造の騎士見習いとはいえ騎士の端くれ。騎士団全ての落ち度でございます」

ううん。硬い口調だけど実直な態度。僕のイメージする騎士はこんな感じだけど、こいつらの印象が印象なので、どちらを一般的な騎士と思えばいいのか判断がつかない。

クレアと彼はしばらくやり取りしていたけど、どうやらルミネス家への報告を確約した上で五人の対処を騎士団に委ねる形になったようだ。

「ところで、少年はもしやシズ殿では？」

殿⁉ この人も騎士なら貴族なんだよね？ 僕みたいな平民に敬称をつけるなんてどうしたんだろうか？

作業中の騎士からどよめきが起きる。連行を途中で放り出しこそしないものの、チラチラと視線が飛んできて注目されているのが嫌でもわかった。って、よく見たら、『風神』ファンだというこの前の警邏《けいら》騎士さんがいるじゃん。ああ、もしかして、あの人が僕の事を伝えたりしたんだろうか？

戸惑いは隠せないけど、無視するわけにもいかないので頷くと、厳めしい顔に喜色を浮かべて僕の両手を握りしめてくる。

「セズ様は息災でしょうか？ 私が従騎士であった頃、セズ様に鍛えて頂きました。あの時のご指導のおかげで、家名も低い身でありながらこの歳まで現役として騎士の務めを果たせております」

うんうんと後ろで頷いている騎士までいる。なるほど。この前の人が特別なわけじゃなくて、『風神』の名前が騎士団に大きな影響を与えているのは本当なんだ。

「おじいちゃんの……」

そうか。騎士団と言っても貴族と一緒だ。いい人もいれば、どうしようもない人もいる。ちゃんと交流して見極めないといけない。

「祖父は元気です。あなたの事を知ったらきっと喜ぶと思いますよ」

「光栄ですが、伝えないでくだされ。手柄は口にするものではなく、ただその働きで示せばよい、というのがセズ様の教えですので。まだまだ至らぬ身ではありますが、いずれ故郷におられるセズ様の耳に届くよう精進するまでです」

おじいちゃんもこの人も、どっちもかっこいいなあ。

不要とは言ってるけど、今度の手紙でこの人の事はおじいちゃんに伝えてあげたい。

「おっと、任務中に私事を失礼した。では、後は引き受けましたので、今はまずそちらの少年の手当てをいたしましょう」

「あ、あの。私、回復魔法が得意だから、やります。やらせてください」

隠れていたココが必死な様子で主張する。

困り顔の騎士に僕は不器用なウィンクを送ると、騎士は完璧なウィンクを返して頷いてくれた。この人、話もわかるし、茶目っ気もあって好感を持てるなあ。

「ここはお言葉に甘えてお嬢さんにお願いしましょう。では、我々はこれにて。事後報告は改めて、後日」

規律正しく騎士は一礼すると、他の騎士たちまで一斉に敬礼して、捕縛した五人を連行していった。

残された僕たちはニヤニヤと治療を受けるラムズを見守るのだった。

「お前ら、もう先に帰れよ⁉」

19

その日は、散々ラムズをからかった後、門限の早いココを家までラムズとクレアに送ってもらい、解散となった。

いや、当人がいくらラムズに懐いていても、ご家族は心配になるだろうしね。あまり遅くまで連れ出したらダメだろ。

「しかし、本当に懐いたね」

翌朝、寮の食堂でも僕の第一声がそれだった。

ラムズの後ろには当たり前みたいにココが連れ立っていて、とても上機嫌そうだ。

回復魔法が得意と自己申告するだけあって、あれだけ傷だらけだったのに見たところ怪我は残っていない。ラムズに無理をしている様子もなさそう。

内心でほっとしていると、ココが僕の前に立った。昨日は怯えられてしまったけど、今は人見知りぐらいの距離感だろうか。

「昨日は助けてもらったのに、怖がってしまって、ごめんなさい」

「あ、いいよいいよ。気にしないで。自分でもやりすぎたかなって思うし」

結界で捕まえて、一方的に攻撃できる状況を作り出し、致死性の魔法を連発する年上の男子。いくら救いの主だとしても怖いに決まっている。

「ラムズ先輩に叱られちゃいました」

「ふーん」

「なんだよ、その目は」

不機嫌そうなラムズが睨んでくる。

気遣いはありがたいけど、なんだか複雑な心境だ。いや、昨日のラムズがヒーローだったのは疑いようがないから文句はない。

「では、昨日できなかった説明を始めますわ」

全員が集ったところでクレアが切り出した。

無事に終わったのはいいのだけど、色々と納得できない部分がある。

昨日の状況に対して、この結果はできすぎではないだろうか、と。

騎士たちに呼び出されたココを、広い王都から見つけ出すのは至難だった。いくら場所を人目の少ない路地に絞っても、ほんの二時間足らずで見つけられるわけがなかったのだ。五人を倒す事よりもそちらの方が問題だった。

偶然、ラムズは見つけたと言い。

僕も偶然、二人の声を聞いた。

普通ならそんな都合のいい事は起きない。なら、何か僕の知らない働きがあったはずだ。

「……師匠のおかげだって言ってたよね？」

「ええ。レグルス先生が連絡を取ってくれましたの。ココさんを見つけたからまともな騎士団を連れて行け、と」

やっぱりか。

確かに僕たちと一緒に話を聞いていたけど、師匠もココの捜索を手伝ってくれていたんだ。これが生徒間の騒動なら静観していたかもしれないけど、騎士が絡んでいたから手を貸してくれたのかもしれない。

「けど、どうやって見つけたんだろ？」

師匠は研究室に残ったんじゃないの？　もしかして、気配を殺して近くに控えていたのだろうか。本気で師匠が隠れようとしたら背後に立たれても気付けないから、あり得ないとは言い切れない。

「種族特性というお話でしたわ」

リエナも猫妖精の種族特性を持っている。非常に高い感知能力がそれだ。

「樹妖精の種族特性……どんななんだろ？」

「植物を操ると聞いた事がありますわ」

なるほど、『樹』妖精らしい能力だ。師匠が使っているところは一度も目撃していないけど、妖精族には種族ごとに特殊な能力があるというので不思議ではない。

じゃあ、植物を使ってココを捜索したのか。

「あ、もしかして」

「ラムズ？」

「いや、なんかココを探してる時に通れるはずの路地が蔦だらけの壁で塞がっている場所があったんだよ。俺の記憶違いか、知らない間に壁ができたのかって思ってたんだけどよ。それもレグルス先生だったのかなって」

あ、僕も覚えがあるぞ。何度か蔦が茂った行き止まりに方向転換したんだ。そうして夢中で走っている間に西地区に到着したのだけど。

「もしかして、誘導されてた？」

学園の研究室にいながら、そんな事ができてしまうのだろうか。

無理だろうと常識的な考えが判断する一方で、師匠ならできてしまうのではないかとも思ってしまう。

「俺、劇団の手伝いの前にお礼を言ってくる」

「私も、私も行きます」

なんか、体格差のせいで親子みたいに見えてきたな。あるいは飼い主とペット。

弟子の意見としては師匠が感謝の言葉を受け止めるとは思えないけど、ちゃんと伝えた方がいいのは間違いない。心配なのは師匠の迫力にココが怯えないかだ。

まあ、そこはラムズが体を張って守ればいいのか。

僕も一緒に行こう。きっと推測と詰めが甘いって拳骨とお説教が待っているだろうけど、同じ失敗をしないためには反省して、そこから成長しないと。

「じゃあ、これからの事を決めよ？」

ルネの提案に頷く。

こうして集まったのは、昨日の報告のためだけじゃない。ココの問題をなんとかできないか話し合うのが主目的だ。

「ココちゃんは手紙で呼び出されたんだよね」

「はい。お父さんとお母さんを説得しろって」

実際は本当に説得できるとは思っていなかったのだろう。娘の身に粗暴な騎士が近づいているという事実を伝えて、間接的に脅しをかけるのが目的だったのではないか。

逆らえば娘の身に不幸が起きるぞ、と。

あるいは拒否が続くなら本当に暴力を振るわれていた可能性もある。最悪、誘拐されていたかもしれない。

ココを怯えさせるわけにいかないから口にはしないけど。

「おかしいですわね」

「何が？」

「やり方が杜撰《ずさん》すぎますわ」

クレアは難しい顔をしている。

「ココさんの事だけでなく、こんな脅迫じみた勧誘がいつまでも通るわけがありませんのに」

実際、昨日は五人が連行されたわけだし。

以前、勢力が巨大になって上層部が制御できていないと言っていたけど、それでも暴走が過ぎると
クレアは考えているみたいだ。

確かに権力闘争に明け暮れる貴族にしてはやり方が拙い。脅しが悪手かどうかは別として、強硬手段に出るのは最後の最後。こんな事を続けても逆効果になってしまうだろう。僕でも考えればわかる事を、勢力争いが本業のような貴族が考えないわけがない。

「でも、その程度の人間だから簡単に鞍替えしたとも考えられない？」

「個人ならともかく、貴族家としての行動とは思えませんわ」

ラムズで置き換えると、ラムズ個人は貴族っぽくないけど、ラムズの家族はちゃんと貴族しているって事か。なるほど。

「一部の独断と暴走なのかな？」

そう呟くルネだけど、自分の言葉に納得できていない様子だ。

「段々と過激になりつつある勧誘に釣られて暴走、というには無理がありますものね。それにガンドール家にしては収拾に時間が掛かりすぎている気がしますわ」

クレアの反論に頷いている。

リエナは紅茶に息を吹きかけて冷ましていた。うん。苦手だよね、こういう話。

ちびっと口にした途端に涙目になって猫耳としっぽの毛を逆立てるリエナ。まだ熱かったらしい。嫌な話が続いて荒《すさ》んだ心を癒してくれる。

よし。元気が出たぞ。

「考えられるとしたら大きく二つかな」

ひとつ、本当に制御できていない。

ひとつ、敢えて放置している。

それぞれでどんな思惑と事情が働いているのか考え出すと切りがないけど、大別するとこの二点に絞られるんじゃないか。

「そう、ですわね。わかりましたわ。この件に関してはわたくしが調べます」

「ボクも手伝うね。ココちゃんが辛《つら》い思いしたのに見過ごせないよ」

ルネとココが手を握り合って微笑み合う。美しい友情だ。この二人だと恋愛関係の疑いが微塵も浮かばないなあ。

ここでずっと黙っていたラムズが口を開いた。

「シャークティ家の事情は親御さんに任せるしかねえと思う」

ラムズの意見はもっともだ。こうして議論してはいるけど、あいつらに言われた通り僕たちは学生で、子供に過ぎない。

ココの家の事に口出しする権利はない。

もちろん、意に沿わない選択をさせられるというなら、できる限りの事はしたいけど。それだって限度はある。

「だけど、ココの事は別だ。家とは別で、守らねえと」

「ラムズ先輩……」

嬉しそうにココがラムズを見上げている。桃色空間に息がつまりそうだ。

けど、ラムズの言う通り、昨日のような騎士に狙われない保証はないのだから、対策は必要だろう。

「ねえ、クレア。ココにも劇団の手伝いをしてもらうってどうだろう？」

「そっか。劇団コーデリアはルミネス家の関係者だから、ガンドール家もケンドレット家も迂闊に手を出せないよね」

クレアの家の力を頼るのは本意じゃないけど、遠慮が過ぎて守れるものを見逃してしまうよりはずっといい。

中立を貫くルミネス家には迷惑だろうか。

「もちろんですわ。わたくしも提案しようと思っていましたの」

厄介ごと以外の何物でもないはずなのに、クレアは即答して微笑む。素直にありがたい。問題は手伝いに行けない訓練の日。

「ありがとう。で、僕たちが訓練している時は回復役で参加すればいいかなって思うんだけど、ココはどうだろう？」

訓練には必ず師匠がいるので、ある意味ルミネス家の庇護下よりも安全だ。脅迫とか誘拐なんて強硬手段に出ようものなら瞬殺される未来が待っている。

問題は荒事に耐性がなさそうなココは見学するのも辛そうだという事だけど。

「ラムズ先輩のお手伝いできるなら、私頑張ります！」

ベタ惚れっすね。

無条件の信頼というか、どこかリエナに通じる一途さだ。

見たところラムズも嫌じゃなさそうだけど、戸惑いの方がまだ強いみたい。

「ココも何かあったら俺たちに相談しろよ」

「はい！　ラムズ先輩にお話しします！」

僕たちが信頼されていないんじゃなくて、ラムズの好感度が限界突破している感じなんだろうな、これ。

ともあれ、方針は決定した。

そろそろ劇団の公演まで二ヶ月を切るんだ。気合を入れ直していこう。

ココがコーデリアさんに熱烈な歓迎を受けて泣き出したり、師匠の過激すぎる組手に失神したり多少の騒ぎは起きたけど、もう危ない目に遭う事はないだろう。

そんなふうに安心していた数日後、そいつはやってきた。

20

六人になった劇団コーデリアからの帰り道。夜の訪れが早まってきた中、家路につく人たちが通りを埋めている。

街は新年祭に向けてますます活気を増している。ただの新年祭ではこれほどの準備をしないらしいけど、今年は百年祭――それも十度目で千年祭。ここぞとばかりにアピールしようと大きな商会などがイベントを企画しているようだ。

やはり、劇団コーデリアの劇場もそうだけど、大通りの角地は集客が期待できるからか、大掛かりなものが集まるみたいだった。劇場の近くも買い取られた数軒の建物が解体されて、スペースが確保されている。

「あっちもかなり広いみたいだね」

「うん。何ができるのかな？」

「……ありゃあ行軍用の天幕だな。あの辺り、国が買い取ったのか？」

家が軍関連であるラムズが目敏く積まれた資材を見つけていた。

「軍？」

「いや、軍じゃねえよ」

「ラムズ先輩、私、詳しいです！　あれ、騎士団のです！」

そういえばココの家は輜重《しちょう》隊の関係なんだっけ。意外な人が詳しいな。

「そうなの？」

「はい。軍の専用のとは色が違いますから」

「確か騎士団の模擬戦が今年は大規模になるというお話を聞きましたわ」

「模擬戦？」

リエナが小首を傾げて、クレアが解説を続ける。

「例年ですと演武なのですけど、今年は模擬戦で実際に魔物を討伐するとか……」

「大丈夫なの？」

騎士団は対人が専門じゃなかったっけ。魔物退治は軍の領分だろう。

戦えないという事はないだろうけど、先日の一件もあるので信用できない。

「さすがに大型の魔物は用意できませんから。大丈夫でしょうけど……」

クレアも最近の騎士団の言動を思い出して言葉を濁す。なんとも嫌な予感がして、こういう時の僕の勘はよく当たる。

「……当日は強めの魔法を用意しとこうかな」

「程々に。程々に、ですわよ？」

「シズの方がよっぽど壊しそうだな」

失礼な。二十倍凝縮だって元の魔法のチョイスを間違わなければ大丈夫だよ。

六人で人の賑わう大通りを歩いていると、事件の時に詫びてくれた老騎士を見かけた。

まだあの五人の処置を聞いていないので、途中経過だけでも聞いておくべきかと声を掛けようとしたのだけど、どうも表情が優れないように見える。

「あ、あの時の騎士さんだ」

僕が判断に迷っている間にルネも気付いて、老騎士もこちらに視線を向けてきた。けど、眉間に皺を寄せて、難しい顔になってしまう。

「どうしたんだろ？」

「ん。やな感じ」

リエナが唐突に呟く。その視線は老騎士を越えて向こうに飛んでいた。雑踏の先は見えない。

僕らが戸惑っている間に、老騎士が重い足取りでやってくる。近づいて気付いたけど、頬にくっきりと濃い痣《あざ》ができていた。

「君たち、報告が遅くなってすまない」

「いえ、あれからどうなったかお聞きしても？」

代表してクレアが尋ねると、老騎士は僅かに沈黙し、その間に決意を固めたのかきっぱりと答えた。

「あの五人は死にました」

周囲の雑音が遠のいた気がした。

死んだ？　五人が、死んだ？

確かにあの五人は騎士としても、貴族としても、人間としても悪い事をした。悪事を働いた以上はその報いを受けなければならない。

だけど、命を奪われる程だっただろうか。

「詳しいお話を聞かせて頂けますわね？」

最初に驚きから復帰したクレアが確認する。

老騎士はまるで痛みに耐えているかのように顔を顰《しか》めて、悔しげな声音で答えた。

「あの五人の被害者は事情聴取中に容体が急変して亡くなったのです」

今度は唖然として沈黙が落ちる。

先にも勝る驚きに皆で顔を見合わせてしまった。誰もが困惑を隠せない。

いやいや、待ってほしい。

被害者？　事情聴取？　容体の急変？

加害者の取り調べではなくて？　ラムズが最後に倒した一人を除けば、四人は肉体的には無傷だったんだよ？

クレアが厳しい眼差しを老騎士に向けるけど、老騎士は斬首を命じられるのを待つような苦渋を表情に浮かべたまま、沈黙を貫いている。

「間違いはないのですね？」

「はい」

「改めてクレア・E《エレミア》・ルミネスとして問います。それが、騎士団の公式見解なのですわね？」

「はい」

ルミネス家の名前を出しても、老騎士の答えは変わらなかった。

異常な事態が起きている。

もちろん、騎士団の見解通りなわけがない。あの五人が本当に死んでしまっているとしても、間違いなく手を下した者がいる。

それは老騎士個人の考えを無視しているのだろう。上の階級の決定に逆らえず、苦しんでいるようだ。痣の原因もその辺りにあるのかもしれない。

後ろにいるルネの耳元に顔を寄せて囁く。

「騎士団でルミネス家を無視するような人って多いの？」

「ううん。それが王室のためになるならガンドール家はなんだってやるだろうけど、余程の事じゃなかったらしないよ。それに中立のルミネス家がケンドレット家に味方しちゃったら負けちゃうし。こんな事件を揉み消すために敵対するとは考えられないかな」

現在のスレイア王国におけるルミネス家の存在は大きい。

役職を持たず、当主は所領におり、三大貴族の中ではひとつ落ちると言える。だけど、その所領は西部と王都を結ぶ交通の要所で、保有する戦力も無視できないのだ。

そんなルミネス家が中立を捨てて一方につけば、もう一方を圧倒できるだけの力を得られる。両家の争いを決するだけの決定打を持っている。

クレアの話によると当主は意図してそういう立ち回りをしているのだとか。そのためルミネス家が動かない限り、両家も慎重にならなければならない。大義なく動けばルミネス家は敵に回るのだから。

抑止力の効果をガンドール家もケンドレット家もわかっている。

そんな中で今回の騎士団――ガンドール家の動きは異常だ。クレアというルミネス家の目があるというのに騎士団の不祥事を揉み消した。ルミネス家が不快に感じるとわかっているのに。

「だけど」

ルネが続けた。

「聖騎士は別かもしれないよ」

「聖騎士って」

先日の説明で名前が出ていた。

騎士団の最強戦力。かつての『風神』に対抗するため完全実力主義で選ばれた五人。騎士団に逆らわぬように徹底して教育が施された集団。

「騎士団こそが正義だって考えているという噂だし」

「負けた騎士なんぞ騎士じゃねえって、まるごと処断したってのか?」

同じく顔を寄せてきたラムズが引き継ぐ。

「それか、過激な寝返り工作を止めるために、ガンドール家が見せしめにしたのかも」

「どちらにしろ、不祥事にして騎士団の失点にしたくねえから、細かい事情は都合よく改竄するのかよ」

信じられない。そんな狂信じみた人間が強力な武力と権力を持っているなんて。

「あの、聖騎士って、ほとんど王都にいないんじゃ……。近衛騎士の中に一人で、あとの四人は、巡廻騎士に交ざってるって」

ココまで集まってくる。いや、僕とラムズの間に無理やり入り込まないでよ。

「ん」

リエナまでココと僕の間に身をねじ込んできた。何を対抗しているのだか。

おしくらまんじゅうみたいになってしまったけど、話題は物騒なものだ。

「戻ってきたのかも」

「千年祭だしな。確かに警備も厳重になるだろうしな。聖騎士を集めるか」

「じゃあ、今回のもその聖騎士の独断？」

「そんな権限があるの？」

「騎士団の中だと団長のガンドール家当主を除いたら最高位だから」

「そうだヨ、っと」

知らない声が入り込むと同時。

リエナが鋭く身を回した。回転に同期して槍の石突が下から上へと振り上げられ、背後の空間を削り取る。

声の主は軽い声で槍の軌道から逃れて、余裕の笑みを浮かべていた。

「いやあ、コワイコワイ。ちょっと髪を掠めちゃったじゃないカ。君、本当に学生？　ただの騎士じゃ今のは避けられないネ」

やや軽装の騎士装備をした女性だ。剣と盾の意匠が刺繍されたマントを身につけているのが他の騎士と違う。

ショートの赤毛を指先で弄りながら、気安く楽しげな笑みを浮かべつつ、僕たちをじっくり観察していた。まるで舐めるような粘質な視線。

イントネーションが独特な台詞。まるで道化みたいに大げさな身振り。

でも、強い。

リエナがその接近に直前まで気付かなかったし、咄嗟の迎撃を回避した身のこなしだって尋常じゃなかった。

今も無駄な動きばかりに見えて、攻め込む隙は一切ない。いや、一見すると素人でも狙えそうな隙があるけど、あまりに露骨で罠を疑ってしまう。

「君なら第六の聖騎士になれるんじゃないカナ？　どうだい、騎士団に入らないカイ？」

「や」

「残念。振られちゃったヨ」

「セルツ卿！」

老騎士が割って入ってくる。蒼白な顔から必死さが伝わってきた。

「やあやあ、マルク君！　お勤めの最中に女性とおしゃべりは良くないんじゃないカナ？」

「はっ、失礼いたしました」

「いえ、彼はわたくしたちが関わった事件について説明してくださっていたのですわ」

弁解もせずに頭を下げる老騎士――マルクさんをクレアが庇うように、僕たちを代表して前へ出た。

「へえ、そういう君は？」

「クレア・E・ルミネスですわ」

「ルミネス家？　事件ってもしかして騎士志望の五人が変死した事故についてカナ？」

騎士見習いじゃなくて、騎士志望。何から何までねじ曲げてやがる。

僕たちの非難に気付いているだろうに、女性は愉快そうな表情を崩す事もなかった。だけど、視線の温度がぐっと下がり、危険な色の宿る笑みが近づく。

「ふうん。じゃあさ、そっちの猫妖精の亜人ちゃん、よくないなァ」

いつの間に、どこから抜いたのか。

それこそ魔法みたいに女性の手の中にナイフが現れていた。

「騎士に武器を向けるって事は公務を妨げるって事だよネ？」

マルクさんの横をスッと抜けると、槍を構えたままのリエナに一歩踏み出す、と見せかけてナイフは一番近くにいたクレアへと閃《ひらめ》いていた。

「危ない！」

二人の間に割って入り、ナイフを持った手を止めた。実際のところ僕が間に入らなくても、リエナがナイフを弾いていただろうけど、勝手に体が動いていた。

師匠にあれだけ視界外から鋭い一撃をくらっていたおかげで掴み取れた。素早い動作の割に力は込められていなかった辺り、最初から寸止めするつもりだったのかもしれない。

どちらにしろ普通じゃない。警告か脅迫か知らないけど、ルミネス家とわかっていてクレアを相手に刃物を抜くなんて。

「へえ。こっちもそっちもいい護衛だネ」

「……これはどういう事ですの？」

驚きも恐怖も飲み込んでクレアが冷ややかに問いかける。

「いやあ、ちょっとお勉強してもらおうと思ってネ？」

女騎士は悪びれもせずにナイフを引いて、大げさに肩をすくめてみせた。気付けば先程のナイフは手から消え失せている。

「勉強？」

「ほら。武器を人に突きつけたら危ないってネ。代わりにご主人様に体験してもらおうと思ったんだヨ」

「それはまず言葉で説明する事じゃありませんの？」

色々とクレアが我慢している。

女騎士は僕とリエナをクレアの護衛と考えているみたいだけど、否定しないのはその方が僕らに都合がいいためだろうか。

「人が相手ならネ？　亜人は口で言ってもわからないでショ。だから、君から言っておいてヨ。王室の剣にして盾である騎士こそが正義。その騎士に武器を向けるのは良くないってネ。じゃないと、この間の騎士を名乗る資格もない屑どもみたいになっちゃうからサ？」

メチャクチャだ。

理屈も行動も歪んでいる。なのに、この女が自分の言動に全く疑念を持っていないのも伝わってきてしまって、言葉が出てこない。

何を言っても無駄。彼女には伝わらない。そんな諦観が湧いてくる。

「……リエナさん、槍を収めてくださいな」

「でも、この人、クレアに……」

「ありがとうございます。でも、大丈夫ですわ。だから、今は」

「……ん」

どこか懇願するような響きにリエナが不承不承ながらも構えを解く。

ここで口論するのは危険だ。この女は僕らと違う理屈で行動するし、暴力に対するたがが非常に緩い。何をきっかけに暴れ始めるかわからず、その時に周囲を巻き込む事などに留意するとは思えなかった。

何をしても、何を傷つけても、それが騎士の為であれば許されると信じて疑わない。そんな狂信者とこんな通りの真ん中で戦う事になった時の被害は想像できない。

クレアはすぐに女騎士へ挑むように視線をぶつけた。

「わたくしどもにも至らぬところがあったようですわね」

「うんうん。理解が早くていいネ」

「ですが！」

女騎士の言葉を切って、クレアは続ける。

「あなたも騎士ならば、後ろからそっと忍び寄るような日陰者の所業は慎むべきなのでは？　いたずらに警備の者を刺激して、未熟者の証と謗《そし》られれば騎士の恥でしょう」

「へぇ……」

声の温度まで下がる。

それでもクレアは正面から受けて立ち、大げさに両手を広げて、辺りへも届くような声で更に言葉を重ねた。

「国王陛下にお仕えする者同士、不要な誤解から争って陛下のお心を騒がせるのは、互いに本意ではないでしょう？」

既にクレアは引いて見せている。

これで自分ばかり非はないと主張して対立を続ければ、王室よりも自分の矜持を優先した事になりかねない。王室の剣と盾であると主張する騎士が、だ。

先程からのやり取りで既に周囲の注目も集まっている。いくら騎士団が強権を振るって揉み消そうとしても、人の口に戸は立てられないだろう。

「……お互いに誤解があったのは仕方ないネ。でも、ルミネス家だからといって許されるとは思わない事だヨ？」

どの口が言うかと顔を顰める僕とは違って、クレアは嫌みなほど綺麗な笑顔で返した。

「ルミネス家は常にスレイア王国のために働いておりますわ」

ニッと凄惨な笑みを口元に残し、女は僕たちに背を向けようとしたところで止まった。正直、さっさと帰ってほしい。

大げさな身振りでこちらへ浅く一礼する。

「名乗りがまだだったネ。私は聖騎士第三位、アドミス・セルツだヨ。次はこんな行きずりじゃなくて、ちゃんと準備してお迎えに行くから待っててネ。ほら、マルク君も行くヨ？」

そんな嫌な台詞を残して、アドミスは人ごみの向こうに消えていった。

「君たち、すまない。騎士として恥ずべき事だが、しばらく我々に関わらないように留意してもらえないだろうか？　私も仲間も可能な限り動くが、最近の騎士団は内部でも意思統一ができずにいるのだ」

「それって、あの聖騎士が？」

マルクさんが顔を寄せて囁いてくる。

「今回の件は全て聖騎士の独断だ。聖騎士長が不在の内に事が進んでしまい、誰も止められなんだ」

痛々しい頬の痣が全て物語っているようだ。

「マルクくーん⁉」

人波の向こうからアドミスの声。時間はないようだ。

去り際のマルクさんが辛《つら》そうな顔で頭を下げていたのが気まずくて、ますます重苦しい気分になった。

騎士が去った事で人垣もすぐに解散して、残ったのは僕たちだけ。

「何なんだよ、あれ」

「聖騎士って、あんななんだ」

「怖かったです……」

皆が憤ったり、怖がったりする中で、リエナまでしっぽを小刻みに揺らして不愉快そうにしているのは珍しい。

「……クレア」

「シズ、リエナさんも、まるで部下みたいな扱いをしてしまってすみませんでしたわ」

「わかってる。『平民の学生』より『クレアの護衛』の方が手出ししづらいから、だよね」

「ん。へいき」

律儀に謝罪するクレアが今度は本当に微笑んだ。さっきのアドミスへの作り笑いよりよっぽど魅力的だった。

「騎士団の増長がここまで酷いなんて」

あんな人間が国の治安維持を担っているなんて悪い冗談みたいだ。

これはアドミスのような聖騎士だけではなくて、騎士団全体の問題だろう。だぶんアドミスに同調する騎士が少なからず存在しているんだ。じゃないと、いくら聖騎士に力があっても不祥事の揉み消しなんてできるわけない。

「ええ。ケンドレット家に対抗するため騎士団が勢力拡大しているのはその通りなのでしょうが、度を越えていますわね。本質として王室への反逆こそないでしょうけど、それ以外に関しては油断できませんわ」

敵対するケンドレット家に反逆罪でもでっち上げて、夜中に襲撃なんて事件が起きても不思議じゃない。

それどころか抑止力として中立を貫くルミネス家さえも邪魔だと思うかもしれない。

「問題はこれがどこまでガンドール家の意向なのか」

「マルクさんは聖騎士の独断って言ってたけど、ね」

聖騎士にしてもアドミス単独なのか。他の四人も賛同しているのかどうか。考えておくべき事は多い。

聖騎士だけであれば一部の騎士の暴走で終わる。けど、ガンドール家自体がこの流れに乗っているのだとすれば、もっと大きな争いが始まるかもしれない。

「内戦なんてぞっとしますわね」

クレアが溜息交じりに呟いた言葉に現実味が増す。

三大貴族の二家が激突すれば、それは内戦を意味するのか。他人事とまでは行かなくても、自分からは関わり合いになりたくないと考えていたけど、内戦ともなれば否応なしに巻き込まれる事になりそうだ。

「お父様からガンドール家に抗議文を出して頂きますわ。賠償とはいかずとも、謝罪と釈明ぐらいは引き出せるでしょうし。少なくともどのような対応をしてくるのかわかれば、今後の指針になりますわ」

残念ながら領地にいるルミネス家当主に連絡して、文が届いて、返事を待っている間に年を越してしまいそうだけど。

泣き寝入りみたいになっては、次がまた起きてしまう。

「何事もなければいいのですけど」

「その台詞自体が、起きる前触れみたいなものだよ」

なんとか軽口で誤魔化してみようとしたけど、嫌な懸念は頭から離れなかった。クレアにフラグ建築の才能がない事を祈ろう。


けど、こちらの心配に反してそれからアドミスたち聖騎士が絡んでくるような事はなく、たまに騎士団の問題行動を噂に聞くぐらいだった。

そのまま大きな問題も起きないまま一ヶ月が過ぎて、順調に公演の準備は進み、若干の不安を残したまま十度目の百年祭——千年祭が始まった。

21

「うっわ」

思わず驚きが声に出てしまった。

いつもより早く起きて、自他含めて浮足立った雰囲気の中で皆と一緒に学園を出て、大通りに到着しての第一声がそれだった。

見渡す限りの人、人、人。文字通り人が波打っているというか、芋を洗うようというか、人がゴミのようだというか……最後のは違うか。

大通りを埋め尽くす程の人が行き交い、臨時の屋台や特売の商家で買い物を楽しみ、通りの交差点に用意されたスペースで披露される大道芸を見物している。

まだ朝だというのに、この数。どこから集まったのか不思議だ。前世の記憶にある通勤ラッシュとか人気イベントの行列を知っていなかったら、しばらく呆然としていたかもしれない。

リエナは初めて王都に来た時みたいに僕の背中に引っ付いてしまっている。猫耳が伏せているのは怖がっているのもあり、単純に周りがうるさいのもあるのだろう。

貴族の四人は今までの新年祭を知っているはずだけど、それでも表情には驚きがあった。ココなんかはラムズの腕を掴んで放さなくなっていた。

やっぱり、百年祭。それも、千年目は規模が段違いのようだ。

「これ、事故とか大丈夫かな？」

まだ朝の内だというのに。昼から夕方にかけてがピークだと思うと心配になる。

初日は王都の各所で国王陛下の演説（もちろん本人は王城のみで、他の場所は役人による代読）が行われるから、その見学目的の人もいるだろうけど。

「そこは騎士団の管轄ですわね」

クレアが指差す先には騎士の姿。

よく見れば大通りは半分に区切られて、予《あらかじ》め通行方向を定める事で流れを作っていた。一定の間隔で騎士が立ち、危ない場所に注意を促しているおかげか大きな事故は避けられている。例年以上の混雑は予想済みというわけか。

立ち働く騎士は警邏《けいら》騎士か。知っている顔じゃないけど、真面目に公務中に見える。少なくとも高圧的に街の人に命じたりせず、丁寧且つ実直な応対をしている。

「やはり早めに出ておいて正解でしたわね。開演が近づくと劇場の周りは混みますでしょうし」

劇団コーデリアの前評判は高い。元々、ルミネス領で知られていたのに加えて、数日前に一部の王家や高位貴族家を招待しての初舞台で高評価を得たのだ。

その噂が既に広まっている上に、劇場の完成祝いとして格安の値段でチケットを販売したせいで立見席まで完売していた。十日間にも渡って行われる千年祭の間、公演はずっと行われる予定だけど、やはり舞台初日を見たい人は多い。特別に無料で招かれるのが決まっている孤児院の子供たちのような例外を除けば、誰だってチケットを入手しようと必死になる。

キャンセル待ちや値段交渉狙いに、二日目以降のチケット販売に早くも並ぶ人や、噂を聞いてせめて一目でもと劇場を外から見物する者まで。

しかも、角地の周辺には元から大きな商家が軒を連ねているので、イベントも特売も目白押しで、騎士団の模擬戦に大道芸など他の興業も数多く控えている。当然、混雑は予想された。

それだけの人が行き交う大通りに、劇の観客が押し寄せたら関係者も近づけなくなってしまうかもしれない。

はぐれてしまわないように皆と固まって、先日完成したばかりの劇場に移動しよう。

「ラムズ、先頭よろしく！」

このメンバーだと一番体格のいいラムズが最適だ。僕やルネだと撥《は》ね飛ばされかねない。

「いいけどよ。いいんだけどよ」

「ラムズ先輩、お手伝いします！」

渋々と人波に切り込んでいくラムズの背中をココが押している。顔を真っ赤にして押してるけど、たぶんちっとも進んでないと思う。

微笑ましい光景だけど、見送っていてははぐれてしまうので全員ですぐ後について行こう。

「むぎゅう」

「おい、誰か押しすぎだ！　ココが潰れかけてんぞ！」

「……ぎゅ、ぎゅー」

「って、今は誰も押してないから。こんなとこで抱きつくなよ……」

「あら、他の場所でしたらいいのかしら？」

「えと、その、ラムズ君。ココちゃん。二人きりにした方がいいのかな？」

「そんな、恥ずかしいです。でも、ラムズ先輩がそう言うなら、私、頑張ります！」

ナニヲガンバルンデスカ？

「……ああ、もういいや。お前ら、危ないから離れるなよ。裏道、使うからな」

歩きながらも賑やかな声が聞こえる。

でも、どうしても僕の意識は周囲に向いてしまった。

「これが千年祭かあ」


今年の大魔法競技会の辺りから空気が違うなと思っていた。

見学側になって一年次生のココを応援していた時も去年より見学客が多いと感じたのだけど、どうやら競技会を見学して、そのまま王都で千年祭を楽しもうと考える人が多かったのだろう。

劇団の手伝いで街に出る度に、人が増えていく。

元から王国で最も栄えている王都は人が多かったけど、王国中から人が集まって更に数を増やした結果らしい。

もちろん、小さくは村から、街や各都市でも千年祭は行われるけど、多くの富裕層がこの千年という節目の年は王都で過ごそうとでも考えたのかもしれない。身なりのいい人々をよく見かける。

人が集まればそれだけで商機になるので、商人も王都に集まり、商人が集まると労働者が増え、労働者が増えると宿泊施設や食事処が儲かり、収入を得た人は珍しいイベントに散財する。儲かった商人は王都で仕入れた物を各地で売りさばく。見事に経済が回っていた。

まあ、経済のお時間はまた今度にして。

いつもの倍以上の時間を掛けて到着した劇場は、想像以上に混雑していた。予めこの辺りにも警邏騎士を多く配置してもらっていたおかげで最低限の秩序はたもたれているが、危ういまでの熱狂が渦巻いている。

前世で言うところのスポーツチームのファン集団、あるいは年二回行われるオタクの祭典のイメージか。

僕たちは人々の熱に浮かされながらも目的地である、劇場に隣接した建物の裏口に入った。

直接、劇場に入ろうものならどうなっていたか、考えると怖いなあ。

劇団員が慌ただしく行き交う中で端っこの待機スペースに辿り着き、人ごみから解放されて一息ついていると異形がやってきた。

「皆、大変だったでしょ。ココちゃん、大丈夫だった？」

舞台の大ボスである、魔神役のコーデリアさんだった。

声と雰囲気でコーデリアさんとわかったけど、最近は（認めたくないけど）見慣れてしまったピンクの女性服ではなく、既に舞台衣装を纏《まと》っていた。

黒を基調として金メッキの飾りが多用された、重厚なデザインの全身鎧にフルフェイスの兜。恐ろしい事に本物の金属鎧だったりする。真実味を出すためには妥協したくないとかなんとか。とんでもない重量だろうに、コーデリアさんの身のこなしは普段通りだった。

正直、普段着の百倍ぐらい似合っていた。騎士団とか軍の中に紛れていても気付かれないと思う。演技力抜きで。

そんなのが実に女性らしい嫋《たお》やかな仕草で話しかけてくるのだから、これは視覚的な暴力ではなかろうか。話しかけられたココも硬直してしまっている。

「なんとか。コーデリアたちは？　何か問題はありますの？」

「ううん。準備も順調よ。集客は……心配ないどころか、ちょっと方法を考えないとダメみたいだけど」

これから十日間、連続公演が行われるけど、それで観客が入りきれるかは疑問だった。一度見た人がもう一度なんてリピーターになれば確実にオーバーするだろう。

今後の事を考えれば、需要に対して供給が少し足りないぐらいの方が熱は高まって、再演とか次の演目への期待に繋がるだろうけど、その辺り劇団コーデリアは商人ではなく、役者なのだろう。

「後半の五日間は昼の部と、夜の部でできないかしら」

「わたくしは大丈夫ですけど……」

「そうだね。予備人員を入れても二人は余るし、そうなっても交代で休めるから」

「魔造紙の素材も余裕を持って用意してるし大丈夫だよ」

こちらに視線を送ってくるクレアに僕とルネが頷いてみせる。

寧ろ問題は劇団員たちだろう。要所で魔法を使うだけの僕たちよりずっと忙しく立ち回らないといけないのだから。

「劇団員の方はよろしいの？」

「当然よ。あたしたちは役者。観客が求めるなら手足がもげようが、心臓が破れようが、最後まで全力で演じきるの」

……表現じゃなくて本当にやりそうだ。それぐらいの熱意を感じる。

他の劇団員もコーデリアさんの言葉に苦笑いしつつも、まんざらでもなさそうに肩をすくめていた。

「わかりましたわ。では、領主館から人を出してもらいましょう。雑用の手が足りなくなるでしょうから」

「うーん。ごめんなさい。今回は甘えさせてもらっていい？」

基本、ルミネス家は劇場の建設までしか手伝っていない。

とはいえ、今から人を集めるのも容易じゃないだろうから、ここは頼るしかないだろう。変な人間が入り込んで失敗なんてまずいからね。

不平等を嫌うルミネス家としては優遇するのはいただけないものの、自領の名物劇団には成功してもらいたいのが本音だろう。わざわざ劇場の建設までしているのだから。最初からケチがつくのはいただけない。

チケットの販売や、観客の整列と案内などの雑用なら許容範囲と判断したようだ。

「でも、その話はまず今日の公演を終えてからね。あんたたち！　劇場に移るわよ！」

コーデリアさんが言葉を切って、劇団員たちに命じる。


完成した劇場は工事中から見ていた通り、大きかった。

基本は半地下の構造。最深部にあたる舞台は地上から十メートルも下方にある。

そんな舞台の手前から視線を移していくと、最初に目に映るのは客席との間の深い溝で、ここは楽団が演奏するスペースだ。

そのスペースの向こう側。階段状に設置された客席が地上まで緩やかに続く。

玄関ホールなどのある地上から上部に築き上げられた外壁部分は五メートルほど。そこに立ち見用の回廊が組まれている。

最深部の舞台と、立見席の最上階の高低差は実に十五メートル。

ドーム状の天井には無数の照明装置がロープで吊られていて、これらは演出に合わせて光量が調整できるようになっている。

そして、五つの出入り口が用意されている中、中央のそれからは幅広の階段が続き、そのまま最下部の楽団スペースを二分する花道を経て、舞台へと繋がっていた。花道へは立ち入り禁止の柵が設置されているものの、直近で見られる演技はさぞ迫力がある事だろう。

これだけの規模の工事もルミネス家が抱える魔法使いの手によって完成したのだ。

そんな劇場の中心。舞台の上に僕たちは袖から上る。客席は無人でも非日常の圧迫感が押し寄せてくるようだった。この席に入りきらない程の観客が外に待っていると思うと、足が震えそうになってしまう。

僕たちが最後だったみたいで既に他の劇団員は集合していた。役者や裏方がそれぞれ綺麗に整列して、静かにコーデリアさんを待っている。

彼らの前にコーデリアさんが立ち、ゆっくりと一人一人と目を合わせるように見回した。

「初めての王都公演。緊張は……してるわよね」

コーデリアさんは誤魔化さなかった。

「ルミネス領にだって目の肥えた人はいるけど、王都の人の方が見る目は厳しいわよね。あたしたちがやってきた事がここでは通用しないかもしれない。散々に批判されるかもしれない」

淡々と語り続ける。事実を、確かめるように。

劇団員は静かに言葉を受け止めていた。実際にコーデリアさんの言う通り、彼らは平静を装っていても、顔色の悪い者、足を震わせる者、手を握って耐える者ばかり。

どんな経験を積んだ人間だって失敗を恐れないわけがない。

僕だってそうだ。僕たちは素人で、劇の経験もないただの学生。足を引っ張ってしまう可能性が一番高い。

「あたしだって怖いわ。昨日は怖くて眠れなかったもの。おかげで顔色悪いでしょ?」

魔神役の兜をつけているのだからそりゃ黒い。小さな笑いが起きる。

「でも、それでいいの。緊張感をなくした人間は堕落するだけ。芸を腐らせるだけ。だから、あたしはあなたたちを褒めるわ。よくここまで緊張したわね。それだけあなたたちが本気でこの舞台を成功させたいんだって気持ちが伝わってきたわ」

兜越しでもコーデリアさんの優しげな微笑みがわかった。

普段なら不気味だと言われそうなものだけど、今この時だけはちっともそんな事は思わない。

「だから、あたしは確信する! あなたたちは本気で取り組んだ! 本気で稽古した! 本気で準備した! 本気で今日この日を迎えた!」

一度、熱のこもった言葉を止める。

「あなたたちの本気を舞台は裏切らない。たとえ、どんなトラブルがあっても、あたしたちは全てを乗り越えられる。それだけのものを重ねてきたのだから、できないわけがないわ」

再び全員を見回す。

やはり、簡単に緊張はなくならない。恐怖はなくならない。

それでも、全員が戦う意志と覚悟を宿していた。

誰もが真剣で、自信に満ち溢れた、好戦的な笑みを浮かべていた。

「いい顔ね」

コーデリアさんが拳を突き上げた。

「劇団コーデリア、王都初公演。全力で演じるわよ！」

全劇団員が声を揃えて、拳を掲げる。

満足そうに頷き、配置につくよう指示を告げて、劇団員たちが所定の位置へと走り出した。

役者たちは互いに励まし合い、裏方たちは怒号のような声で最終確認をしていく。これから直接関わる人たちは僕たちにまで声を掛けてくれた。部外者である僕たちだけど、この時だけでも彼らの熱が伝わってきて、チームの一員なのだと実感する。

学生だからとか、素人だからとか、考えるのはやめだ。今思い返すのは今日まで何度も重ねた練習だけでいい。

皆も僕と同じ事を感じているのだろうか。真剣な眼差しが返ってきた。

「よし。僕たちも行こう」

22

劇団コーデリア。

王都初公演の演目は『テナート決戦』。

人族のアルトリーア大陸、竜族のバジス大陸を魔族から奪還した五人の始祖が、相手の本拠地たるテナート大陸に攻め込んだ伝説を劇化したものだ。

それまでバラバラに戦っていた人と竜と妖精が歩みを共にして、強大な魔族を打ち破る。

多くの劇団が舞台化しているため、演出の違いこそあれども観劇の趣味を持つ人間にとっては馴染みの深い劇と言える。

ストーリーは単純。

前半は王都出征からテナート地峡踏破まで。始祖たちの互いの友情や恋愛が描かれている。山場はテナート大陸の玄関であるテナート地峡を守る魔王退治。

後半はテナート侵攻。強敵との戦いに多くの犠牲を出しながらも、彼らの協力によって始祖がテナート大陸の最奥に達し、強力な魔神を打ち倒し、王都へと凱旋する。

非常にわかりやすい話だ。それだけに演出に工夫が求められる。生半可な方法では飽きられてしまうだろう。過去には広い舞台を用意して、百人を超えるエキストラによる軍と魔物の戦いを演じた劇団もあったそうだ。インパクトはあったものの、残念ながらゴチャゴチャして何がなんだかわからなくなってしまったそうだが。

「さすがにこの距離だと迫力あるね」

「ん。ピリピリする」

お互いの耳元で囁き合う。

舞台の奥。背景セットの手前は床が取り外しできて、人が隠れられるようになっていた。

本来は役者や舞台装置を登場させるためのスペースなのだけど、今回は僕たち専用だ。なかなか窮屈ではあるものの、ここなら魔法を使っても客席から見られずに済むし、発動のタイミングも合わせやすい。


舞台は始祖役の五人の役者が王宮に呼び出され、王より総力をかけた出征の先陣を命じられるところから始まる。

彼らは出征前夜、煌《きら》びやかな王宮のホールに仲間たちだけで集い、色々と決意を語り出す。

さて、主役となる五人の始祖だけど、千年も前の出来事なので彼らに関する伝承は多い反面、虚実が定かではないものもまた多かったりする。

確かなのは名前と性別と魔法ぐらい。

出身も、性格も、体格も伝説の数と同じぐらいバラバラだった。大げさに伝わっていたり、法螺《ほら》が交ざったりしているのだろう。

例えば第一始祖のエレメンタルと第二始祖のヒルドが恋仲というのは有力だけど、第五始祖のロディと恋人だったという説もあるし、謎だらけの第六始祖との関係を独自に創作した劇もあったとか。

その辺り、劇団コーデリアはオーソドックスな設定だ。あくまで劇の主題は演技と演出に絞るらしい。

当然、五人とも見栄えの良い美男美女が揃えられている。

第一始祖エレメンタルはクールな感じのイケメン。

第二始祖ヒルドは妖艶な美女。

第三始祖ツクモは線の細い童顔の少年。

第四始祖レリックは武術家らしい熱血肌の偉丈夫。

第五始祖ロディは……ツンデレっぽい青年？

一般的な始祖のイメージとも言えた。実際は全くの別物かもしれないけど、真実は時間遡行でもしない限りわからない。

役者たちが時に激しく、時に繊細に身振りと表情で想いを表現し、情感のこもったよく通る声を劇場に響かせている。声の出し方ひとつを取っても違うのだろう。見た目だけで選ばれたわけじゃない。練習風景をずっと見ていたから知っているけど、こうして本番を目にすると改めて彼らの凄さを理解できた。

裏方たちが絶妙のタイミングで入れる効果音に、契約楽団の奏でる音楽も合わさって見る者を引き込んでいく。

「ある意味、特等席だよね」

「ん。でも、見づらい」

僕たち魔法使いは三つの組になっている。

僕とリエナはこの舞台底。

ルネとクレアが客席と舞台の間、楽団が演奏するために深く掘られたスペースに相席。

ラムズとココは何かあった時のために舞台袖。

本来なら舞台底と楽団スペースに一人ずつ。念のためそれぞれに予備人員がいれば十分なんだけど、初公演だけは全員が参加だ。これで何も問題がなければ二日目からは一組ずつ休める予定になっている。

「ルネとクレアこそ特等席かな?」

「ううん。あそこ、舞台が見えない」

「そうだった。やっぱりお休みの時に客席から見たいね」

「ん」

場面は既に王宮を出た。

僅かな暗転の間に滑車付きの背景の大道具が移動され、天井の照明もシャンデリアから通常の物に入れ替わり、役者たちも戦装束に早着替え。

スレイア王国を中心にバラバラだった国々が団結し、妖精族や竜族が初めて戦線を共にする。魔族退治という旗印の下に登場人物は次々と集まり、遂にテナート地峡へと到着した。

そして、前半の山場がやってくる。

魔物役のエキストラがワラワラと現れ、始祖たちへと襲い掛かった。対するは仲間たち。舞台のあちこちで派手な戦いが始まる。

軽快な曲と金属のぶつかり合う音が臨場感を煽り、客席からどよめきが上がった。

ここが肝心の掴みだと観客も劇団もよくわかっている。台詞回しや掛け合いが重要なのは事実だけど、この戯曲に限ってはお話が単純明快な分、演出の違いこそがこの舞台の成否を分けると言っても過言ではない。

その点、劇団には自信があった。

元々、劇団コーデリアは演出を得意とした劇団である。本領発揮なのだ。

敵味方が舞台いっぱいに動き回り、時には戦う相手を入れ替え、窮地を乗り越える。全員が剣をただ振り回すのではなく、ちゃんと武器として扱っていた。劇のために引退した傭兵から教わったというのだから感心する他ない。おかげで殺陣《たて》なのに、本気で斬り合っているように見える。それでいて見栄えを損なわない辺り、研究し尽くしているなあ。

魔物役のやられ方ひとつ取っても違った。派手に吹き飛び、崩れ落ちていく。だけど、舞台中央を避けて、邪魔にならない辺りが匠の技だ。

と、見入っている場合じゃない。

「リエナ」

「ん。いつでも」

前半は人物紹介や各人の関係や背景がほとんどで役者さんたちの時間だったけど、ここからが僕たちの出番であり、前半最大の見せ場。

魔王退治。


巨大な装置が舞台袖からゆっくりと現れ、殺陣の時よりも大きく、驚き交じりの歓声が上がった。

無理もない。なにせ出てきたのが高さ十メートルを超える巨大な黄金の馬の怪物なのだから。

雷を纏《まと》う馬の魔物――雷蹄馬《らいていば》の魔王、の模型。

まず大きさに驚く。他の舞台でもこういった模型が使われる事はあったそうだけど、精々が二、三メートル程度の大きさ。遠くの席から見ても巨大さを感じ取れる程の規模はなかったそうだ。

しかも、裏方さんたちが完成させたそれは、頭や足が絡繰《からく》りで動き、滑車で移動までする仕掛け。

音響と音楽がばっちりタイミングを合わせるおかげで迫力は倍増し。

目の肥えた王都の観客も初めて見るだろう。

だけど、それだけで満足してもらっては困る。

舞台と客席の間に赤く輝く壁が立ち上った。クレアが結界の法則魔法を展開したのだ。客席からは舞台が赤く染まったように見えたのか、血を連想させる色合いに小さな悲鳴が零れる。

これで事故が起きたとしても客席や楽団に被害が出る事はない。

次は僕だ。バインダーから魔造紙を取り出し、取り違えてないか確認して、所定の位置で合図を待つ。

早鐘みたいに暴れる心臓がうるさい。何度も深呼吸を繰り返す。ここで失敗すれば何もかもが台無しだ。でも、これは僕一人じゃ絶対にできない。

大切なのは信頼。

そんなふうに意識すると肩が軽くなった。うん。なら、大丈夫だ。僕よりもずっとしっかりした相手なのだから、万が一もあり得ない。きっちりタイミングを合わせてくれる。

彼女も、劇団員も。このために練習を重ねた。僕だって自分自身は信用できなくても、皆は信頼できるだろう？

雷蹄馬の嘶《いなな》きが響き、前足が高く上がる。今だ。魔造紙を発動させ、小さく囁いた。

「いくよ。『雷《らい》・閃華《せんか》』」

雷光が舞台を横断する。

そのままなら劇団員を焼き焦がしかねない魔法の暴虐。

だけど、彼らの前に再び出現する赤い結界の輝きが雷撃を防いだ。

クレアが発動させた結界魔法に、ばっちりのタイミングで派手な装飾の魔法書を掲げていた第五始祖ロディ役の役者さん。

演技に合わせて、結界の外に控えた声担当が台詞を読み上げる。

『どうした、魔王相手と恐れたか！　ならば、奴の攻撃は俺が防いでやる！　だから、お前らは自分の為すべき事を為せ！』

どんな演出も本物の迫力には劣る。今まで体験した事のないだろう本物の魔法の激突に息を呑んだ観客たち。

静寂を切り裂くように台詞が響く。

まるで彼が本当に魔法で魔王の攻撃を防いだように見えただろう。

『恐れるな！　ロディが魔王に後れを取るものか！　俺に続け！』

第四始祖レリック役の偉丈夫が兵を鼓舞して先陣を切る。本物の強化の付与はないものの、魔法書を片手に、巨大な剣を振り回す姿は迫力があるだろう。

しかし、魔王も手強い。舞台を動き回り、兵たちは蹴散らされてしまう。

『僕が時間を稼ぐ！』

ここで第三始祖のツクモ役の少年が両手を魔法書に掲げる。

同時にクレアが召喚魔法の『命名《めいめい》：晶狼《しょうろう》』を発動して、生み出された水晶の狼が魔王へと襲い掛かった。本当に戦わせては木製の模型など十秒で破壊されてしまうので、ここは派手に飛び掛かるだけで当てないように注意だ。

『私の歌を聞いて』

退いた兵の間で、魔法書を胸に歌い始める第二始祖ヒルド役の役者さん。

彼女は楽団の演奏に負けない見事な声量で歌いあげ、舞台底を移動した僕は疲労回復の回復魔法『細波《さざなみ》の歌《うた》』を発動させる。

本当に体力を回復させなくても最後まで演じきってみせるだろうけど、疲れが軽くなって困る事はないので、本当に使ってしまう。

倒れた兵たちが次々と立ち上がりだし、再び戦いへと身を投じた。

そして、今まで沈黙を保っていた男が声を上げる。

『退け！』

全員が撤退すると同時。

第一始祖エレメンタル役が魔法書を突き出した。

『くらえ！　『火《か》・炎獄《えんごく》・炬穿塔《こせんとう》』！』

「いくよ。『力《りょく》・浮漂《ふひょう》』」

二十倍凝縮の『力《りょく》・浮漂《ふひょう》』が強烈な輝きとなって魔王を飲み込んだ。

突然の発光に観客は魔王の姿を見失っただろう。その間に舞台装置に仕込まれていた機能が使われて、光が消えた後にはバラバラになった魔王の残骸が積まれていた。

魔王の舞台装置はいくつかの部品で構成されており、簡単な操作だけで分解できるようになっているのだ。装置を操縦していた裏方さんたちは魔法の発動に合わせて装置を分解して、舞台袖へと退避済み。

魔法の直撃を受けて魔王が倒れたようにしか見えないはず。

同時にクレアの結界魔法が解除されて、明るい舞台が戻った。

いや、さすがにこんな場所で本当に火の上級の属性魔法を使ったりすれば、結界をぶち抜いてしまうかもしれないでしょ。劇団員さんたちは臨場感を出すためなら望むところだって言ってたけど、危険すぎる。

『魔王、討ち取ったり!!』

始祖たちが勝鬨《かちどき》を上げる。

連続する常識を打ち破る演出の数々に観客は声を上げられずにいた。

静寂が怖い。僕も、皆も、劇団員もやるべき事はやった。初めての公演で、練習通りのパフォーマンスを発揮した。

だから、後は観客の評価を待つのみ。

舞台装置の巨大さ。絡繰り。そして、魔法。

三つの演出は受け入れられるのか。革新的な手法はどれだけ優れていても、受け入れられるとは限らない。保守的な意識はどんな人間にもあるのだから。

批判の声も覚悟していた。コーデリアさんだって過去に何度も罵声を浴びてきたと言う。賛否両論、結果は受け入れなければならない。

果たして、一時間以上にも思えたしばしの静寂の後。


オオオオオオオオオオオオオオオッ!!


歓声が爆発した。

万雷の喝采が降り注ぐ。

拍手と指笛が鳴り響き、立ち上がって足踏みする者まで。

中には不快そうに眉を顰《ひそ》める顔もあるだろう。だけど、大多数の人々は激しくも美しい舞台に熱狂していた。見た事もない常識破りの演出を披露した劇団コーデリアに惜しみない賛辞を贈っている。

劇団コーデリアの、僕たちの熱意は彼らの心に届いたのだ。

それを実感すると、胸の奥から熱い波が押し寄せてきて溢れそうになる。

「リエナ!」

「ん……ん!　シズ⁉」

思わず隣で待機していたリエナに抱きついてしまう。

裏方が声を上げてしまうなんて大失態だけど、幸い今だけは観客の声に隠れて聞こえなかっただろう。

リエナも猫耳としっぽをピーンと高く立てて、感動しているようだった。

どんなに批判されても、失敗しても、劇団コーデリアの人たちが挑戦し続ける理由がわかった気がした。この感動を一度でも味わってしまえば逃げられない。

そんな熱狂の中、舞台は前半を終えて、緞帳《どんちょう》が下りた。

後半までしばしの休憩時間だ。

23

「っしゃあ――――っ!!」

舞台袖のラムズと思いっきり手を打ち鳴らす。

それでもまだまだ興奮を抑えきれずにお互いの肩を叩き合った。

「やばいやばいやばい！　見てるだけでも心臓が止まるかと思った！」

「だよね！　シーンってした時はもう真っ白だったよ！」

「あの、リエナ先輩？　大丈夫ですか？　のぼせちゃったんですか？」

「ん。平気。シズ……すごかった」

後ろでリエナとココも声を掛け合っているようだ。

ルネとクレアも待機場所から戻ってきて、再びハイタッチを交わした。僕たちよりも客席の近くにいた二人は歓声の実感が大きかったのだろう。

「成功、ですわね！」

「シズも、クレアさんも、本当に凄かったよ！　タイミングもばっちりで、本当に役の人が魔法を使ってるみたいだった！」

僕たちから少し遅れて戻ってきた役者さんたちも互いに握手を交わし、抱き合い、感極まって涙を流している人もいた。

「そこまで！　調子に乗らない！」

そんな中に野太い声が響く。

魔神姿のコーデリアさんが舞台裏に仁王立ちし、全員に睨みを利かせていた。

「まだ前半が終わっただけよ！　調子に乗るのは最後まで演じきってからになさい！」

その通りだった。興奮に浮かれて、気が抜けかけていた。

誰よりも嬉しかっただろうコーデリアさんの厳しい言葉に浮ついた気分が消える。

一気に静まり返った舞台裏。コーデリアさんは『でも』と続けた。

「あたしたちのしてきた事は間違いじゃなかった。それは証明された。だから、あなたたち」

全員を見回して、続ける。

にやりと笑ったのが雰囲気でわかった。

「後半でもあなたたちの舞台を目と心に焼きつけてやりなさい！　あなたたちならそれができるわ！　あたしが保証してあげる！」

先にも勝るとも劣らない気合の声が上がり、それぞれが後半へ向けて走り始める。

役者は配置と台詞の確認。裏方は背景と舞台装置の準備。中にはトラブルで破れてしまった衣装の修繕に急ぐ者や、壊れた小道具の代替を探す者も。

舞台にトラブルはつきものだ。どんなに練習を重ねても、本番では想像もつかない出来事が起きるという。

あのまま浮かれていたら後半は酷い事になっていたかも。

幸い、衣装も小道具も予備が用意されているので、大事には至らなかったようだ。

「あなたたちもご苦労様。期待通り、ううん、期待以上だったわ」

嬉しい評価だけど、今のやり取りを見た後だから喜んではいられない。

僕たちももう一度段取りを確認しておこう。もう何度も繰り返しているけど、後半は更に過激な魔法演出があるのだ。備えあれば憂いなし。

「タイミングとか、位置とか、大丈夫でした？」

「ええ。後半も練習通りにお願いね。舞台は何が起きるかわからない。魔物が棲んでるなんて言うけど、この面子なら魔物だって倒せるわ」

他の団員に呼ばれてコーデリアさんは忙しく去っていく。

後半の開始まではまだしばらくある。

「舞台って、すごいんだね」

「ん」

やたら上機嫌なリエナが何度も頷いていた。

「役者になりたくなっちゃった？」

「シズも一緒なら、やる」

それは無理だ。僕の不器用さで役者は無理がありすぎる。ごっこ遊びじゃないんだから、背景の木役はないだろうし。

「まあ、いい経験にはなったな」

「ラムズは興味ない？」

「まあな。魔法士になって軍人になるつもりだしな。そもそも、俺が役者やっても華がねえだろ」

「そんなことないです！　ラムズ先輩、かっこいいです！」

ラムズの手を握って、懸命に訴えるココ。

少なくとも熱烈なファンは一人いるみたいだよ？

「ルネさんはいかがかしら？」

「ボクも演技は無理かなあ。恥ずかしいよ。クレアさんならヒルド役もできるんじゃない？」

「ふふ。歌は好きですわね」

さすがにルミネス家の令嬢が役者にはなれないか。

後半が始まるまでの間に雑談で緊張をほぐしておく。観客からの期待は膨れ上がっているのだ。後半はますます失敗なんてできないぞ。

不意に、リエナの耳が動いた。

前に横に動き、じっと客席の方を見つめる。あんなに興奮して揺れていたしっぽが僅かに持ち上げられたまま動かない。

「リエナ？」

「ん。なんか、やな感じ……？」

確証はないのか。小首を傾げていた。

だけど、リエナの感知能力は人間のそれを遥かに超えている。不穏な気配があれば確かに感じ取れる。自信がないのは周りの音が大きすぎるせいか。

リエナが不安を口にしたのだ。思わず顔を見合わせてしまった。

「……一応、裏方の人に見回りを」

「いや、俺が行くわ。劇団の人は誰も手が空いてなさそうだしよ。何もしないでいるのも居心地が悪いからな」

「私も！　私も行きます！」

確かに誰もが忙しく後半に向けて走り回っている。いくら僕たちがリエナの耳を信頼していても、それだけを根拠に彼らの手を止めさせるのは良くないか。

その点、ラムズとココは予備の予備。余程の事態でもなければ今日は出番がない。

「頼める？」

「おう。入れなかった観客が暴れてるとかじゃなきゃいいんだがな」

ううん。あり得そうで怖いな。

あの大歓声が外まで届いていたら、千年祭の熱気も合わさって暴走するきっかけになってしまいかねない。

でも、集団暴徒にでもなっていなければラムズは取り押さえてしまえるだろうし、怪我人が出ていてもココの回復魔法で助けられる。入り口には劇団の雑用係もいるのだから、指示を仰げばやれる事はあるはず。少なくとも邪魔にはならない。

本当に騒ぎになっていたとしても、警邏《けいら》騎士が到着するまではもたせてくれるだろう。

ラムズは剣帯の片手剣を確認して、軽く手足を伸ばした。

「まずかったらココに伝言してもらうわ」

「はい！　頑張ります！」

役に立てるのが嬉しいのか、ココは上機嫌の笑顔だ。しっぽがあったらブンブン振っていそうな感じ。

早速、二人は裏口から出ていった。一度、隣の控えの建物まで移動して、そこから表に回るのだろう。


後半の開演時間が近づき、アナウンスの声が客席に流れる。

緩やかに流れていた楽団の演奏がやんで、観客が席に戻ると照明が暗くなった。

緞帳《どんちょう》の内側では役者たちが配置につき、裏方も準備万全。

僕たちも既に所定の位置で待っている。


だけど、ラムズとココはまだ戻らない。


舞台底から二人が戻ってくるはずの舞台袖を見ても、二人の姿が戻ってくる様子はない。

不安が浮かぶ。

二人だけで行かせたのは間違いだっただろうか。

でも、もうすぐ舞台が始まってしまう。今からここを離れるわけにはいかない。

「どうしたんだろう?」

「ん……」

リエナはしきりに猫耳を動かしている。

確信に至れない不穏な気配があるらしい。リエナが断言できないなんて珍しかった。

「でも、今は舞台に集中しないと」

王都は千年祭の真っ最中。

どこにだって人目はあるし、警邏騎士だって多く警戒しているし、王都の郊外には軍が配置されているのだ。

魔物の襲撃があったって、すぐに撃滅されるだろう。

街中でそうそう危険に遭うとは考えられない。

「大丈夫だよね。ラムズは強いから」

「ん。シズの方が凄いけど、ラムズも悪くない」

こんな時でもぶれないリエナが頼もしい。

正直なところ、僕とラムズが組手をすれば僕は負けてしまう。守りに限れば互角以上に振る舞えるのだけど、こっちが攻め手に回った途端に隙を突かれてしまうのだ。二年次生魔法士のトップレベルは伊達《だて》じゃない。

まあ、そんなラムズもリエナには封殺されてしまうのだけど。

騎士団五人を相手にココを守りきったのだ。師匠は別として、そう易々と負けるわけがない。

「よし。今は切り替えよう。舞台に集中して、終わったらすぐに探しに行く」

元々、器用な人間じゃないんだ。あれもこれもと考えていたら両方失敗しかねない。

だから、今は目の前の事に集中して、ひとつずつ終わらせていく。ラムズなら大丈夫だと信じよう。

本当に緊急事態なら劇団員からも連絡が来るだろう。

そして、僕が決意を固めるのを待っていたように緞帳が上がり、客席から期待が込められた拍手の雨が降る。

舞台はテナート海峡から始まり、幾度も戦いが繰り返された。

押し寄せる魔物の群れは前から、後ろから、時には舞台底からも飛び出して、中には天井からロープで急降下して襲い掛かってくるものもいる。

前半を上回る動きに観客の期待は高まるばかりだ。

始祖と仲間たちは激戦を潜り抜けていく。仲間が傷つき、倒れ、それでも始祖たちの勝利を信じて、道を切り開いていった。

多くの犠牲を乗り越えて、遂に始祖たちはテナートの最奥へと辿り着く。背景が一気におどろおどろしい風景画に切り替わり、楽曲も不安を滲ませる曲調に。

もうすぐ最終決戦が始まる。

観客も終末を予感して視線を舞台に集めていた。きっと再び激しい魔法演出が行われると思って期待が高まっているのだろう。こちらの計算通りに。

しかし、ラスボスの魔神役であるコーデリアさんは正面階段から現れるのだ。

舞台上の灯《あか》りは落ち、同時にスポットライトのように加工された照明がその上空から降り注ぎ、黒と金の禍々《まがまが》しい甲冑の巨体が出現する。

不意打ちが成功したら、すかさず魔法演出。

階段から花道までを二十倍凝縮の『縛鎖界《ばくさかい》——凱旋路《がいせんろ》』で封じて、後半から正面入り口で控えていたクレアが舞台上へ向けて闇の上級の属性魔法『闇《やみ》・万触《ばんしょく》・不帰境《ふききょう》』を発動させる。

赤い結界の中を無数の影の帯が蠢《うごめ》く光景はさぞ禍々しく、恐ろしいだろう。

そして、魔法が終わるのと同時に、五人の始祖は結界内に侵入しながら倒れ伏す事になっている。

急襲でピンチに陥った始祖たちと、強大な魔神との戦いが始まるのだ。もちろんここぞとばかりに魔法演出を連発して。

クライマックスに向けて、集中を高める中で隣のリエナが袖を引いてくる。

「シズ、ココが」

「ココ？　戻ってきたの？」

集中しないとまずいけど、気にならないわけがない。

舞台袖には確かにココの姿があった。

見たところ怪我をしている様子はない。元気すぎるぐらい元気だ。

なにせ裏方の人たちに捕まりながらも、こちらへ駆け寄ろうともがいているのだから。

「……え？」

久しぶりに見てしまった泣き顔。涙を零しながら必死に何かを伝えようとしていた。

でも、ここで劇場に乱入させるわけにいかない劇団員たちが数人がかりで止めているのだ。そんな事はココだってわかっているだろう。それでも抑えられずにいる。

引き留められながらも懸命に何かを叫ぼうとして、今度は口を塞がれていた。

僕には聞こえないし、読唇術なんてできないけど、それだけで十分だ。

「リエナ」

「ん。『騎士が、来てる。逃げて』？」

ココの言葉をリエナが呟いた直後だった。

バンッと両開きの扉が弾けて内側に倒れ込み、予定より早く正面階段の扉が乱暴に開かれた。大槌でぶち破りでもしたかのように。実際に何かが外から中へと転がり込んで、階段を激しく落ちていく。

一瞬、観客どころか劇団員までもが舞台を忘れてそちらに見入ってしまった。僕たちも舞台底から顔を出して覗き、絶句する。

客席の中段まで落ちてきたもの。

コーデリアさんじゃない。雪崩れ込んだ観客でもない。


それはラムズだった。


薄暗い客席の中、ラムズは傷だらけでも立ち上がり、扉の向こうへと剣を構える。僅かに足を引きずっているのはどこか痛めたのか。表情には苦悶と、焦りと、それでも萎えない闘志が満ちていた。

そんなラムズが対峙する誰かは遅れて出てきた。

倒れた扉の上に立ち、抜剣した剣先を舞台へと向け。

「さあ、諸君！　ここからが本番だヨ」

アドミス・セルツ。

第三位の聖騎士が愉快そうに哄笑していた。

……確かに舞台には魔物が棲んでいるというのは本当だった。

24

雪崩れ込むように他の二つの入り口から騎士が突入してくる。物々しい雰囲気に客席から悲鳴が上がった。

さすがに観客へ危害を加えるつもりはないのか、騎士たちは階段に陣取ったまま動かない。幸か不幸か、観客たちも席を立って動き回らないでいてくれた。おかげで逃げ惑う観客たちが怪我をするなんて事態だけは避けられる。

しかし、アドミスは軽い足取りで階段を下りてきた。無数の視線にも、剣を構えたラムズにも構う事なく、どんどん距離を詰めていく。

「つらあ!」

ラムズが仕掛ける。怪我も痛みも飲み込んで、激しく上段から斬り下ろした。

「あまーいナ?」

対するアドミスは一見すると無造作にも感じられる大振りの斬り上げ。その実、全身を滑らかに駆動させた無駄のない斬撃にラムズの剣が弾かれる。

暗い劇場に火花が散り、重い金属音が響いた。

再び悲鳴が上がる中、アドミスが更に前進。

「下は不利デショ？」

剣を跳ね返された事で生じたラムズの隙を逃さず、アドミスが剣を突き出す。その鋭い切っ先を、ラムズは自ら膝を折って転げ落ちる事で躱した。

切っ先がラムズの額を掠める。でも、傷は浅い。

アドミスはすかさず突きから追撃の袈裟斬りに移行するものの、落下した距離をラムズは活かした。アドミスが一歩詰める間に剣を引き戻し、しっかりと受けている。

「本当にしぶといネ。学生のくせして、最後の一押しだけは粘るなんてサ」

男女の筋力差に、体格差。どちらもラムズの方が有利なはずなのに、ラムズは剣を押し返せない。アドミスの指摘通り立ち位置の高低差はあるだろう。でも、それ以上に技量の差がある。ラムズが力任せに剣を持ち上げようとすれば流され、別角度から攻め込まれて反撃を封じられていた。

「ほら。足元がお留守だヨ」

柔らかで嫋《たお》やかに。まるですり抜けるみたいに鍔迫《つばぜ》り合いから抜け出し、一歩の踏み込みでラムズの左膝に蹴撃。鞭のように撓《しな》る一撃にラムズの巨体が揺れた。

「シズ先輩！」

階段を落ちた後から歩き方がおかしかった。あの左足。膝か足首。捻挫しているんじゃないか？

「ココ⁉　これ、どうなってるの⁉」

混乱の最中、劇団員の制止を振り切ったココが舞台下に飛び込んできた。

幸い、誰もが二人の戦いに注目していて、舞台への闖入《ちんにゅう》者には気付いていない。

「ラムズ先輩と、外に行ったら、騎士の人がいっぱいいて、また、私なんだって思ったんですけど、違って、あの人が近づいてきて、捕まりそうで、先輩が庇ってくれて、ケンカになっちゃって。でも、シズ先輩が、おじいちゃんだから、皆の前でって！」

ダメだ。慌てすぎて何を言っているのかわからない。

とりあえず、リエナが感じた嫌な雰囲気はアドミスだったのだろう。気配を完全に読み取れなかったのは、状況に加えて相手が手練れだったせいか。

とにかく、まずは情報がほしい。

ココを落ち着かせている間、ラムズが耐えられるか。そして、他の騎士たちが大人しくしているか。わからない。少なくとも期待しちゃダメだろう。

「あなたたち」

二人目の闖入者はコーデリアさんだった。しかし、魔神の衣装から兜が失われていて、渋面が見える。

あの二人が突入してきた正面入り口で待機しているはずのコーデリアさんが、ここに来ている意味は何か？

「シズ君。逃げなさい。あの騎士の狙いはあなたみたいよ」

「僕？」

確かに僕たちはあのアドミスから敵視されていた。

でも、それは僕個人ではなくて、ココをきっかけに騎士団の威信とかを賭けた何かだったはずだ。

狙い撃ちされる理由がわからない。

「あたしも詳細はわからないの。言い合いながら斬り結んでる二人の間に割り込もうとしたんだけど、一撃でこれよ」

割れた兜を見せられる。鉄製の兜が真っ二つ。よく無事だったものだ。まさかあの本物の金属甲冑が役に立つとは思わなかった。

ともあれ、アドミスの狙いは僕。理由までは判明しなかったものの、最低限の把握はできた。

「ココ！」

「は、はい！」

小さな肩に両手を置いて、まずは混乱から落ち着かせる。

「バインダーは持ってる？　準備はちゃんとしてる？」

「え？　はい。それは、してますけど」

よし。全員が必要な魔造紙を持っておいて本当に良かった。なら、大丈夫だ。

僕の役はココに任せる。

「コーデリアさん、僕たちの事情で巻き込んでしまってすいません」

「いいのよ。あなたたちが悪い子じゃないのはよく知ってるもの。それよりも今は早く裏口から
……」

「あいつらは僕たちがなんとかします」

「え？」

ポカンとした表情のコーデリアさん。素の表情は珍しいんじゃないかな。

でも、今はそんな事を気にしている場合じゃない。

「だから、なんとか劇を繋げてください。魔法はココが引き継ぎます。途中で抜けちゃってすいません。でも、絶対に観客は巻き込みませんし、なんとかしますから」

「……あなた、こんな状況でもまだ劇を続けるつもりなの？」

まだ茫然としているコーデリアさん。

何を言っているんだ。当たり前だろう。

ほんの数ヶ月だけど劇団コーデリアと練習を共にしたんだ。

どれだけ本気なのか、演劇を愛しているのか、理解しているなんて言うのも烏滸《おこ》がましい素人だけど、それでも熱意を近くで感じてきた。

それが全く関係ない騎士の都合で台無しにされようとしている。

そんなもの、許されていいわけがない。絶対にだ。

更に付け加えるなら、そんな大切な舞台なのに、迷いもせず僕を逃がそうとしてくれる人なんだ。

こんな終わり方なんてさせるものか。

「だから、お願いします」

頭を下げると、僅かな沈黙の後に大きな手が降ってきた。乱暴に頭を撫でられ、愉快そうな笑い声が聞こえる。

「ははは っ!　あたしも見る目がない!　どこかでお手伝い、お客さんだなんて思ってたけど、あんたは本気で本物の劇団コーデリアの一員だよ!　たかが舞台に命を賭ける本物の演劇バカと一緒なんだね!」

正直に言えば演劇のためじゃない。

演劇に本気な人たちのためだけど。

でも、本気で頑張っている人が報われないなんて嫌だ。

「いいじゃない。乗ってあげる」

にんまりと唇を吊り上げるコーデリアさんは舞台袖に声を向ける。

「脚本!　アドリブできるわね!　できない?　聞こえないわ。それから、声の方もいつでもあてられるように準備!　役者も全員裏に引きなさい!　ここからは正真正銘の即興劇よ、喜びなさい!　腕の見せ所よ!」

団長の指示に止まっていた劇団の時間が動き始める。薄暗い照明の下でトラブルに対応しようと各人ができる全力を尽くそうとしていた。

「あなたたち、猶予は十分よ。それ以上はどうやっても誤魔化せない。だから、時間が過ぎたり、無理な時は諦めてすぐに逃げなさい。約束よ」

「……わかりました」

騎士団最強戦力の聖騎士を十分で倒せ、か。

無茶ぶりもいいところだ。だからといって、不可能だなんて思わない。そんな気持ちじゃできるものもできなくなる。

さて、まずはアドミスの対処だ。このまま好き勝手させていては始まらない。

「リエナ」

「ん」

「ラムズと交代。アドミスを止めて。任せていい？」

「ん！」

舞台底からリエナが跳び出した。

甲殻竜の槍を一振り、舞台照明の灯《あか》りの下を黒髪が舞う。花道を一陣の風が駆け抜けていき、まるで空へ昇るように階段を越えて、たちまちの内にアドミスに近接した。

放たれた突きは視認も難しい。

「ん！　交代！」

「おっと、強敵の登場ダ！」

リエナの腕前は前回で理解しているのか、アドミスは無理に攻め込まず間合いを開く。

猛攻から解放されたラムズが崩れそうになって、危ういところで持ち堪《こた》えていた。

「ココ、回復の魔造紙を」

「はい！　これです！」

差し出された魔造紙を握って、僕も遅れて舞台底から移動する。今まで待機していた騎士がじわりじわりと近づいてきた。

やっぱり、本当に僕が狙いなんだな。正直、全く心当たりがないんだけど。その辺りは後から追及しよう。

今は奴らをどうにかする方が先だ。

リエナが連撃でアドミスを押し返した隙に、片足を引きずりながら後退してきたラムズと合流する。

「ラムズ。怪我は？」

「ちっと、足首をひねっただけだ。まだ戦える」

脂汗流しながらよく言うよ。何度もアドミスに狙われたのだろう。下手すれば骨を痛めているかもしれない。

それでも気持ちは折れていないのだから、ラムズも負けず嫌いだな。

「ほら、ココの魔造紙。悪いけど、自分でお願い」

「って、シズは行くな！　あいつが狙ってるのは」

引き留めようとするラムズの手をするりと避ける。

「僕なんでしょ。で、色々あって十分で片づけないといけなくなったから、ラムズは周りの騎士をお願い」

問答をしている時間も惜しい。

一気に僕も階段を駆け上り、途中で魔造紙を抜き出した。

「いくよ。『縛鎖界《ばくさかい》──凱旋路《がいせんろ》』」

劇の最終決戦で使われるはずだった結界を発動させる。

二十倍凝縮の結界魔法は強固な壁となって僕とリエナとアドミスを中央階段に封じ込めた。これなら中でどんなに派手に戦っても観客を巻き込む心配もないし、話を聞かれる事もない。

問題は外からは中に干渉できてしまう事だけど。

「ったく、俺が止めるしかねえじゃねえか！」

「お二人とも。こちら側はわたくしたちが！」

「任せて！　絶対に邪魔させないよ！」

下段側はラムズが。上段側はクレアとルネが立ち塞がってくれた。相手が騎士とはいえ、防御に専念すれば十分ぐらいは大丈夫だろう。

残念ながら声も一方通行なので、三人に向けて杖を掲げて応える。

幅にして三メートル、長さは七十メートルほど。緩やかな傾斜の高低差約五メートル。

さあ、想定も予定もない、行き当たりばったりのクライマックスの舞台だ。

「リエナ！」

「ん」

前方から視線を外さないままリエナが上段から飛び降りてくる。

アドミスは追撃してこない。追撃してきたら魔法で迎撃するつもりだったけど、そんな不用意な相手じゃないか。正気を疑う程の非常識な行いをしでかす奴だけど、腐っても聖騎士。僕たちなんかよりずっと戦い慣れていた。

リエナと並び立ち、歪んだ笑みを浮かべる道化の聖騎士と対峙する。

素早く視線を逸らせば、傷を癒したラムズが騎士たちと剣を斬り結び、ルネとクレアが下級魔法で包囲しようとしている騎士たちを牽制している。どちらも二十倍凝縮の『縛鎖界《ばくさかい》――凱旋路《がいせんろ》』が張られているので、観客を巻き込む心配はなさそう。

ルネとクレアは接近戦になれば不利だろうけど、ルミネス家であるクレア相手に遠慮してか、それとも命令自体に反発しているのか、騎士たちの動きが鈍い。

あっちは大丈夫だ。皆を信じろ。

舞台も振り返らない。コーデリアさんたちは諦めない。僕たちが事態を収拾できれば舞台は続けられる。

だから、まずはこいつだ。

「アドミス・セルツ」

「ああ、やっと出てきてくれたネ。『風神』セズの孫、『災厄』のシズ君?」

ここでおじいちゃんの名前か。

さっきココもちょっと言っていたな。ラクヒエ村で長老をしているおじいちゃんがどうして関わってくるというのか。

考えていても仕方ない。直接、聞くのが早いだろう。

「何を考えてこんな事をしたのか、説明してもらおうか?」

「そんな難しい事じゃないんダ。いや、私も舞台に迷惑掛けちゃったのは悪いと思ってるんだヨ？

でも、ちょっと人目が多い方が良くってネ。巻き込ませてもらったのサ。なあに、これも正義のためなんだから喜んで犠牲になってくれるヨ」

何が、正義だ。

ふざけた物言いなのに、アドミスの目には僅かな揺らぎもない。本気で言っている。固い信念なんていいものじゃない。疑うなんて一欠片もない、盲目的な狂信。

以前、クレアは言っていた。聖騎士は騎士団を裏切らないように洗脳じみた教育が施されていると。それが真実だとすれば同情の余地はあるけど、だからといって何をしても許されるわけじゃない。

「用があるのは僕じゃないのか？　だったら、他の人を巻き込むな！」

「ん？　違う違う。用があるのは君の祖父なんだヨ」

さっきからおじいちゃんの名前ばかり出てくると思っていたけど。

目的が僕からおじいちゃんに移っても、聖騎士が戦いを仕掛けてくる理由を思いつかずに渋面を作る他なかった。

アドミスはどこか嬉々として説明を続ける。

「私たち聖騎士は元々、『風神』セズが騎士のくせに上の命令を無視して暴れ回った時に止められなかった反省から生まれたものでネ。家柄も経歴も性別も年齢も関係なし。完全な実力だけで選ばれた最精鋭なわけだけど」

おじいちゃんが命令無視で暴れた？

そんなの真偽を確かめるまでもない。どうせふざけた真似をした貴族か騎士か軍人がいて、権力者が庇おうとしたのをまとめて薙《な》ぎ払ったとか、そんなところだろう。

若い頃のおじいちゃんが色々と凄かったのはルネとクレアから教えてもらっているし、沢山の人が感謝の言葉と一緒に伝えてくれた。

もちろん、身贔屓《みびいき》がないとは言わないけど、あのおじいちゃんが不義を働くとは思えない。初めて僕に魔法を教えてくれた時に、魔法の危険性を伝えた上で、正しく使ってほしいと願うような人なんだ。

「そんなの言いがかりだ。結局、聖騎士っていうのは騎士団にとって都合の悪い人間を始末するための存在って事でしょ」

「はは。さすがは『風神』セズの孫だネ。正道が見えてないナ」

これは問答しても無駄だ。あっちもこっちも話を聞く気がないのだから。

それだけはお互いに同意できたのか、アドミスは話を進めた。

「まあ、それは本題じゃないから置いておこうカ。問題なのはネ、未だに聖騎士は『風神』に劣っているという風評なのサ」

従騎士セズの功績と評判は凄い。二つ名を挙げるだけでも知れるだろう。『風神』に『最強の騎士見習い』に『魔の森撤退戦の英雄』に『即興極大魔法』だ。それこそどこかの劇団が戯曲化していても不思議じゃなかった。

ちなみに、その娘である『雷帝』テナは更に多くの二つ名を持ち、辺境最強と言われてたりする。

「良くないよネ？　それってサ。いつまでも過去の遺物の名前がのさばっているなんてネ。良くないヨ。良くないんダ」

昏《くら》い声でアドミスが何度も繰り返す。

でも、僕はあっけにとられてしまった。騎士団という組織を強権で動かして、やる事が売名行為とも言える自己満足？

「……そんな事で？」

「そんな事だって⁉　君にはわからないだろう⁉　どんなに修練を重ねても、誰もが私たちより過去の遺物を評価する‼　老害がいつまでも消えずに、正しく見てもらえない‼　何度も何度も死ぬ思いをして鍛えているのに！　噂と思い出だけで私たちを否定する！　そんな愚昧な連中が、私を嘲る目がどんなに不愉快なのかさああっ‼」

途端に絶叫するアドミス。

今までの道化の仮面をかなぐり捨てて、憎悪に満ちた目は火花を散らすよう。歪んでいて、擁護の余地はないけど、アドミスの想いだけは本当だろう。

僕がいつか伝えられたおじいちゃんへの感謝と尊敬の言葉は、聖騎士という次代を期待された肩書にとって、そのまま重く伸し掛かる重圧だったのかもしれない。

「他はいい。何を言われてもいい。でも、『風神』だけは別ダ。私たちは奴を倒してこそ初めて誉れ高き聖騎士になれるのサ！」

感情を昂《たかぶ》らせながらもアドミスは再び道化の仮面を被る。

無数の隙を曝《さら》して誘う食虫植物のように、艶然と微笑んだ。

「できれば、こっちから討ち取りに行きたいんだけど、騎士団の命令を無視できないからネ。まったく第一位のおっさんとか、古い騎士は頭が固くて困るヨ。手出し無用だなんて、本当は怯えちゃってるんだってサ」

聖騎士の第一位の事だろうか？

「だから、あっちから来てもらうしかないんダ。去年は来たみたいなのに、今年は来なそうで困ってたんだヨ。そしたら！　やっぱり若い騎士は頭がイイ！」

剣の切っ先が僕に向けられる。溢れる敵意と殺意。

「君を餌にすればいいんだヨ。可愛い孫が殺されたらさすがに黙っていないデショ？　これだけ証人がいればすぐ伝わるだろうしサ。いい！　これは実にいい考えダ！」

「……そんな理由で罪もない人間を殺すって？」

「そうだネ。じゃあ、とりあえず君の罪状は、家宅侵入と痴漢と婦女暴行なんて感じでどうかナ？」

なんだ、そのラインナップは。

嫌がらせなんだろうけど、本当に濡れ衣を着せられそうで性質《たち》が悪い。

「嘘。シズはそんな事しない」

「そうだよ。当たり前だ」

「したくなったらわたしにする」

「リエナさん⁉」

声が外に聞こえない状況で本当に良かった。

本気で言ったわけじゃないのだろう。アドミスは肩をすくめる。

「じゃあ、この前の五人を殺した犯人は君って事にしようカ。あんな騎士団の面汚しも、本物の騎士の役に立てたならあの世で感謝するだロ？」

口実は後からなんとでもつけられる、と。

本当に、競技会の時のヒューレといい、聖騎士のアドミスといい、この国の権力者には碌な人間がいないのか。

まあ、法とか道徳を無視して、上の人間の意向に従えるような人間が重宝された結果なのだろうけど。

「うん。よくわかった」

アドミスという人間が大馬鹿だっていうのがよくわかった。

「お？　じゃあ、大人しく殺されてくれるのカナ？」

「お断りだ、大馬鹿」

向けられた剣に杖を掲げて返す。

こんな馬鹿の相手におじいちゃんが出てくるなんて勿体ない。

「お前なんかがおじいちゃんと戦うなんて百年早い。代わりに僕が現実を教えてあげるよ、偽者の騎士」

アドミスの口角が持ち上がる。まるで僕が敵対するのを喜ぶように。

濃厚な殺意に息が詰まりそうになる。

だけど、恐怖に縛られたりはしない。一度だけとはいえ、もっと高密度の殺意を浴びた経験があるんだ。

真正面から敵意を受け止められる。

「ん。手伝う」

リエナの槍が杖に添えられた。

これで百人力だ。負けるわけがない。

「いくよ！」

25

初撃はリエナ。

ほんの数歩で階段を駆け上り、

「ん」

アドミスの直前で軌道を斜め前へと切り替え、そのまま結界の壁を足場に蹴り上げると、空中で槍を旋回させる。

「おっと！」

頭上から降り下ろされた槍は躱された。

けど、初めからアドミスに避けられるのは計算の内。

「ん。『刻限《こくげん》・早矢神式《はやがみしき》』」

アドミスが体勢を整える前、空中で身を翻したリエナが速度強化の付与魔法を発動させて、赤い輝きを身に纏《まと》った。

着地と同時にリエナが速度を増す。階段だけではなく、左右の結界の壁までも飛び交う事で、アドミスに狙いを絞らせない。

目まぐるしく動きながらもリエナは槍の間合いを維持していた。いつでも槍が届く範囲内に留まっている。こうなるとアドミスは一瞬でもリエナから目を離せないだろう。

だから、その隙を狙う。

「いくよ。『氷《ひょう》・霜野《そうや》』」

僕の声に反応してリエナが空中に飛び上がる。

直後にアドミスの足元が巨大な霜柱に覆われて、でも、寸前に跳躍で躱されてしまった。僕の声が聞こえてから避けたのか。反応が速いな。

「ん！」

「っと、危ない危ない！」

アドミスの剣とリエナの槍が激突した。

空中に難を逃れたアドミスをリエナが狙ったのだけど、まるで予期していたみたいに防がれてしまう。

二人は着地に合わせて、互いの武器を反発させるように押し合う。その勢いを利用して跳躍する事で距離を取り、そのまま霜柱を挟んで睨み合った。リエナも激しい移動を控えて距離を測っている。調子はずれの口ぶり、無駄に見える挙動に、狂信的な目的。それでも聖騎士なのだ。実力で選ばれた聖騎士。弱いわけがない。

リエナが左右と上に視線を縫い止め、その隙に足元を攻め、躱された直後を狙ったというのに完全に防がれた。

悔しいけど、認めないとダメだ。アドミスは強い。

一当てで実感が湧くと、色々と見えてくる。正直な感想。

「厳しいぞ、これ」

結界内の限定空間では使える魔法が限られるのだ。

まず、結界を破壊してしまうような威力の魔法は論外。二十倍凝縮した上級魔法を使えば、結界を破るだけに留まらず、劇場やその外にまで被害が出てしまう。

いや、注意が必要なのは結界破壊だけじゃないのか。ある程度、高威力だと結界が防いでくれても、その内部は狭い通路状の密閉空間。余波で自爆だって考えられる。だから、二十倍凝縮や通常の魔法でも上級は基本的に禁止。

今日は舞台のためのバインダー構成をしているのが仇になっていた。五十枚の内、三十枚が舞台用で、残りもほとんどがいざという時の予備だった。その中にある二十倍凝縮で使っても問題ないのは既に使用済みの『縛鎖界《ばくさかい》――凱旋路《がいせんろ》』と、『力《りょく》・浮漂《ふひょう》』ぐらいだ。火力に頼らず相手を無力化する類の魔法はない。

あくまでほとんどなので、僕個人のための魔法もあるにはある。三枚ぐらいは。だけど、使えば被害甚大な二十倍凝縮だ。

「使える魔法が少ない」

属性魔法も火とかは危険だし、殺傷力の高いものも使えない。

……さて、そんな制約の中で手持ちの魔造紙は何があるのか。既に舞台で使った物を除外すると、どれだけ残る？

属性は火力が高いから……『光《ひかり》・閃杖《せんじょう》』が三枚か。回復魔法は体力回復が一枚だけど、使いどころがない。召喚魔法が一番多い。金属の武器を生み出すのもあるけど、強化しないと満足に持ち上げる事もできない剣やら、斧やら、鎖やらと巨大武器ばかりが四枚。なので、そっちは使えない。水晶の動物たちを生み出すのが六枚だ。付与魔法は腕力強化が二枚で、最後に法則魔法は盾代わりの『守法《しゅほう》界《かい》――歩測圏《ほそくけん》』だけ。

後は舞台の締めに使う予定だった水晶の粒を降らす魔法など、戦闘能力はまったく期待できないな。

「ほとんど魔法が使えないのに、制限時間つきとか」

残り時間、まだ五分ぐらいはあるかな。

「ん。消し炭？」

「怖いこと言わないの」

冗談、だよね？　僕やおじいちゃんの事を色々と言われて、リエナも怒っているみたいだ。

確かにアドミスの動機には一片の同情も共感もしないし、しでかした事に対しての怒りもある。そして、生死問わずなら打てる手は一気に増える。だけど、僕がこうして戦う事を選んだのは舞台を守りたいからだ。そこは見失っちゃダメだろう。

既に破綻しかけているというのに、とどめに人死にまで出たらもう劇どころじゃない。何より、僕には殺人の覚悟なんてできていないしね。

ほら。劇団コーデリアだって頑張っているじゃん。

チラリと後ろを見れば壇上は緞帳《どんちょう》で隠されて、楽団によって打楽器を中心にした勇ましい楽曲が奏でられている。

『さあ、ここに始まりますのは歴史に残らない戦い！　五人の始祖が魔族の大陸テナートで戦う中、失伝の魔法使い、第六始祖様もまた王都で戦っていたのです！　敵は我が身かわいさに魔族に寝返った騎士！　始祖のいない王都を陥落せんと、反逆の刃を王家へと向けた騎士！　一人、魔族の企みに気付いた彼は妖精族の姫と僅かな手勢と共に、愚かな騎士と刃を交わすのです！』

この声はコーデリアさんだ。体格がいいだけあって張りのあるいい声をしてる。普段からこれならいいのに。

話は脚本家に即興で用意させたのかな？

ついでに他の三人も救国の士にされてる。ルネとクレアに至っては本当に第一始祖の弟子の家系だからって、初代エルサスとエレミアにされていた。

他の役者さんたちも僕たちにアドリブで声をあてているみたいだ。こうして対峙する僕らの最後の説得だったり、相手の技量を褒めるものだったり、匠の技は本当にすごい。

「いやあ、私を反逆者とカ。言ってくれるネ」

「事実だろ。どうせ職権乱用がばれれば終わりなんだから」

「どうかナ？　それも『風神』を倒せば風向きが変わるサ」

　そんなわけあるかと言いたいところだけど、それだけの戦力を持っていて、主の命令に忠実となれば庇う奴が出てきそうだ。唯一の暴走要因も排除済みとあればなおさらだ。

　まあ、全部が妄想で終わるけどね。

「でも、二人がかりはちょっとつらいヤ。そろそろ本気でいくネ」

　アドミスがマントに隠れた背中へと後ろ手を伸ばした。

　途端に空気の温度が下がったように錯覚する。何かをする前に妨害をしたいけど、こちらに剣を突きつけて隙がない。

　取り出された銀のバインダー。開かないまま剣が当てられる。

「おいで。『命名《めいめい》：玻璃獅子《はりしし》』。『命名《めいめい》：晶鳥《しょうちょう》』」

　バインダーの内側から赤い輝きが漏れ、剣の切っ先に魔法陣が灯《とも》ると、そこから零れ落ちるように召喚獣が現れる。

　一体は水晶の獅子。四足の姿勢で頭の位置が僕の胸ぐらいの高さにある。全長は尾まで含めると三メートルを優に超えていそうだ。全身が透明度の高い水晶で構成されているけど、たてがみだけが僅かに紫色で染まっている。

　同じ猫科のせいか、リエナがじっと視線を離さなくなってしまった。

続けて現れるのは水晶製の小鳥。だけど、こちらは数が異常だ。次々と魔法陣から飛び出していき、十体の小鳥が頭上で旋回し始める。照明を受けて煌《きら》めく姿は戦いの中だというのに目を奪われそうなほど綺麗だった。

ほぼ同時に十一枚の魔造紙を発動させたのか。しかも、バインダーを閉じたまま直接。優れた魔法士はバインダー内のどこに目的の魔造紙があるか把握し、杖や剣をバインダーに当てるだけで魔造紙を取り出す事なく発動できるという。

一流の証明だった。

「聖騎士はそれぞれ得意魔法があってネ。私は召喚魔法なんだヨ」

自慢げな解説、アリガトウゴザイマス。

第三位とか言っていたけど、やっぱり第三始祖ツクモと揃えているのだろうか。まあ、今はどうでもいいや。

しかし、これで数の優位が失われた。

あの獅子は上級の召喚魔法かもしれない。透明度が他の召喚とは段違いだ。小鳥は下級だろうけど、一斉に頭上から襲われれば対処が難しそう。そして、その制御を聖騎士である彼女が誤るとは期待できなかった。

加えて、アドミス自身も優れた剣士。

ますます状況が悪くなったよ。

「ん。あれ、倒す」

やはり、獅子をじっと見つめたままリエナが宣言する。

下手すればアドミス本人よりも戦闘力が高そうな相手にちっとも臆する様子もなければ、決死の覚悟もない。

「大丈夫？」

「三分、ちょうだい」

「わかった。他は僕がなんとかする」

「ん。待ってて」

リエナが無防備のまま真っ直ぐに突撃する。

26

思い切りよく間合いを詰めるリエナは隙だらけ。

案の定、四体の小鳥がリエナに向けて急降下してきた。あんなの水晶の矢と大差ない。

もちろん黙って見過ごすわけない。リエナが迎撃しようともしないのは僕を信頼してくれているからだ。バインダーから魔造紙を抜き出して、前方に投げ出すと同時に杖で打つ。

「いくよ！『命名《めいめい》：晶熊《しょうゆう》！』」

四体の晶鳥が赤い魔法陣に飛び込み、そのまま砕け散った。魔法陣からのっそりと出てくる体長一メートルほどの水晶の塊。小型の熊だ。

同じ下級の召喚魔法でもこちらは厚みが違う。動きが鈍いのは難点だけど、防壁にはちょうどいい。

四体の小鳥が砕ける間にリエナは獅子に挑みかかる。リエナの槍の一突きを獅子が躱し、反撃に振るわれた爪をリエナもまた受け流しつつ、その背後に回り込もうと走る。両者は互いの背後を取ろうと、限られた空間で目まぐるしく位置取りを繰り返し、細かい激突を挟みながら、次第に上の階へと離れていった。

すぐ傍にいるアドミスは立ちはだかる水晶の熊に攻撃する事も、リエナと獅子の戦いに介入する事もなく、その敵意は僕に向けたまま。

「ハハ！　私に召喚で勝負するのカイ？　面白いネ」

表情こそ笑っているけど、プライドを刺激されたのか怒りが滲む。三体の小鳥が今度は僕めがけて飛来する。中央と左右の横列。

慌てるな。こういう時の対処法は知っているだろ！

頭上からの攻撃は潜り抜けるようにして進みながら躱すんだ。左右は切り返される。後ろは追いつかれる。前なら進行方向の逆転に時間が掛かるから、すぐに追撃は来ないし、下手に追随すれば本体《アドミス》にぶつかる。

問題は脅威に迫っていくせいで怖い事だけど、怖気《おじけ》づいたりするものか。

「師匠の方が鋭いし痛いんだよ！」

元から射線になかった二体は無視。ほとんど同時に襲い掛かってきた小鳥の下にスライディングみたいな体勢で滑り込んだ。

「アドミスを止めろ！」

水晶の熊がアドミスに襲い掛かる。小さいと言っても熊を模しているんだ。爪の一撃を受ければばただじゃすまない。

視界の端でアドミスが応戦するのを確かめて、その間に素早く立ち上がり、背後に向けて魔造紙を放る。

「いくよ！『命名《めいめい》：晶馬《しょうば》』！」

僕より少し背が高いぐらいの水晶製の馬が背後を守るように出現する。

水晶の馬が低空から再び羽ばたこうとしていた小鳥を二体立て続けに踏み砕いた。一体には逃げられたけど成果は上々だ。

続けて魔造紙を発動させようとしたところで再び攻撃の気配。

残っていた三体の小鳥。その一体が正面から、もう二体の晶鳥が上下から迫っていた。それぞれに微妙な時間差がある。

受ければ集中砲火。左右は対応される。通れる隙間もない。

なら、やっぱり前だ。

完璧に防ごうとして大怪我するよりも、最小の被害に抑える方がいい。自分から真正面の一体に突撃する。

「ぐっ！」

胸の中心を穿《うが》とうとする水晶の嘴《くちばし》を杖で受け止めると、衝撃で腕が痺《しび》れた。杖にひびが入るものの、そのまま勢いに任せて前進。

足元の一体を飛び越えて、頭上の一体を掠めつつも回避。

「そっち、任せた」

水晶の馬がさっき逃がした一体と、通過していった小鳥たちに襲い掛かる。

くそ。気が抜けないな。

晶熊と戦いながら晶鳥を操作するとは。しかも、かなり細かく挙動を指示している。召喚魔法の使い手としてはやはり向こうの方が格上だ。

それでも、あちらは十体を全て使い切った。僕は杖に刺さったままの一体を払い落として、踏み砕く。

「いいネ！　それぐらいはしてくれないと！」

「は？」

声に釣られるようにアドミスを見れば、その足元には砕けて消えていく晶熊の姿。

そして、三体の水晶製の狼。

さっきまでいなかったのだから、新たに召喚魔法で生み出したのだろう。でも、僕が目を離したのは晶鳥に対処していた数秒程度。アドミス自身は水晶の熊と戦っていたはずなのに、いつの間に増援を呼んだのか。

「自分も戦いながら、召喚獣を複数操り、更に次の召喚魔法まで発動させた？」

「それぐらいするサ。聖騎士なんだからネ！」

水晶の狼が一斉に襲い掛かってきた。

小鳥とはサイズが違う。強引に突破しようとしたら押し倒されるのが目に見えていた。回避する隙も、他の手を考える時間もない。声に出す余裕もないまま『守法界《しゅほうかい》——歩測圏《ほそくけん》』を発動させて、半球状の結界で狼の侵入を阻む。

狼たちは頭から結界に体当たりするけど、結界に弾き返されている。よし。今すぐに結界が破られる様子はない。

この間に戦局を立て直すんだ。

「『命名《めいめい》：晶鳥《しょうちょう》』！」

結界内から水晶製の鳥を生み出し、頭上へと舞い上がらせる。

熊や馬と比べれば、狼の強度はたかが知れている。手の出せない頭上から一撃離脱を繰り返せば……。

『させないヨ』

そんな声が聞こえた気がした。

にたりと笑うアドミス。その手には剣とバインダー。魔法陣が浮かび上がると三体の晶鳥が飛び出し、そのまま僕の晶鳥に襲い掛かる。

一対三。しかも、操作は向こうが上。為す術《すべ》もなく、砕かれてしまった。

砕けた水晶が降る向こうでアドミスが挑発的に笑う。

アドミスは剣で肩を叩きながらも余裕の態度だ。実際、余裕なのだろう。

単純な実力差に、使える魔造紙の数。現在の戦況。全てがアドミスに傾いている。

失敗した。今の晶鳥は完全に無駄にしてしまった。

結界の向こうではアドミスが何事か話しかけてきている。煽るような事を言っているのだろう。嘲笑う顔だけでも僕を煽っているとわかるのだから、女の人の表情って凄いな。

でも、なんとなく向こうの狙いはわかった。

道化のような言動に反してアドミスの戦い方は堅実だった。まず僕とリエナを分断して、各個撃破の構図を作り出し、それからも確実に僕の戦力——魔造紙を削《そ》ごうとしている。手札を失ったところを確実に倒すつもりなのだろう。

厄介なのは、そうとわかっていてもアドミスに対処する選択肢がない点。

実際、あちらの戦力に対処している内に、こっちの手札は馬が一体だけになっている。唯一の防御手段である結界も使ってしまい、それも狼たちが爪や牙を立て、じわじわと亀裂が広がりつつある。

のんびりと対策を考えている時間はなさそうだ。

小出しにしても各個撃破される。潰し合いで先に手がなくなるのはこっちなら、持てる戦力を固めて、一気に本丸を攻め落とすしか手はない。バインダーを開く。

「いくよ。『命名《めいめい》：晶狼《しょうろう》』！　更にもう一体！」

立て続けに二体の水晶の狼を呼び出し、すぐさま結界から出して、三体に応戦させる。

これだけじゃ足りないのはわかっているから、更にもう一体。

「援護に続け！」

三体の小鳥を片づけた背後の晶馬が結界を跳び越え、先攻した狼たちに続いた。

呼び出せる召喚獣はこれで全部だ。この戦力で一気にアドミスの戦線を突き抜けるしかない。

「足りない足りない足りないナ！　それ、私を馬鹿にしているのカイ⁉」

三体の小鳥が狼の頭上から急襲する。僕がさっきやろうとした見事な一撃離脱に、狼たちの足が止まってしまった。

その間に自由な敵方の三体の狼が一斉に馬へと食いついた。二体が足に食いつき、体勢を乱したところをもう一体が首筋に。

まだ倒されてはいない。どちらも敵を振り払おうと暴れている。だけど、相性も数も不利だ。ここから立て直すのは難しいか。

振り払うのを諦め、狼と馬がゆっくりとアドミスへと一歩一歩近づいていく。

でも、絶望的に距離が足りない。階段にしてあと十段。普段なら一秒で駆け抜けられる距離が詰められない。

三体がほぼ同時に膝をついて、水晶の粉塵が上がった。三体も同時に崩れ去ったためか、水晶の欠片が霧のように充満して、照明を受けて無数の輝きを散らす。

ありがとう。よく頑張ってくれた。

心の内で三体に感謝する。

「ほらほら！　次が出てきちゃうヨ？」

わざわざアドミスがバインダーから魔造紙を取り出してみせた。

更に新手が投入されれば結界も長くは耐えられないだろう。そうなれば多勢に無勢。一方的に虐殺される未来が待っていた。

だから——

僕は水晶の欠片の雨から飛び出した。

露出している顔や手に大きな水晶が触れて、鋭い痛みが走るけど無視。

閉じていた目を開けば、僕とアドミスを隔てる物はなくなっていた。

咄嗟の事態に小鳥も狼も反応が遅れる。ここが広い場所なら三秒で取り戻せる隙だろう。だけど、僕がアドミスに到達する方が早かった。

なにせ、僕は水晶の馬の背後にひっそりとついてきていたのだから。遅れを取り戻すには距離が足らないだろ？

いくら水晶でも、下級の彼らの透明度は低く、ここは薄暗い劇場なのだ。見通せはしない。小柄な僕なら隠れるぐらいできる。

予《あらかじ》めバインダーから用意していた六枚の魔造紙。その内の三枚を背後へ連続して発動させる。

全て武器の召喚魔法の『命名《めいめい》：断竜牙《だんりゅうが》』、『命名《めいめい》：砕骨斧《さいこつふ》』、『命名《めいめい》：重鎖《じゅうさ》』。

金属製の巨大な武器が宙に出現した。

僕の身長ほどもある刀と斧、そして、人の頭ほどもあるリングが連なった鎖。それらが中空から落下し、そのまま使い手を得られずに階段に激突する。

重い音の中に硬い物が砕ける音も交ざったのは、追撃しようとした水晶の獣をいくつか巻き込んだからだろう。積み上がった巨大武器が邪魔をしてアドミスの召喚獣は追撃を封じられている。

素早く身を翻す。

アドミスは動いていない。表情が消えている。驚きで思考が止まったのか。チャンスだ！

「いくよ――」

残りの三枚の魔造紙を前方へと放る。

光の属性魔法、下級の三枚。

閃光の熱線で敵を撃つ魔法。これなら急所さえ外せば致命傷にはならない。魔造紙を連続して突く。

「――『光《ひかり》・閃杖《せんじょう》！』」

もう三歩で手が届くような直近。でも、剣を届かせるにはその一歩が足りない。速度でも間合いでも埋められない距離。

魔法現象の中で最速の雷と光の属性。それを続けて三発。避けられるはずがない。

魔造紙の赤い輝きがアドミスを照らし、その唇が持ち上がったのが見えた。

再びの嘲笑へと。

瞬間、煌《きら》めきがカーテンのように流れ、同時に僕の魔法が発動する。三条の閃光が発動と同時に彼我の距離を食いつぶして、赤い軌跡が散った。

まるでアドミスを自ら避けるように。あらぬ方向へと閃光が飛び散っていく。

見えるのは歪んだアドミスの笑み。

そう、歪んでいた。心根が表れいるわけじゃなく、本当に歪んで見えるのだ。

凝視してようやく見えた。僕とアドミスの間に、いつの間にか水晶の柱ができていて、その壁がアドミスの姿を歪めている。

「水晶の、蛇？」

まるで本物の柱のように身を立て、鎌首をもたげて高所から見下ろしている。

「『命名《めいめい》：玻璃大蛇《はりおろち》』」

上級の召喚魔法。

高い透明度は光を反射せずに、歪めて通過させた。

でも、おかしい。僕が使ったのが光の属性魔法じゃなくて、他の属性だったら防げなかったはずだ。

これまでの戦いで殺傷力の高い魔法を自粛しているのは気付かれているかもしれない。けど、雷の属性魔法とか他にも無力化できる魔法を使う可能性はあった。

僕のバインダーにどんな魔法があるのか、舞台を見ていないとわかるわけがない。知っている皆も劇団員も、脅されたって話はしないだろう。

可能性があるとすれば。

「まさか、昨日の招待客から聞き出した？」

しかし、アドミスは首を振る。

「そんな面倒な事はしないヨ」

「なら、どうして」

「光の属性魔法なのは見えたからネ。わかっていれば、簡単に防げるだロ？」

僕が突撃してから、背後へ召喚魔法を放ったほんの一瞬。その間に持っていた魔造紙を見極めた上に、水晶の粉塵の目隠しを逆に利用した？

対人戦闘の騎士の最高位。

その言葉の重みを今更ながらに実感する。剣技と魔法の腕だけじゃない。

「で、そろそろいいかナ？」

しまった。茫然としている場合じゃない！

けど、背後は僕が設置した巨大武器の壁で、左右は不可侵の結界。逃げ場なんてどこにもなかった。

視界の端に光が掠める。振り下ろされたアドミスの剣。

「っ！」

ほとんど反射だけで躱した。後先考えずに後ろへと飛び下がる。

でも、まだだ。こんな単純な後退だと――

「よく避けたネ……なーんてサ！」

衝撃がきた。

腹部に強烈な一撃が叩き込まれ、そのまま壁面に激突する。これは、僕が足止めに用意した巨大武器か。手が痺れて、半ばで砕けた杖を取り落としてしまった。

お腹と背中、前後から別種の痛みが押し寄せて、まともに息ができない。勝手に涙が溢れて視界が歪む。内臓の位置が変わったんじゃないかと錯覚する程の激痛。

頭上に薄い影が差して、見上げれば僅かに紫がかった蛇の頭があった。

「いやあ、本当にいい反応するヤ。杖で受けたでショ」

透明な蛇の尾。

空中で避けられないところを狙い撃ちされた。受けた杖はあっさり砕かれてしまい、ほとんど直撃したのと変わらない。

それでもこうしてまだものを考えていられるのは砕けた杖のおかげだろう。下手すれば死んでいた。その事実に心が縛られかける。

体が動かない。痛みと、恐怖で、呼吸の間隔が短くなる。頭の中が真っ白で、考えがまとまらない。同じ事ばかりグルグルと回り続けている。

ダメだ。落ち着け。息を。まずは息を整えろ。痛いのは我慢だ。我慢できる。

だけど、気持ちはどうだろう?

殺される。本気で、殺される。

言葉で何度も言われていたけど、アドミスは本当に僕を殺そうとしている。

慎重な戦い方というのは、それだけ本気で、確実に僕を殺そうという意志そのものなのだ。魔造紙を削り、選択肢を削り、焦って勝負に出たところに誘い込み、仕掛けた罠に捕らえる。アドミスが牙を研ぎ澄ます狩場に誘導する。僕を殺すために。

過去に命の危機はあった。

でも、これほど明確に殺害を遂行しようとする人間は初めてだ。

「もう限界でショ？　いやいや、学生にしては頑張ったネ」

振り上げられる剣。

アドミスなら確実に僕の急所に叩き込むだろう。頭、じゃない。首筋か。

それなら、軌道は読める！　斜めの袈裟切り。

ほとんど床に這うようにして剣の下を潜る。同時に折れた杖を掴んで、追撃してくるだろうアドミスの顔面に向けて投げつけた。

だけど、杖の片割れは何もない空間を過ぎていくだけ。

「はい。みえみえ」

アドミスは追撃せずに、すぐに後退していた。

慎重に、堅実に、着実に。反撃の目が潰されていく。

「しつこいのはもう知ってるヨ。さあ、絞め上げちゃエ！」

水晶の蛇が襲い掛かってくる。

拳を振るってもあっさり躱され、するりと足元から全身に巻きついてきた。暴れようとしても凄まじい締め付けで、身じろぎひとつ許されない。

骨が軋む音が聞こえる。肺から無理やり空気が押し出されて、もう悲鳴も上げられない。

「じゃ、今度こそ」

まるで処刑台だ。

本物の処刑人みたいにアドミスがゆっくりと剣を振り上げる。
呼吸が、苦しい。
動けない。
今の僕には対処する術がない。
騎士剣が振り下ろされた。

27

火花が散る。
澄んだ音が響いて、続く連撃の激しさに飲まれた。
僕は無事。
蛇に巻きつかれて動けないままだけど、斬られてはいなかった。
何故かと言えば、極めて単純な理由。アドミスは背後へと剣を振り下ろしたのだ。
背後から奇襲を仕掛けたリエナの槍を受けるために。

「ん!」
リエナの向こうでは水晶の獅子が砕けて消えていくところだった。

上級の召喚魔法を相手に無傷とはいかなかったか。リエナも制服が破れて、細かい傷から血を流している。

約束通り、三分で倒してくれた。

僕はそれを信じて、アドミスに挑んだのに。

「本命は君だったんだロ？」

両者が足を止め、武技を尽くして打ち合う。

槍の間合いで突き込み、薙《な》ぎ、払うリエナ。

巧みに剣で流し、受け、弾くアドミス。

アドミスは剣に有利な間合いに踏み込もうとするけど、リエナの槍捌きに阻まれて、二人の攻防は苛烈なまま膠着した。

嘘だろ。

あれだけこっちに注意を引いて尚、防がれるのか。

アドミスが格上なのは承知していた。それでも正面から全力で挑んだ。限界以上を発揮して、実力差を覆すべく、僅かな勝機を掴み取ろうとした。演技なんかじゃない。なにせ、僕が倒してしまえるならそれに越した事はないのだから。

だからこそ、僕が囮とは気付かれないはずなのに。

アドミスの頭の中からリエナの存在を消したつもりだった。けど、僕にとどめを刺す瞬間でさえ背後への警戒を怠らないなんて想定外だ。

たぶん、僕から何かを読み取ったわけじゃないと思う。単純に戦場を見る目が広い。想定が深い。それだけの戦いを経験しているんだ。

僕が茫然としている間に戦局が動く。

薄闇に火花が散る中、リエナが勝負に出た。

リエナが後ろ腰のバインダーに一瞬だけ槍を当てると、バインダーが赤く輝く。振りかぶった槍は雷光を宿していた。

「ん！　『雷《らい》・轟鳴《ごうめい》』！」

バインダー内発動!?　僕が知る限りリエナは使った事がない。

おそらくアドミスが使ったのを見て、ぶっつけ本番で真似したのだ。幼馴染の天才性には舌を巻く他ない。

「雷使いなのは知ってるヨ！」

しかし、それでも届かない。

ほぼ同時にアドミスのバインダーも赤く輝いていた。

リエナが雷の属性魔法を得意としているのは知っていたのだろう。二人の間に生まれたのは鋭い針を花弁に持つ花だった。床に根を張ると、周囲へと針を伸ばす。リエナとアドミスの間に針の花が咲く。

あれでは雷が拡散されてしまう。一部はアドミスに当たるかもしれない。でも、それはほとんどが床に流れた残滓《ざんし》。騎士装備のアドミスを止められるとは思えない。

僕の予測がそのまま現実になった。

リエナの放った雷光が針に流れ、激しく辺りを焼き焦がし、目を奪われる。近くで硝子《ガラス》の割れるような音が聞こえた。

後には焦げた針の塊と、マントを焦がしたアドミス。

二人の違いはただひとつ。状況を事前に予測していたか、否か。

膠着《こうちゃく》していた戦局が傾いた。動きだし、アドミスの方が速い。しかも、これまでの技巧を凝らした剣技ではなく、真っ直ぐに獲物を貫くシンプルな片手突き。リエナの胸の真ん中へ最短距離を走る。

不意を打たれたリエナは、それでも反応した。槍を引き戻す動作で剣の軌道を逸らしている。

でも、完璧じゃない。剣はリエナの腕を掠めていた。重傷ではない。でも、浅い傷でもない。

間髪を容れずに振るわれるアドミスの一刀を受けると、衝撃でリエナが槍を取り落とした。

「ふう。ちょっと驚いたカナ？」

僕にできる事を探す。

痛みは遠い。

あれだけ乱れていた呼吸は不思議なほど落ち着いていた。

いや、不思議な事なんてどこにもない。

まだ恐怖はある。

死ぬのは怖い。一度、それを前世で経験した記憶があるから、誰よりもその恐ろしさを実感として知っている。

あれだけは嫌だ。だから、死ぬのは、本当に怖い。

でも、怖い以上に、戦う理由があるのを思い出した。

劇団のため。舞台のため。おじいちゃんのため。今はリエナを守るため。

そして、託された信頼に応えるためだ！　怖いだなんて腑抜けてられるか！

これが最後の勝機だ。全力で掴み取れ。

「折角だから、もっと驚いてよ」

折れた杖の片割れを捨てる。

既にこの手には必要な魔法を宿していて、必要な武器を手にしているのだから。

僕が上段に構えたのは背後にあった巨大な剣――『命名《めいめい》：断竜牙《だんりゅうが》』。常人では持ち上げられるはずのないそれを、アドミスに向けて振り下ろす。

「は、あああああっ!?」

遂にアドミスの表情から余裕が消えた。

背後から不意打ちを受けた事。僕が自由になっている事。巨大武器で襲われている事。いくつもの想定外に動揺している。

それでも咄嗟に体が反応するのだから、悔しいけどアドミスは強い。けど、今だけは期待通りだ。反応してくれないと困る。声を出さずに攻撃していたら殺してしまっていたかもしれないから、わざわざ話しかけたんだ。

加減はできないので、自分の身は自分で守ってもらうしかない。

僕の力任せの一撃に対して、剣の側面へ攻撃を当てる事で軌道をずらしてみせた。でも、それが限界でもあった。

巨大剣がアドミスの真横に逸れて、そのまま階段を砕き割った。無理な対処に、揺れと破砕音、加えて心理的な圧迫もあっただろう。アドミスが足を滑らせる。致命的な隙だった。あるいはここで勝利宣言してもいいかもしれない。

いや、アドミス相手にここで止まっちゃダメだ。

「もう、一発！」

即座に背後の巨大戦斧――『命名《めいめい》：砕骨斧《さいこつふ》』を握り、腕力だけで振るう。戦斧が弧を描き、その到達点にはアドミス。

「ああああああああああっ⁉」

混乱と恐怖。

アドミスが剣を目茶苦茶に振り回す。もう技も何もない。あれだけ堅牢だった守りが見る影もなかった。

あるいは、アドミスがあれだけ堅実な戦いを好んだのは、想定外の事態に弱いという性質の裏返しだったのかもしれない。

最初から僕の狙いは剣だ。

甲高い音を立てて剣が砕け、再び階段に深く埋もれた。

「ふう」

ちょっと勢いをつけすぎてしまった。正直、単純な力だけでは突き刺さった剣と斧は抜けそうにない。

とはいえ、無手になってしまったのがばれるのもまずいので、虚勢を張ろう。

「次は当てるよ」

「ひっ！」

アドミスはほとんど柄しか残っていない剣を振り回しながら後ずさる。

既に顔面は蒼白。溢れるほどだった戦意はどこにもない。

「どど、どう、して？」

震える声で問いかけられる。

もしかしたら時間稼ぎかもしれない。でも、いいや。答えよう。

「さっきのリエナの魔法。『雷《らい》・轟鳴《ごうめい》』と一緒に『土《ど》・震砲《しんほう》』を使っていたんだよ」

本当にリエナはすごい。

あの状況で自分では倒しきれないと判断して、僕に託してくれたんだから。

雷で全員の視界が奪われた一瞬。同時に発動させていた『土《ど》・震砲《しんほう》』で僕を縛り上げていた大蛇の頭を撃ち抜いたのだ。

さすがのアドミスも攻撃を受け、視界を塞がれた中、自分に向けられたわけではない魔法には気付けなかったのだろう。ましてリエナは初めてバインダー内発動を使っただけじゃなく、同時発動までしたのだ。

僕だってこの目で見ていなかったら信じられないよ。

「で、僕はすぐに『刻限《こくげん》・手力式《たぢからしき》』を使ったわけ」

本来ならコーデリアさんと第四始祖レリック役の人に使うはずだった腕力強化の魔法。

あの二人はこれで巨大武器による打ち合いをする予定だった。掠めただけで腕や足が吹き飛びかねない武器の応酬を。入念に練習を重ねているとわかっていても鳥肌が立つ殺陣《たて》だ。巨大武器の威力は疑いようもない。

腕力強化さえ使えれば、僕でも巨大武器を扱える。本職の魔法士みたいには使えなくても、持ち上げて振り下ろすぐらいなら、だけど。

リエナがアドミスを追い詰めて、余裕をなくさせて、注意を引いてくれたから成功した。

少しでもこちらを見られていたら、使う魔法を見抜かれて対処されてしまっていただろう。

「は、はは。学生、のレベルじゃないヨ」

「師匠がいいからね」

本当にそう思う。

アドミスの攻撃を防げたのは師匠の訓練のおかげだった。いつ、どこに被弾するかわからない攻撃への対処を思えば、どんなに変幻自在の攻撃も捌ける。

攻撃だってそう。

何度も師匠に一撃入れようと連携を試していたから。僕はリエナの考えがわかったし、リエナだってそうだった。

高すぎる山を越えようと必死に走り続ける内に、どうやらとんでもない高さまで垂直登攀《とうはん》していたみたいな？

「さあ、終わりにしようよ」

少しずつ後ろに下がろうとしていたアドミスを止める。

どうせ結界の中なのだ。逃げ場なんてない。僕もリエナも結構限界だけど、武器を失ったアドミスなら制圧できる。

観念したのかアドミスは止まり、にたりと唇を持ち上げた。

「油断はいけないナ！」

背後から硬質の足音。

鎖の隙間を縫って水晶の狼が襲い掛かってきたのか。

「油断なんかしない」

振り返らない。だって、僕の後ろをカバーしてくれる人がいる。

僕の顔のすぐ真横を白い槍が通過して、直近で硝子が割れるみたいな音が響いた。続けて、リエナが僕とアドミスの上を跳び越え、空中で跳ね上がった槍を回収。

「ん」

負傷をものともせずに、そのまま残った狼へと襲い掛かる。獅子と比べれば恐れる事はないのだろう。後ろでは次々と破砕音が起きていった。

僕はアドミスから目を離さない。正直、投げられた槍が頬を掠めそうで怖かったけど。

開きかけのバインダーを手にしたままアドミスは固まっている。

どうせ、召喚獣をけしかけている間に次の召喚魔法を発動させようとしていたのだろうけど、目論見は崩れ去った。

「くっそおおおっ!!」

自棄《やけ》になったか、当てずっぽうに柄をバインダーに叩きつけようとするアドミス。

「やらせるか!」

それよりも早く、僕はバインダーを蹴り飛ばした。銀のバインダーが階段の一番上まで飛んでいく。

これでもう召喚魔法は使えない。

アドミスが跳ね起きた。さっきまでの怯えも焦りも演技だったのか。無駄のない、鋭い身のこなしで、ほとんど刃の残らない剣の代わりに、手品みたいに握ったナイフを喉元へと突き込んでくる。

だから、どうした。

訓練で倒れた時、すぐに起きないと師匠は顔面を踏み潰しに来る。おかげで素早く立ち上がるぐらいなら僕だってできるんだ。

僕は凡人だ。不器用で、失敗ばかりの半人前だ。

身近に色々と規格外な人が多くて、そんな人たちに鍛えてもらっているからそれなりに格好がついているけど、魔力ぐらいしか誇れる才能はない。

だから、凡人の僕にだってできる事なら、格上の人間は当然のようにできるに決まっているんだ。

こんなので驚くものか。

「捕まえた」

突き出された手首を掴む。

強化された腕力でしっかりと握りこむと、アドミスが遂にナイフを取り落とした。この距離と位置関係。もう逃げられる状況ではない。

僕は既に右の拳を握り、振りかぶっている。

「歯、食いしばれ」

強化、解除。

ただの僕の拳が、鎧の隙間——鳩尾に突き刺さった。

顔面への打撃に備えていた彼女は横隔膜への衝撃で崩れ落ちて、そのまま言葉もなく悶絶している。

悪いね。鎧着てる人相手に有効打を決めるには、こんな小細工をしないと無理なんだ。強化したままだと内臓破裂とかになりそうだしね。

「ん。終わった」

本当にあっさりと残敵を掃討したリエナが戻ってくる。

悶えるアドミスを一瞥し、パコーンと槍の石突をアッパースイング。アドミスの顎を強打してとどめを刺す。

内臓への衝撃と、脳震盪《のうしんとう》。これはしばらくは起きれないだろう。

「ん！」

胸を張るリエナだけど、アドミスと獅子との戦いで大小の負傷が目立っていた。

「怪我は大丈夫？」

「へいき。シズこそ、怪我いっぱい」

実は蛇に絞められた時から脇腹がズキズキ痛んでいたりする。これ、骨にひびとか入ってないよね？

でも、治療は後だ。

僕は劇場に向けて拳を突き上げた。

『悪の騎士は倒れた！　勝鬨《かちどき》を上げろ！』

タイミングを合わせて役者さんが声をあてて、同時に結界を解除する。

ルネとクレア、ラムズが張っていた結界も続けて解かれた。騎士たちは信じられないものを見るような表情。倒れ伏すアドミスを見たせいか、戦いの気配は失われている。

まあ、真っ当な騎士からすれば今回の戦いに大義がないのはわかりきっているし。肝心の聖騎士が本命の孫たちにやられてしまっては話にならないだろう。

問題は、舞台として成り立ったのか。

正直、演技というには無理があるからな。完全に死闘だったじゃん。途中から戦いに集中していたから、僕たちにどんな台詞があてられていたかわからないけど、設定とか台詞で誤魔化せる範疇じゃなかったんじゃないかなあ。

うん。おかげさまで迫力だけは段違いだったろうけど。

このまま戸惑いが強くなったらどうしようもなくなりそう。

「俺たちの、勝ちだああああああああああああっ!!」

突然、劇場の静寂を破るようにラムズが吼《ほ》えた。

何か考えがあったのか、それとも戦いの余韻から本能が抑えきれなくなったのか。

けど、それはきっかけになった。

触発されたように客席から拍手が聞こえ始め、やがて大音量の歓声へと変わった。音の洪水とでも呼ぶべきか。肌にピリピリと振動がぶつかって痛いぐらい。

考えてみれば、人間に残された動物の本能は戦いに興奮するのだ。

演武然り、武道会然り、決闘然り。前世の歴史ではこの劇場みたいな場所で人と獣を戦わせて、その姿を観戦したとか。

舞台としての評価じゃないだろうけど、破綻するよりはずっといい。

これが千年祭というお祭りの中だというのもあるだろう。結局、祭りは盛り上がるかどうかが肝心なのだから。

『こうして第六始祖の戦いが終わり、舞台はテナート大陸の決戦に戻る!』

照明が一気に切り替わる。

観客席側が暗くなり、対照的に舞台の照明が点《つ》けられて、明暗の逆転に観客の視線が舞台に引き寄せられた。

緞帳《どんちょう》が上がった先には六人。五人の始祖と、魔神役のコーデリアさん。

一人だけ残してしまったココに合流して手伝いたいところだけど、バインダーの魔造紙を大量に消費してしまっている。それに脚本も変更されている可能性が高い。下手に戻っても足を引っ張るだけか。

ココを信じよう。

「シズ、リエナ」

暗闇に紛れてやってきたラムズが囁いてくる。

「出ようぜ」

「うん。騎士団は……」

通路を慌ただしく移動する集団の影が見えた。あれは所在なくしていた騎士たちがそれぞれ左右の扉から撤退しているのかな。

自主的に撤退してくれるならありがたい。しかし、誰もアドミスの敵討ちどころか、身柄の確保とか言い出さないとは。これまでの言動で想像できたけど、やっぱり人望がないんだな。どうせ逆らえばあの五人のように殺されかねない危うさがあって、無理に従わされていたのだろう。自業自得だ。

まあ、なんにしろ僕が同情する事じゃないか。

「って、あれ?」

アドミスがいない。

リエナを見れば、目を瞑って猫耳をあちこちにと忙《せわ》しなく動かしている。

「……外？　ちょっと聞こえづらい」

そうか。あの拍手と歓声でリエナの耳が塞がれている間に逃げたんだ。すぐに拘束したかったけど、劇中では不自然だから遠慮したのが失敗だったか。

「追える？」

「ん」

僕たちは舞台に背を向けて、ルネとクレアの待つ中央入り口へと走り出した。

28

ボロボロの学園生が五人。路地へと駆け込む姿はどう映っただろうか。

相変わらずすごい人ごみだったけど、流血している僕たちに驚いて、簡単に道ができてくれたのは幸いだった。リエナが方向を示し、ラムズの案内で千年祭でも人気《ひとけ》の少ない路地裏を走り抜ける。とりあえず、他の騎士は無視。アドミスの確保が最優先だ。

不幸中の幸いは、僕が蹴り飛ばしたアドミスのバインダーを近くにいたルネが確保してくれていた事だろう。

さすがにルネはいい仕事をしてくれる。

「どこに行くと思う？」

「この方向は騎士の詰所じゃないな。増援を呼ぶならその辺りにだっているんだしよ」

「おそらく、敗走する姿を見られたくないのでしょう。余程の身内以外には」

なるほど。あれだけ聖騎士こそ最強だと語っていたのだから、剣もバインダーも失い、歩くのもやっという状態を目撃されるのは屈辱だろう。

そのまま辺りの警邏《けいら》騎士に僕たちと戦わせれば、聖騎士が学生に追い詰められている事実が露見する。アドミスはきっとそんな選択はしない。

「でも、こっちに、そんな味方が、いるのかな？」

ルネはもう息も絶え絶えになっている。

クレアより体力がないのは問題じゃなかろうか？　一番の問題は上気した頬がやたらと艶っぽい事なんだけど。

意識的にその事実は視界の外に置いておく。

「ん。あの変な人の行く先。人、いっぱい。やな感じのも、いる」

やな感じ、か。リエナのこの表現が出る時は本気で警戒しないとまずいぞ。

「後詰か？」

「わたくしたちを相手にそこまで？」

「実際にいるなら、用意したんだろうな」

考察していても始まらないか。

どの道、このままでは騎士団と正面衝突もあり得る。できれば、アドミスが逃げ込む前に身柄を確保して、ルミネス家を経由して騎士団に責任追及したい。

「リエナ、どれぐらいで追いつけそう？」

「もうすぐ。その角の先」

近いな。入り組んだ裏道を走っているから距離感に自信がないけど、劇場や大通りからそんなに離れてなさそうだ。

騎士団の増援が待機していそうな場所なんてあったっけ？　大通りには千年祭に興行を行う集団を除けば、ほとんどが大商家の出店ばかりのはず……。

「あ」

角を曲がる直前でクレアが呟く。

問いかける前に追走は終わりを迎えていた。

角の向こうは短い路地。その先は広い空間に繋がっている。そこへアドミスの後ろ姿が転がり込むように消えた。

「まだ、間に合う！」

「シズ！　ダメですわ！　戻りましょう！」

僕の腕をクレアが掴んできた。

有無を言わさぬ剣幕に足が止まる。こうも強硬にクレアが主張するなら、この先は本当にまずいのだろう。

迷う。危険を承知で飛び込むか。ここは撤退するべきか。

できれば、後々に残りそうな禍根はここで断ちたい。アドミスが性根を入れ替えるとは思えない。きっと何度でも同じような事をしでかすだろう。

今回は勝ちを拾えたけど、次もうまくいくとは限らないのだ。

だからといって、無理をして皆を巻き込んでしまえば本末転倒なわけで。

「わかった。戻ろう」

「……ダメ。後ろからさっきの騎士、来てる」

リエナが今走ってきた路地の向こうをじっと見つめている。僕には見えないし、聞こえないけど、リエナが言う以上はいるのだろう。

どこか悔しげにしっぽを揺らしているのは、気付くのが遅れたせいか。千年祭という状況が災いした。劇場の時でもそうだったけど、あまり騒がしい場所ではリエナも普段ほどの知覚を維持できない。それは責められない。アドミスに逃げられた時点で、既にその事実を僕は知っていたんだから、それを踏まえて慎重にならないといけなかったんだ。

失敗した。深追いして、立場が逆転してしまった。

「どうする」

ラムズが背後に目を向ける。

こんな場所に魔法を撃ちこまれたら一網打尽だ。ただでさえ騎士の方が数は多いのに、こちらは魔造紙を消費してしまっているのだから、物量勝負では話にならない。

「行こう。大通りに近いなら、一気に突き抜けられるかもしれない」

「クレアさん、この向こうは何があるの？」

突入前にルネが尋ねる。あまり時間がないけど、それだけは確認しておきたい。

クレアは短く一言で答えてくれた。

「騎士団の模擬戦会場ですわ」

通路を出た僕たちを待っていたのは、見事なまでに綺麗な陣形を組んで包囲する騎士団だった。三十人はいるかな。

学園の訓練場ほどの広さの敷地。奥の辺りは一段高く土が積まれ、鉄製の柵で囲われていた。魔物との模擬戦を行うスペースだろう。その近くには巨大な檻と、天幕が設置されている。

大通りに対しては分厚い帳《とばり》が掛けられていて、そちらから中の様子は見えないだろう。

僕たちが出てきた路地と繋がっていたのは観客用の空間。何も遮る物のない広場だ。

アドミスは彼女と同じマントを羽織った偉丈夫に支えられ、僕たちを嘲笑しようとして失敗していた。鳩尾《みぞおち》と顎への一撃はかなり効いている。それでも精神力だけで逃走したのだから、彼女の執念は凄まじい。

もっとまともな事に情熱を燃やしてほしかった。

偉丈夫が睨んでくる。

「貴様が『風神』の孫か」

体格に見合った野太い声。

ラムズよりも頭ひとつは高く、鍛え上げられた筋肉の厚みが鎧の上からでも見て取れて、更にアドミスよりも重装備の甲冑を纏《まと》っている。歳は四十前後ぐらいか。黒髪の壮年は厳めしい造りの顔を更に不快そうに歪ませていた。

マントに刺繍された剣と盾の意匠。

「聖騎士」

応えるように男がアドミスを後ろの騎士に預けて前に出た。

「聖騎士が第二位。トルキンス・コールレイだ」

第二位。じゃあ、得意なのは回復魔法か？

戦士然とした容姿のイメージに合わないけど、前線に立つ魔法士は回復魔法を得意とする者が多い。

リエナもそうだ。ラムズはやや苦手らしい。ココにでも差し入れてもらっておけばいいだろう。

ああ。現実逃避してもダメか。

トルキンスは片手に剣を、片手に短槍を握り、どっしりと構えた。

「あんたもおじいちゃんを目の敵にしてるの？」

答えは返ってこなかった。不動の構えのまま睨みつけられる。

問答無用。『風神』の孫は餌にする。仲間の借りも命で償わせる。そんな感じか。

なら、他に訴えかけてみよう。包囲している騎士たちを見渡す。

「これは騎士団の総意なんですか？」

「無駄だ。この場に揃えたのは聖騎士直属の部下よ。聖騎士の名誉も理解せぬ惰弱な騎士はおらん」

いつかのマルクさんみたいなまともな人がいないのは、今の僕たちにとっては不幸だけど、ああいう騎士も存在する事実自体はこの国にとって良い事なのだろう。

どちらにしろ交渉の余地もないみたいだ。

僕を人質にとるなど考えてもいない。こんな殺意を浴びせられればそうと思う他ない。

「僕が引きつけるから、皆は逆方向から」

「逃げろって言ったら俺がシズを殴り倒す」

「ん。いっしょ」

「水臭い事、言わないでよ」

「わたくしも最後まで抗いますわ」

どうだろう。僕は逃げられないけど、騎士団もガンドール家もルミネス家と正面から敵対はしたくないからクレアだけは大丈夫だと信じたいな。

まあ、誰か一人でも巻き込んでしまう段階で許容はできない。

覚悟の決めどころか。

制約さえ気にしなければ、手段はあるのだ。ただ、騎士団は元より、街の人にまで犠牲を出してしまうかもしれない危険な手段が。

二十倍凝縮の属性魔法の下級、『火《か》・焼塵《しょうじん》』。

本来なら周辺に散った火の粉が一斉に中央に集まり、炎の柱を起こす魔法。

それが二十倍になると、火の粉は篝火《かがりび》のようになり、それらが集合してできる火柱は発火というレベルではなく、小規模な火山活動に近い。この程度の空間なら焼き尽くしてしまうだろう。

これを使えば騎士団であろうと、聖騎士だろうと助かりはしない。回復魔法の名手らしいトルキンスなら多くの命を救うかもしれないけど、全てには手が足りない。

僕らは例の二十倍凝縮した『縛鎖界《ばくさかい》——凱旋路《がいせんろ》』を障壁代わりに設置できる。例えば路地まで戻って、その前後に展開した結界の間で待機すればいい。あの結界の内側に流れ込んできたものは脱出不能なのだ。炎だって例外じゃない。上側からの熱波は防げなくてもそれぐらいなら助かる算段がつく。

でも、火の属性なのだ。ここだけですまない。確実に街の中に飛び火する。千年祭の中で火災が起きれば、どれだけの無関係の人が傷つき、命を落とすのか。

考えるのも恐ろしい。

でも、その混乱の隙に逃げられる可能性は高いのだ。

「……くっそ」

きっとここにいるのが僕だけなら使わなかった。

でも、巻き込んでしまった友達がいるんだ。皆まで殺されるなんて絶対に認められない。

自分と身近な友達を取るか、多数の他人を取るか。

そんなの選べない。

だけど、だからといって、他の手段なんて思いつかない。

考えがまとまらず、奥歯を砕けそうになるほど食いしばる。

僕が決断できない間にも包囲の輪が一段と狭まった。迷っている時間も、ない。

「こうなったらやってやる！　完璧に制御すればいいんだろ！」

上空に発動させて、全員の意識がそちらに向いたところを逃げる。

僕はどっちか片方なんて選べない。それが確かな答えだ。そんな我が侭を通すのに無茶が必要だというなら、いくらでも不可能に挑戦してやる！

バインダーから二十倍凝縮の魔造紙を取り出す。その輝きから二十倍凝縮と察したのか、皆が息を呑んだ気配が届く。

「いくよ！」

「いくんじゃねえよ、あほう」

ガツンと頭頂部に重い一撃が落ちてきた。

軽く舌を噛んでしまって涙が出てくる。

「追い詰められて自棄《やけ》なんぞ思考停止の典型だ。消耗していようが、不利だろうが、冷静に対処しやがれ」

続けて声が降ってくる。痛がっている場合じゃない。

この声、間違いない！

「師匠！」

喜びを隠す事もできずに振り返れば、そこには緑色の実が生《な》った蔦植物がいた。

太い蔦が絡まり合った緑の塊。地面から垂直に伸びていて、僕を見下ろすような位置に実が揺れている。僕の頭を打ち据えたのは、この実なのだろう。

「ちっと目を離せばトラブル呼び込みやがって。呪われてんのか？　お前ほど手間のかかる弟子なんざ、どこ探してもいねえぞ」

ええっと、今の声は師匠で、声は後ろからして、後ろにはこの謎の植物以外には皆しかいなくて……。

つまり、この植物が師匠？

「……師匠、いつから人間捨てたんですか？」

返事はヘッドバンギングじみた実の一撃。痛い……。師匠の拳骨を見事に再現している。

「これは俺じゃねえ。樹妖精の種族特性だ。あー、チビに見せるのは初めてか」

樹妖精の種族特性。植物を操るというけど、こんな事ができてしまうのか。

双方向の通話に、状況も把握しているから視覚情報も得られるのかも。どれほど遠隔操作ができるかはわからないけど、ココの一件の時に師匠が僕たちを案内したのも、これで情報を集めて最短距離に誘導するよう蔦で他の道を塞いでくれたんだっけ。

妖精族や竜族、魔族の特権とも呼ぶべき神秘。

「面倒を片づけて、様子を見てれば下手打ちやがって。格上倒して調子に乗ったか。言ったな？　身の丈を見誤ると味方を殺すんだ。忘れんな」

騎士団は動けない。

隙だらけの僕たちを取り巻いたまままざわついている。

「馬鹿な。そんな、事があるわけない！」

さっきまでトルキンスに漂っていた、油断とは異なる、強者の余裕が微塵も見当たらない。騎士の中には震えている者までいた。

僕の師匠、樹妖精レグルス。凶悪な二つ名は広く知られている。

でも、それにしたって反応が激しすぎじゃないだろうか？　トルキンスはしきりに『馬鹿な』と繰り返しているけど、僕と目が合うと我慢の限界のように吼《ほ》えた。

「あの二人は、あの二人はどうした⁉」

「ああ。四位と五位とかいう聖騎士だったか？　大歓迎で結構な事だったがな。俺がこうして話をしてるんだ。結果ぐらい察しろ」

そうか。

師匠のところにも聖騎士が差し向けられていたのか。考えてみれば当然だ。僕と徹底的にやり合うのなら、当然師匠とも敵対関係になる。僕の味方の中でも最高ランクの戦力を放置するなんてあり得ない。

しかし、二人。アドミスと同格の二人に襲われて、返り討ちにした、と。

やっぱり人間捨ててるとしか思えないんだけど。

「戯言を！　我ら聖騎士が、二人掛かりで敗れるなどあり得ん！」

「現実見ろ、馬鹿野郎。ああ、いい。もう着く」

台詞とほぼ同時。

僕とトルキンスの間に影が差し、音もなく青髪の樹妖精が着地した。

「師匠！」

道の人ごみを避けるためか、屋根を伝って来たんだ。見上げると三階建ての隣の商家。あそこから飛び降りて無傷どころか、音も立てないって……。

しかも、師匠は三人の人を抱えていた。

「ほらよ」

その内の二人を騎士団の方に放り投げる。

騎士、なのだろう。何があったのか、騎士鎧は粉砕されて、ほとんど残骸のような有様。聖騎士のマントは血と土で汚れて見る影もない。当人たちは腫れあがった顔に、痣《あざ》だらけの肌。ちょっと生きているのか不安になるぐらいにボロボロにされていた。

シンと静まり返った。誰かが啜り泣く声がしているなと思ったら、どうやらボッコボコにされた聖騎士たちが泣いているみたいだった。もしかしたら軽く幼児退行してるかもしれない。

次いで、最後に一人を足元に放り出した。

こちらは騎士服じゃない。どこにでもいそうな平民の服を着た男の人。腰を抜かしているのか、一見すると無傷なのに座り込んだまま言葉もない。

「さあ、ようやく役者が揃ったぞ」

白木の杖で肩を叩き、唖然とする周囲を尻目に香木を咥《くわ》え、師匠は最終章の始まりを告げた。

29

急展開すぎて頭がついていけない。

などと腑抜けていると拳骨が落ちてきた。

「呆けてんな。そろそろ時間だ」

「は、はい！　って、時間、ですか？」

「ああ。ったく、馬鹿どもが踊らされやがって。都合のいい駒なんぞ作ったところで、敵に都合よく利用されるのが読めんのか」

「え？　え？」

「チビじゃねえよ。チビは、詰めと読みが甘かったが、格上に二人掛かりとはいえ勝ちを拾えたんだ。まあ、ギリギリの及第点はくれてやる」

……これは、褒められたのだろうか？

判断をつけられないで首を傾げていると、不意に師匠の後ろに近づく影に気付く。

トルキンス⁉

「師匠、後ろ！」

忍び寄って背後からの不意打ち。どれもが騎士のやる事じゃない。

「とったあああああっ！」

背を向けている師匠に剣を振り下ろしてくる。

行いは卑劣でも、実力は間違いなく聖騎士。剛剣はまるで稲妻のようで、岩さえも断ち割りそう。

だけど、ちょっと考えてみればわかる。そんな卑怯な手段も、聖騎士の武技も、師匠に通じるわけなかった。

師匠は振り向かないまま半歩脇に移動して剣を避けた。トルキンスもそれは想定の内だったのか、すかさず短槍を突き出してくる。その一突きはリエナよりも更に速い。

けど、師匠はその短槍を片手で掴み取ってしまった。回避の難しい体幹部分を狙った穂先の根元を、平然と握り締めている。トルキンスがいくら力を入れてもびくともしない。まるで最初からそんな形に削り出された彫刻みたいだ。

「ぬうおおおお——お？」

大剣を再び斬り上げようと雄叫びが上がった。


瞬間、トルキンスは舞い上がった。

物理的な意味で。空に。


側転するみたいに横方向へ半回転。

その飛翔にトルキンスの意志はない。キョトンとした顔をしていた。きっと我が身に何が起きているのかすら把握できていないだろう。

今の一瞬でどんな技が行われたのか、当事者にも、見物人にもわからない。ただ、事実としてトルキンスの巨体が上下反転しながら師匠の頭上へと上昇したのだった。一見すると短槍の先に取り付けられた風船みたいだ。

もちろん、それだけでは終わらない。

師匠は用済みの槍を手放すと、落下してきたトルキンスの胴体に回し蹴りを見舞う。

竜巻が物理的に実体化すればこうなるのだろうか。僕の目の前を爪先が通過していったのだけど、風圧で吹っ飛ばされそうになって、後ろに生えていた蔦植物に支えられたのは僕と師匠だけの秘密だ。

「げぇっぎょ⁉」

悲鳴というか、断末魔の叫びのような声が衝突音に紛れて消えた。

鉄壁に大砲でも着弾したらこんな音がするだろうか。爆発じみた衝撃が炸裂し、鎧も含めれば百キロは重量がありそうなトルキンスが地面と平行して吹っ飛び、天幕へと突き刺さる。

柱が折れたのか、崩れ落ちる天幕。

天幕が完全に倒壊しきって、広場に静寂が戻り、しばらく待ってもトルキンスは復活してこなかった。

「……馬鹿が」

師匠のトルキンスに対する評価はそれだけなのだろう。

香木の煙を吐き出して、騎士団を一瞥する。視界に入った全員が身を震わせていた。文句があるならかかってこい、という事なんだろうけど、今のを見て挑める人間は怖いもの知らずではなく、ただの馬鹿だ。

僕は思わずリエナとラムズと顔を見合わせてしまった。僕たちの組手の時はどれだけ手加減されていたのか。

「おい。そこの騎士。模擬戦用の魔物はどこだ？」

「ひ、ひゃい！　あちらの檻にいる鎌足百足《かまあしむかで》です！」

騎士の一人が直立して答えた。

模擬戦のためにどこからか調達した魔物。鎌足百足は伏していても僕の膝ほどもある巨大な百足で、特にその足は鋭い鎌となっている。土壌では足場が危うく体を支えづらいので、木の上などを移動し、頭上から獲物に襲い掛かるという恐ろしい魔物だ。

たとえ急降下での致命傷を避けても、噛まれるとマヒ性の毒を注入される。こいつの生息する森では頭上の警戒は必須。

つまり、同じ地面で戦うのは戦力半減なので、模擬戦と称しつつも割と騎士たちに優位になるチョイスだったりする。

「チビ。あれがわかるか？」

「え？　鎌足百足、です」

答えつつも、そんなわかりきったことを尋ねる師匠じゃないので、改めて観察してみる。

魔物なので檻の中からでも近くにいる人間――つまり僕たちに強烈な害意を抱いていて、しきりに檻に体当たりしている。硬い外殻に覆われた魔物の突進は恐ろしい。けど、檻は最初からそれを考慮した物だ。壊される様子はない。

この魔物を実際に見るのは初めてだけど、一年次生の時の授業で習った通りだ。

敢えて言えば、大きめの個体に見えるけど、それだって過去の記録の範囲内、だよなあ。

「観察力が足りねえ」

ゴツンと頂く。

「あれはかなり長く生きている。何故、わかると思う？」

「体が大きいから、ですか？」

魔物の種類によって違うけど、基本的に魔物は長く生きれば大きくなる。

「生育環境によって個体差がある。それだけで確定はできん。他には？」

餌の質や量で大きさは変わるから、小さくても長生きしている魔物もいるだろう。

もう一度、よく観察してみて、気付いた。

「……傷跡が、多い？」

鎌足百足の外殻には大小さまざまな傷跡があった。檻に体当たりする頭部を筆頭に、古い傷が全身隈なく刻まれている。

あれは何度も何度も檻に体当たりして、傷が癒えない内にも体当たりを重ね、変形しながら固まった傷口なのかもしれない。

「そうだ。魔物の生涯に平和なんてねえからな。戦いの連続だ。そうなりゃ、長く戦った分の古傷が残る。無論、戦闘経験にもな」

なるほど。そういう要素も見極めないといけないんだ。同じ魔物だからって同じ脅威とは限らない。覚えておこう。

「で、そんな魔物に注意する点はなんだ？」

え？　まだ続くの？

それよりも今は騎士団への対処が優先だと思うのだけど……。うん。まあ、もう誰も師匠に掛かってくることはなさそうだけどね。

とはいえ、師匠が言うからには学ぶべき事なのだろう。

「えっと、戦い慣れてるなら、せめて自分に有利なように戦います」

「たとえば？」

「もちろん魔法で……」

そこでバインダーに視線を注がれて気付く。

「使える魔造紙は……誰か、属性の下級持ってない？」

アドミス戦で使い切ってしまっているので、後は威力に欠けるか、逆に威力がありすぎて街中では使えない物ばかりだ。

見渡すと全員が微妙な表情。まあ、出し惜しみしていられる状況ではなかったのだ。騎士相手に消費してしまっているよね。

「すいません……」

「追撃する前に補充は必須だ」

ゴツンともう一発頂いた。本当にその通りです。

考えてみれば杖も折れてしまったのだ。興奮していたせいか忘れていたけど、治療もしていないので脇腹だって痛いまま。我ながら迂闊すぎる。

「……そろそろか？」

師匠は騎士団を視界にも入れず、かといって魔物を退治する事もなく、香木を咥《くわ》えている。

まさか、素手で魔物を倒してこい、とは言わないよね？　え？　ここって自主的に行くところなの？

自問自答を繰り返していると、リエナが僕の袖を引いてくる。見れば猫耳が伏せて、しっぽが小刻みに揺れて、表情もどこか心細そう。

「どうしたの？」

「あれ……。あれ、やな感じ」

来る途中に言っていた奴、騎士の事じゃなかったのか。でも、既に魔物の討伐経験もあるリエナが殊更に言うのは何故だろう？

疑問に思っている間に再び状況が変わる。

「ちっ、わかっていても不愉快だな」

師匠の舌打ちが聞こえて仰ぎ見れば、不愉快そうな顔をした師匠。その睨む先には鎌足百足……のはず、なんだけど。

「何あれ？」

鎌足百足が輝いていた。

色合いは黄金の眩《まばゆ》さなのだけど、激しく明滅しながら段々と輝度を上昇させていく様は、見る者に不安を抱かせる不吉が滲んでいる。

いや、違う。輝きが増しているように見えているのは事実と違う。

鎌足百足自体が巨大化しているんだ。

まるで輝きの明滅は鼓動のように、輝きに合わせて魔物の体積が増加する。異常な巨大化に理解が追いつかず、光が強くなったと錯覚したのか。

生物の常識どころか、物理法則さえ無視した変化。まるで別の世界の出来事みたいだ。一呼吸する間に膨張は続き、頑丈なはずの檻は早々に内側から破られる。近くの檻も何もかもを押し潰し、鎌足百足だった魔物は周囲の建物を超える程に身を伸ばし、人間にはとても奏でられない奇怪で不快な咆哮を上げた。

そして、輝きが消え去った後には、遠近感が狂った光景が誕生している。

硬質の光沢を宿した外殻。大木さえも噛み砕きそうな顎と牙。名刀を連想させる鋭利な鎌の足は二十組ほどだろうか。

頭部に穿《うが》たれた眼窩《がんか》では凶暴な敵意が燃えている。

「魔王……」

誰かが呟いた。

そう、魔王。

百年生きた魔物が進化し、巨大化した姿。

軍が師団を組み、多くの犠牲を覚悟に挑むべき相手。

鎌足百足の魔王。

動けない。

僕も、皆も、騎士団も。

魔王は僕たちを睥睨《へいげい》しているだけなのに、動いた瞬間に最初の獲物に選ばれてしまうのではという恐怖に心身が固まってしまった。

遠くで悲鳴が聞こえる。これだけの巨体だ。騎士団が張った幕で隠しきれるはずがない。大通りにいた人が魔王の異様に気付いたんだ。

魔王の視線――虫の視線の意味なんて理解できないけど――少なくとも、意識は悲鳴の方に向かった。

「……助かった？」

誰かの楽天的な台詞が耳に届いた。

見ればアドミスがへたり込み、騎士団の多くが同様に腰を抜かしたのか尻餅をついていた。

僕はとてもそんな気分になれない。

「このままじゃ！」

魔王は大通りに攻撃を仕掛ける。途中にいる僕たちを行きがけの駄賃のように蹴散らして、突撃するだろう。そうなれば惨劇の幕開けだ。

駆け出そうとして、

「あほう」

ガツンと殴られて前のめりにすっころんで、勢い余って一回転する。

仰向けの視界に、一人だけまるで変わらない態度で魔王を睨む師匠が映った。

「師匠⁉　でも、あいつをどうにかしないと！」

「情報も手段もなく突っ込むな。手前が無駄死にして終わるだけだろうが。それとも何か策でもあるのか？」

「ないです……」

「及第点も取り消しだな。よく見ろ。奴は動いてねえだろうが」

本当にいつも通りにお説教してくる師匠の姿に少し落ち着いた。

指摘されてようやく気付く。魔王が、魔物の王が、他の生命に敵意溢れる魔物が、未だに攻撃してこない事実に、だけじゃない。

この、鮮烈な殺意に。

いつか師匠から浴びた殺意。あれが広場を支配している。敵味方、種の別もなく、恐れ戦《おのの》いて行動の自由が奪われていた。

もしかしたらリエナ辺りは魔王の威圧でなく、師匠の殺意に身をすくめているのかもしれない。

魔王ですらも恐怖に縛られていた。虫に感情の有無があるのかは不明だけど、少なくとも奴の生存本能は師匠を最大の脅威と認めて、不用意な行動を自制している。

師匠、睨むだけで魔王を止められるって、メチャクチャですよ。

僕が畏怖するのも意に介さず、師匠は一度香木の煙を長く吐き出して、語り始めた。

「特別指導だ。よく見ておけ、これが魔王——といいたいところだが、小ぶりだな。所詮は紛い物ってわけか。なあ、おい」

最後の言葉は師匠が連れてきた男に向けてだった。

男はガタガタ震えたまま応えない。恐怖で声が耳に入っていないのかもしれない。それが魔王によるものか、師匠によるものかは判別できないけど。

「まあ、これを更に二回りもでかくしたものを想像しろ。基本、魔王と言っても元の魔物とは大差がねえ。形《なり》こそでかいが、性質も、構造も、種族特性もそのままだ。あと知らねえ奴が多いが、成り立ては魔王も自身の変化に対応できねえのが多い」

淡々と、解説が続く。

非常に興味深い内容だけど、いまいち集中できない。こんな状況でも平常心でいられるのは師匠だけ……って、こんなに殺意だだ漏れなんだから、平常心じゃないのか。でも、冷静、だよなあ。感情をコントロールしている。

段々と僕も達観してきてしまった。本来なら絶体絶命の緊迫した展開のはずなのに、ここに師匠がいるだけで青空教室か野外授業の様相を呈してしまっている。

「肝心の魔王を倒す方法、言ってみろ」

魔王の倒し方。

こんな巨大生物の対処法なんて想像がつかないけど、一般的には軍による極大魔法による殲滅という話だ。

「極大魔法、ですよね？」

「半分正解だ。魔王と言っても魔物と大差ねえんだ。頭なり、心臓なり、大量出血なり、元の魔物が死ぬ程度の傷を負わせりゃくたばる」

「そんな簡単に言われても」

体が大きい、ただそれだけで脅威は跳ね上がるのだ。

仮に心臓を狙うとして、ただの魔物なら剣の切っ先を届けるだけで達成できる。だけど、魔王になれば剣では単純に心臓まで届かない。外皮の厚みだけで止められてしまう。剣のみで成し遂げるなら、外皮を斬り剥がし、肉を抉《えぐ》り、骨を断ち、その奥に隠れた内臓を貫く必要がある。難易度は比べるまでもない。

「そうだ。単純に数倍の威力が求められるから、極大魔法の名前が出やすい。だが、的確に急所さえ潰せばその限りではねえ。特に魔法なら場合によっては下級でも有効打になるし、上級なら致命傷も狙える」

言われてもビジョンが浮かんでこないんだよなあ。

この鎌足百足の魔王は師匠に怯えている状態でも、やはり威圧感がとんでもない。果たして僕の普通の属性魔法で倒せるだろうか？

いや、他にも確実で簡単な方法がある。

「あの、二十倍凝縮なら倒せるんじゃ？」

「だろうな。極大魔法より破壊力があるんだ。余裕だろうよ」

やっぱり、そうですよね。二十倍凝縮した上級の属性魔法なら一撃だろう。

「で、それをここで今、使うのか？」

「……使えません」

その通りだった。ここで使えば魔王は倒せても、王都に深刻な被害を及ぼしてしまう。

ついさっき二択を迫られて葛藤したんだ。手段の一つとして確立するのはいいけど、それに頼り切ってはいけない。だから、師匠はわざわざ指導してくれている。

「中には例外もいるがな」

「例外、ですか？」

「植物の魔物に脳や心臓があるか？」

なるほど。それはそうだ。植物の生命力を考えると、根こそぎ焼き尽くすか、粉微塵に砕くかしないとダメだろう。

僕が納得したところで師匠が歩き出した。白木の杖を片手に、無造作に魔王へと歩を進めていく。

30

あっという間に魔王の間合いに踏み入れてしまった。

魔王は恐怖が限界を超えたのか。自らを奮い立たせるように咆哮を上げる。正直、その気持ちはよくわかる。激怒した師匠が接近してくるとか、僕なら怖すぎて正気を保てる自信がないよ。

魔王は奇声を上げたまま巨大な顎を急降下させた。

強靭な頭部と顎による一撃。まるで地面が爆発でもしたみたいだ。踏み固められていたはずの地面が簡単に抉《えぐ》られ、盛大に土煙が上がる。

僕たちは悲鳴も上げられない。咄嗟にリエナを庇って伏せるのが精一杯。ぼうっと立ち尽くしていたラムズや騎士は盛大に転げ回っている。

鎌足百足の魔王が再び頭を持ち上げた。自爆みたいにしか見えない光景だったけど、その甲殻には傷一つない。ぞっとする。あんなのをくらえば、人間なんて原形も留めまい。

「魔王に限らず、巨大な魔物への攻撃の基本は身動きを封じる事だ」

淡々とした声が煙の中から聞こえた。

風に払われる土煙から師匠が現れる。こちらも全くの無傷。鎌足百足の魔王が抉った地面の外側。その手には開かれたバインダーがあった。

「いけ。『土《ど》・呼塔《ことう》』。続けて六枚」

既に魔造紙は放たれていた。

百足の右側、後ろから六本の足の直近に、瞬きの間に下級の土の属性魔法が発動する。地面から土の杭《くい》が飛び出した。

タイミングも絶妙。攻撃の直後で鎌足百足の魔王は躱せない。

だけど、下級の属性魔法では魔王に通じない。土の杭と言っても成人男性程の高さ。魔王の胴体にも届かない。足の鋭い鎌に切り裂かれてしまうだけ。

「嘘……」

呟いたのは誰か。でも、この場にいる皆の気持ちを代弁していた。

通じないはずなのに。土の杭が直撃した六本の鎌足が胴体から分離した。

二十倍凝縮なんかじゃない。ごく普通のありふれた魔造紙。普通の魔法。これぐらいの魔造紙、ルネならもっと強力なのを書ける。

一気に六本の足を失った魔王は自重を支えられずに横転する。痛みからか、驚きからか、残りの足を大いに振り回すけど、土埃を起こすだけ。

ただ暴れるだけの攻撃が師匠に当たるわけがない。師匠は既に退避している。いや、退避だけじゃない。もう次の攻撃に移っていた。

「まず足を潰せ」

移動先は魔王を挟んで逆側。

土埃に隠されていなかったので、今度はしっかり見えた。走りながら魔造紙を発動させている。空中には六枚の赤く輝く魔造紙が浮いていた。

「いけ。『風《ふう》・転扇《てんせん》』」

魔造紙を中心にギロチンじみた扇状の風の刃が高速で回転する。その周回の範囲内にあった六本足が次々と千切れ飛んだ。

黒い体液をまき散らして暴れる鎌足百足の魔王。足の失われた下半身は重りにしかならず、満足に移動もできない。その場で身を悶えさせるばかりだった。

その分、先にも増して大暴れしているせいで周囲は残りの鎌足が雨のように激しく突き刺さる危険地帯に変貌した。

「師匠！　……え？」

標的にされているはずの師匠は、気が付けば僕のすぐそばに帰還済みだった。いつ戻ったのかまったく気付かなかったんだけど。

いつも襲われる側なのが第三者の立場で観戦しているせいか、初めて知った事がある。師匠は足が速いけど、姿を見失う程の超高速で走ったりはしていない。

なのに、模擬戦の時の僕も、今の魔王も、師匠と戦うと見えなくなる。

「ぼさっとしてんな」

杖の先で小突かれて、思考から現実に戻った。

「狙うなら関節だ。構造上、どうしても脆《もろ》い。ただし、毛皮のある奴は毛並みに逆らわず刃を立てねえと駄目だ。それと体重のかかるタイミングも考えろよ。負担のかかっている時の関節は特に脆いからな。狙い時だぞ」

隣で伏しているリエナが感心したように頷いているけど、そんなのを見切れるものなのだろうか。だけど、こうして目の前で実演されてしまえば疑うわけにいかない。

「ちなみに、これで満足するのは二流だ」

「これで、ですか？」

師匠の一流の基準はどうなっているんだろうか。

僕が困惑していると、突如として魔王の身が跳ねた。長い体で地面を叩き、破裂音が広場に響き、高々と建物よりも上に軽々と飛び上がる。

まず、あんな巨体が高く跳躍できる事実に驚き、そのシルエットが変化している事で更に驚いた。

下半身――師匠に足を潰された後ろ側がない。

自切。虫の中には負傷などでハンデを背負った部位を自ら切り離すものがいる。この魔王もそれを実行したというのか。

ともあれ、身軽になった魔王が大量の鎌足を広げ、巨体で僕たちをまとめて押し潰そうとしてくる。

広い影が迫ってきて、その軌道は僕たちを狙い定めていて、今からでは到底、回避は間に合わない。

方々から悲鳴や泣き声が溢れ出す。僕はリエナを抱きしめたまま、師匠を見上げた。

「百年樹」

師匠はトンと、地面を蹴っただけ。でも、それだけで十分だった。

魔王の直下から一本の木が生え、急速に成長していき、まるで鉄杭のように魔王の腹部に突き立ったのだ。

先端が外殻を貫き、槍みたいな枝が抉り、刃の如き葉が内側から切り刻む。

魔王の巨体をものともせずに、ぐんぐんと成長を続けて地上五メートル程度だろうか、周囲の建物より頭ひとつ上ぐらいにまで魔王を持ち上げてしまった。腹を貫かれた魔王が激しく暴れているのに、少し幹が揺れるだけで折れる気配はない。

樹妖精の種族特性——植物操作。

虫特有の凄まじい生命力で暴れる鎌足百足の魔王だったけど、更に幹を太くした大木はびくともせず、次第に広がっていく枝葉に飲み込まれ、全身を細断されていった。残骸と体液が辺りに落ちて、凄惨な光景と異臭に騎士たちの何人かは嘔吐する者もいる。

「ルネ、顔色悪いよ」

「シズも。真っ白だよ」

気丈なクレアも言葉を失ってふらついていた。平気なのはリエナとラムズぐらいか。あと、師匠。

「虫の自切に限らず、追い詰められた獣は死力を振るう。殺し切るまで油断するな」

鎌足百足の魔王の奥の手も想定済み。

まるで相手になっていなかった。だって、未だに香木を吸いながら解説しているんだから。魔王を教材代わりにするとか誰が想像できるんだ。強すぎるだろ、この人。

師匠がもう一度地面を蹴ると、大木がみるみるうちに萎んで、枯れて、細かい木片となって散らばった。

後には魔王の姿はなく、残骸だけが落ちている。

「足止めて、とどめ。基本だな。次はチビがやれよ」

手本は見せたから実演しろ、と?

生憎と僕の人生設計に魔王とバトルする予定はないのだけど、なんの準備もなく遭遇戦になったらどうなるか、今回で証明されてしまった。

機会の有無なんて誰にもわからないのだから、せめて方法ぐらいは考えておこう。うん。その、また今度にでも。

現実逃避しようとしたせいか、忘れかけていた問題を思い出す。

「あの、師匠。危ないところをありがとうございました」

まずは感謝だ。僕が失策で皆を窮地に立たせてしまったのを助けてくれたのだから。

師匠は肩をすくめるだけ。視線で先を促してくる。

「色々と聞きたい事があるんです」

「いいぞ。言ってみろ」

疑問が多すぎて、どこから切り出すべきかまとまらない。

いや、一番大事な部分をはっきりさせないと始まらないか。

「師匠は何をどこまで知っているんですか？」

「具体的には？」

「僕たちの状況は全部知っていると思います。劇場の事も、聖騎士の目的も、そういうのは全部。でも、それだけじゃないんじゃないですか？」

師匠は甘くない。

僕にできる事だと判断したら手を出したりしない。

このタイミングで現れたのだから、騎士団に囲まれたところで僕の限界だと判断したのだろうし、それは間違いない。実際、あの状況は詰みだった。

だけど、その判定が微妙じゃないだろうか。

騎士団が動いているのだ。僕個人はもちろん、皆を含めても個人やその集まりが組織に対抗できるわけがない。いや、師匠みたいな例外は別としてだけど。

師匠は無茶を言っても、無理は言わないのだから。

泣き言には拳骨だけど、無謀にはお説教。甘くはなくても、厳しいだけでもないんだ。

なら、もっと早い段階で介入しているのではないだろうか。騎士団との対立は確実にその領域にある。見守るにしてもギリギリでアドミスの撃破まで。他の聖騎士が動いているなら、逃げ出したアドミスを先んじて捕獲。後詰も全滅させて待っているとか。然るべき対処を指導してくれるのではないだろうか。

それが今回は騎士団に包囲されるまで登場しなかった。

「僕の知らない何かがあるから、最後まで様子を見ていたんじゃないですか？」

その辺りに師匠が連れてきた男が絡んでいる気がする。

尻餅をついたまま震えている男は何度も逃げようとしているのだけど、その度に師匠に睨まれて断念していた。

彼に味方する人間はこの場にいない。僕たちは知らなくて、騎士団でもないらしいこの男の存在。無関係ではないだろう。関係ない人を師匠がわざわざ抱えてくる理由もない。

「それに、今の魔王が絡んでいるんじゃないですか？」

唐突に魔物から魔王へと進化した事も。

魔物が百年生きれば魔王になる。

その辺りにいる魔物だって、生後から百年を迎えて魔王に成長する可能性はある。けど、今回の件を偶然で片づけるわけにはいかない。

たまたま鎌足百足が生後百年を迎えて。

たまたま千年祭の騎士団の模擬戦のために用意されて。

たまたま僕たちが居合わせたタイミングで魔王になるものだろうか。

それはある恐ろしい可能性の存在を意味している。即ち人為的な魔王の誕生。

魔物の生態に人為が介在しているなんて考えたくもないけど、作為なしで起きるなんてあり得ない。

「ふん。もう少し早く気付けたなら褒めてやったがな」

その返事は肯定を意味していた。

師匠は僕だけじゃなく、騎士団にまで視線を巡らせ、最後に幕の隙間からこちらを窺っている野次馬へと向ける。

いや、人ごみから中に入ってきた人を見ているんだ。

「これは何事か！」

怒号に近い大声を響かせて、護衛らしき騎士が持ち上げた幕を潜って入ってきたのは貴族らしい男だった。

四十代後半ぐらいの背の低い痩せた男。不健康そうな白い肌も手伝って、一見するとひ弱に見えてしまいそうだけど、鋭い目つきが印象を逆転させている。

華美な身なりから察するに貴族の中でも高位の人なのだろう。

「アラン様？」

クレアは知っているらしい。その声が聞こえたのか、男——アランがクレアに気付いて目を丸くした。

「……君はルミネス家のクレア殿？　どうして君がここに？　いや、それ以前に何があった？　トルキンスはどうした⁉」

潰れた天幕の下で半死半生です。たぶん。

アランという貴族の登場に慌てる騎士たち。リーダーの不在以上に蒼白な顔をしている。

今の内に情報を共有しておこう。クレアに顔を寄せる。

「誰？」

「アラン・ガンドール。ガンドール家の御当主ですわ」

あれが、三大貴族の一角、ガンドール家。その頂点なんだ。

アランは騎士たちから事情を聞き出していき、顔色を赤くしたり、青くしたりとしつつも、怒号と叱責を交えながら場の収束に動き出した。

魔王の出現による市民の混乱の収束。模擬戦の中止。関係者の捕縛など、次々と指示していく。

三十分ほどでようやく状況が落ち着いてきた。

周囲にいた騎士たちは解散され、トルキンスとアドミスは捕縛。僅かに残った騎士たちとアラン。

そして、僕たちだけが残される。

「君たちからも事情を聞かせてもらうぞ。我ら騎士団と何があったか、全てありのままに答えるのだ。いいな？」

「馬鹿とあほうの間か……」

尋問に近い気配で詰め寄ってくるアランを師匠は一瞥した。

鋭い視線にアランは眉を顰《ひそ》めている。ちょっと感心してしまった。師匠に睨まれて怯《ひる》まないなんて大貴族すごい。鈍いだけじゃないならいいけど。

「何を言って……」

「おい」

師匠はアランの鼻先に香木を突きつけて、その言葉を遮った。

今度こそ困惑から憤怒に色を変えるアランだけど、師匠の方がペースを握っている。

「手前の膝元ぐらい管理しとけ。都合のいい流れに便乗して、そのまま流されてんじゃねえよ。上が下手打ちゃあ、部下も死ぬし、周りも迷惑被るんだ。貴族の縄張り争いなんぞ欠片も興味はねえが、領分超えてくんならまとめて潰すぞ」

大貴族の当主相手でも一切、対応を変えない師匠。

貴族とか嫌いだろうしなあ。

あまりにあまりな台詞に顔を紅潮させたアランが怒鳴ろうと息を吸ったところで、師匠は狙い定めて言葉を続ける。

「揃いも揃って、ケンドレットに踊らされやがって」

31

千年祭、最終日。

劇団コーデリアは全公演で満席のまま、全ての日程を無事に終えた。

千秋楽を迎えてカーテンコールで喝采を浴び、興奮冷めやらぬまま舞台衣装の役者たちが舞台裏で裏方と喜び、讃え合っている。

遂にはコーデリアさんも感極まって号泣。男泣き（？）するコーデリアさんを全員で胴上げしたりもした。重すぎた上に、勢いがつきすぎて五回目で潰れてしまったのもいい思い出だ。

僕たちもその輪の中にいる。


二日目から舞台に復帰できたのだけど、事情を知った団員たちの反応はまちまちだった。

災難だったなと同情してくれる人もいれば、面倒事を引っ張ってきたと迷惑顔の人もいて、お世辞にもいい空気ではない。

そんな団員をコーデリアさんは一喝。

『狙われたのはこの子たちのせいじゃないでしょ！　劇団コーデリアなら仲間のピンチを助けるのは当然じゃない！　この子たちはうちの子よ！』

僕たちはあくまで協力者。お手伝いでしかない。

だけど、少なくともこの舞台の成功を本気で願って、全力を尽くしている仲間だ。

同じ舞台に取り組む者同士。お互いの本気は嫌でもわかる。僕にだって彼らの本気がわかるぐらいなのだから、きっと彼らもわかってくれたのだろう。

以来、誰も僕たちに文句を言う者はいなかった。

コーデリアさん、マジで漢《おとこ》ですねって言ったら殴られたけど。割と本気パンチで。


ともあれ、名残惜しいけど、僕たちの舞台は終わった。

僕たちはあくまでお手伝いで、進むべき道は演劇の世界にはない。

夕方の公演を終えて、そのまま盛大な打ち上げが行われ、夜も深まったところでお開きとなり、もうお別れなのだ。

「あなたたちなら大歓迎だけど、ダメ？　卒業したらコーデリアに入らない？」

「すいません。僕にも目標がありますから」

「ああ、もう。そう言われたら引き留められないじゃない。残念だけど、応援するわ。あなたたちならいつでも歓迎するから。次の公演も見に来てね？」

大きな腕で六人まとめて抱きしめてくるコーデリアさん。

最初は女装した筋肉ダルマなんて思ってたけど……いや、それは未だに変わらないけど、劇団コーデリアの人たちがこの人についていくのも納得できる。

舞台は概ね好評だったけど、やはり目新しい演出には賛否両論があった。派手な見た目で素人を喜ばせているだけだとか。演技は二流だとか。かなり酷評もあったみたいだ。

普通なら凹んでしまいそうなところだけど、コーデリアさんはそれらを検討して、反省して、改善していくのだと息巻いている。称賛も批判も受け止めるのが表現者の義務なんだとか。全てを糧にして前に。その姿勢は僕も見習いたい。

劇場は他の団体も使うし、次回作の構想を練る時間もいるし、練習時間も必要だ。次の公演は春だろうか。

その時、僕たちは学園を卒業しているかもしれない。でも、公演は絶対に見に行こう。

いつまでも手を振るコーデリアさんや劇団員さんたちに頭を下げて、僕たちは学園への帰路についた。

もう二時間もすれば日付が変わる時刻。

普段なら王都といえどもほとんどのお店は閉まり、多くの家が照明を落としている時間帯だけど、千年祭の間だけは別だった。

子供の姿こそないものの通りには多くの人々が行き交い、家や店から宴会の雰囲気が伝わってくる。このまま夜通し朝を迎え、新年を迎えるのだろう。

学園の寮もこの時ばかりは門限が緩い。日付が変わる前に戻れば大丈夫。

「しっかし、最後の最後で焦ったぜ。シズが舞台に飛び出るんだからよ」

「いや、だって折れた『命名《めいめい》：断竜牙《だんりゅうが》』が飛んできたんだよ⁉」

あんな大質量の刀身がひゅんひゅん回転しながら飛んできたんだ。怖いって。

「シズ。召喚魔法で出現した物は破壊されると消えてしまいますでしょう？」

「ぐっ。確かに当たる前に消えたけど」

落ち着いて考えればわかるけど、咄嗟の事態で慌てるなって無理じゃない？　心構えしてたら別だけどさ。

「ふふ。脚本家の先生、凄かったよね。仲間の危機に駆けつけた第六始祖だって、いきなりナレーション入れてさ」

ルネ。確かに凄かったけど、あれはもう自棄《やけ》だったと思うんだ。自ら喉を嗄らしてナレーションしてる時、完全に目が据わってたし。

最終決戦のクライマックスに場違いな子供が登場してしまったのだから、ちょっとぐらいキレてしまっても仕方ないかもだけど。

上級の光と闇の属性魔法がぶつかり合うシーン。観客の注目を逃れられるわけがない。そこからは完全に行き当たりばったり。脚本家さんの罵声交じりの指示の嵐。

「二十倍凝縮『縛鎖界《ばくさかい》――凱旋路《がいせんろ》』の重ね掛けとか、もう中が何も見えなくなってたよね」

「さすがのコーデリアも怯えてましたわ。何をされてしまうのだろう、と」

最終的には予備も含めたありったけの二十倍凝縮『力《りょく》・浮漂《ふひょう》』で視界を潰して、僕もコーデリアさんも退場という終わり方になってしまった。

舞台にお住まいの魔物さんは最後の最後まで活躍してくれたわけだ。くたばれ。

「終わり良ければ全て良し、ですね」

「ココ。脚本の先生には言ってやるなよ」

一日目もストーリーが破綻しないようにアドリブで繋げた上に、僕たちがかなり派手に魔法を使ったせいでそれに見劣りしない展開を考え直して、舞台底からココに指示を出していたのだから、頭が下がる。

最終的には『初公演だけの特別協力として騎士団と魔法学園による演出』で押し切ったのだとか。まあ、騎士団としても自らの醜聞を広めたくはないのだろう。話を合わせている。

「あれ、大変でしたけど頑張りました！」

ココはぶれないなあ。ほめてほめてとラムズを見上げている。

助けられた時に頭を撫でられたのがきっかけか、ココはラムズに頭を撫でられると本当に幸せそうな顔をするんだよ。

さて、ラムズさん。非常に苦しい時間です。後輩が無邪気に求めるふれ合いに応えられるでしょうか。大通りのど真ん中で。

などと心の中で傍観していたら、

「ん」

背中にリエナがぐりぐりと額をこすり付けてきた。いや、別にラムズが羨ましいわけじゃないって。え？　違う？　リエナ『が』撫でてほしいだけ？　いや、でも、この衆目の中は、ちょっと……。

ルネもクレアもニコニコ見守ってないでさ！

崖っぷちに追い詰められたような表情のラムズと目が合う。きっと僕も似たような顔をしているんだろうな。

「あ、あー！　あれ！　今日の子供たち！　喜んでたな！」

「そ、そうそう！　孤児院の！　クレアが招待したんでしょ！　さすがだね！　友達として誇らしいよ！」

かなり強引な話題転換だけど、僕も乗っておく。

しょぼくれるココと、変わらず背中をぐりぐりとしてくるリエナ。二人の不満は理解しているけど、今は勘弁してください。

「ふふ。いつもとはいきませんが、たまにならいいでしょう？」

「そうだね。劇団に入りたいって子もいたみたいだよ」

「魔法使いになりたいって奴もな」

意外にいい宣伝というか布教活動になったのかもしれない。

この十日間の舞台や、千年祭の出し物に、騎士団との戦いなど、楽しかった事も大変だった事も辛《つら》かった事も、たくさん話しながら学園に向かう。

大通りが第二城壁にぶつかり、城壁沿いに学園までの半周をのんびりと歩く。

いつもより明るく、人の姿があるとはいえ、初日のような人波はもうない。自然と静かな時間ができた。近くて遠い生活音の中に、僕たちの歩く音だけが聞こえる。

「ルネは研究員か!?」

ココ、恐ろしい子！

「もし、もしも、ダメだってなっちゃったら、うちの婿養子……」

「お、おう。頑張るけどよ」

「大丈夫です！　ラムズ先輩なら立派な将軍にだってなれます！」

今回の一件で軍人への未来が揺らいでしまったのだろうか。ラムズの眉間に皺が寄る。

「俺も軍人は目指してるがな。家の問題をどうにかしねえといけねえよな。ケンドレットの支配も含めてよ」

確かに、この時期に考えないわけがない。

将来への不安か。

「ああして、自分のやりたい事を全力で取り組んでる人を見ると、卒業した後の自分はちゃんとできるのかなって、ね」

でも、とルネは続けた。

没落したとはいえ名家のグランドーラ家。その歴史を継承するのがルネの夢だ。

「ううん。ボクの夢は『灰のエルサス』を継ぐことだから」

無意識らしいルネの呟きに反応すると、ルネははっきりと首を振る。

「あれ？　ルネは興味あった？」

「演劇かあ」

危うく三つぐらいすっ飛ばして将来が確定しかけたラムズがルネに話題を戻す。別にココが嫌ってわけじゃなくて、自分がどこまでできるか試してみたいのだろう。

「そうだね。もう少し土の属性魔法を研究して、そしたら一度実家に帰って、秘伝を継承かなあ。そうしたら、今度は学園の教師を目指そうと思うんだ」

ルネが教師、か。

僕の持つ教師のイメージって師匠と学長先生なんだけど。ルネだったらどんな指導者になるのか、ちょっと想像できないな。

「わたくしは一度ルミネス領に帰らないといけませんわね」

「……そうなの？」

リエナが僕の背中からちょっとだけ顔を出してクレアを見つめている。

クレアと会えなくなるのが嫌なのだろう。ラクヒエ村を出る時でさえこんな反応をしなかったリエナが随分と心を開いたものだ。

「ふふ。でも、すぐに戻ってまいりますわ。助手にならないかというお話がありますの」

さすがクレア。助手となれば必然的に研究室の後継者候補。僕たちに付き合いながらも他の教師との交流を深めていたんだ。

「そう」

ちょっと素っ気ないふりで顔を隠してしまうリエナ。でも、しっぽが揺れているから喜んでいるのがわかる。

「リエナさんは……シズと一緒ですわね」「だよね」「だな」「はい！」

「ん」

そこに疑問の余地はないらしい。まあ、僕もリエナが望むなら反対する理由なんてどこにもないし、正直に言えば嬉しい。

「シズは、どうするの？」

「そうだね。魔導士を目指すって目標はあるけど……」

魔導士というなら宮廷魔導士だろうか。

近衛騎士団に並ぶ王城の守護者。騎士や軍よりも狭き門。今まではぼんやりとそんな将来を思い浮かべていた。

だけど、その前に成し遂げたい事ができてしまったんだ。

僕が答えるより先に裏口に到着してしまった。

門限まで時間があるとはいえもう夜遅い。クレアには家の人が迎えに来ていて、ラムズもココを送っていくと帰路についた。

僕たちもそれぞれの寮に向かうのが自然なのだけど、一人だけ足を止める。

「シズ？　どうしたの？」

「ごめん。ちょっと用事。先に戻ってて」

「いいけど……大丈夫？　門限までもう一時間ないよ？」

「平気。用事って言っても学園内の事だから」

リエナもじっとこっちを見ているけど、大丈夫だからと部屋に戻らせる。

そして、僕は一人で目的地に向かった。


「師匠」

「ガキは寝る時間だぞ、チビ」

いつも訓練をしている空き地。

冴え冴えと輝く月光の下に青髪の樹妖精が待っていた。

32

「今回もお世話になりました」

まずは頭を下げる。

やはり、師匠は礼などいらんとばかりに肩をすくめて、話の先を促してくる。

「わざわざ呼び出した用件はなんだ？」

そう。千年祭の終わりにここで待っていてほしいとお願いしてあったのだ。

「師匠、教えてほしい事があるんですけど」

「おう。俺も言いたい事があんだ。そっちから、先に言え」

師匠はいつも通り香木を咥《くわ》えて、こちらを見下ろしてくる。

間抜けな事を言えない緊張感が漂ってきて、前はこれが怖かったなと思い出した。今もやっぱり怖いけど、それだけでもなくなっている。

「僕の状況は以前よりも酷くなっていたんですか?」

自分の立場がただの平民出身の魔法使い、とは言えないぐらいの自覚はある。

ひとつ、馬鹿げた魔力量で模造魔法の常識を覆した異端児。

ひとつ、王都じゃ伝説級の魔法使いの肉親二人が後ろ盾(と思われている)。

ひとつ、没落した『灰のエルサス』の後継者と懇意(と思われている)。

ひとつ、大貴族ルミネス家の者と深い交流がある。

おまけに師匠が学園の異端教師であり、最強の樹妖精。

それらは大貴族といえども迂闊に手出しできない守りになっていた。

僕としてはそれだけで良かったのだ。余計なちょっかいさえ出されなければ、わざわざこちらから喧嘩を売る事もない。不干渉でいればいい、と。

そうして、権力争いをするケンドレット家とガンドール家にとっては与《くみ》する事もできない面倒な第四勢力――シズ派と認識されていた。もちろん、僕に権力欲なんてない。そんなものを手に入れたところで持て余すし、得られる物なんて苦労ばかりになりそうだし。

これで面倒に巻き込まれないだろうと考えていたのだけど、見通しが甘かった。

権力なんていらない。僕の偽りない本心を両家が信じてくれるかと言えば否だったのだ。人間、どうしても自分の物差しで他人を測ってしまう。僕が平穏無事を願っても、建前としてしか聞いてもらえない。

「まあな。やっと自覚を持てたか」

頷いた。

自分の抱く世界と、それを見る他人との齟齬《そご》。

「で？」

「師匠は僕に隠している事があるんじゃないかと思いました」

「ふん。そろそろ気付くべきだろうな」

ケンドレット家との確執。

ガンドール家との不理解。

ルミネス家との距離感。

そして、シズ派という新勢力。

僕の周囲には警戒せざるを得ない戦力が集っているのは事実だった。

仮にここにお母さんとおじいちゃんがやってきて、師匠と意気投合して、騎士団なり軍なりに喧嘩を吹っかけたとしたらどうなるか。たった三人が増えたところで何ができるかと言えば、王国戦力の殲滅だろう。数々の逸話に先日の師匠の実力を総合すると、そうなってしまうのだ。

しかも、こちらにはクレアというルミネス家の子女に、過去の英雄である肉親の知名度がある。堂々と勢力結成を口にすれば、かなりの支持を集めてしまう可能性が高い。

できる、という事はそれだけで脅威なんだ。深い信頼関係でも結べなければ、心を許すなんて夢のまた夢。価値観の相容れない者同士、僕も彼らを信じるなんて無理。

「こんな厄介な人間を放っておくわけがないです」

あの夜、師匠から今回の事件の全貌を聞かされて確信した。

「ケンドレット家の策略なんだよ。全部な。派閥の乗り換えも、聖騎士の暴走も、模擬戦に魔王目前の魔物が仕込まれていたのもな」

言葉を返せない。

いや、クレアだけが頷いている。

「やはり、派閥の切り崩しはわざとですのね」

「わざとだと⁉　こちらも寝返った貴族は慎重に調べを重ねている！」

「ですが、数が多すぎて手が回っていないのではありませんの？」

クレアの指摘にアランは口を噤《つぐ》む。

鞍替えした者を全員、調べるには時間が足りない。手が足りない。

しかも、素行不良の貴族などが風見鶏のように動いた。競技会でのケンドレット派の失態でガンドール派に身を寄せようと流出。

おかげで、騎士団は自派閥を急成長させられた反面、余計なお荷物まで引き受けた事になる。さぞ、調査は難航しただろう。

「それもケンドレットの狙いなのでしょうね。大勢の本当の寝返りの中に、そっと腹心を紛れ込ませれば……」

「敵対勢力に忍び込めると？　私は機会を見誤ったというのか」

眉を顰《ひそ》めるアラン。

でも、その事態は覚悟していたのか、驚きは少ない。そのリスクを承知の上で取り込みを優先したのだろう。

「たとえ内情が多少漏れたところで、覆せぬ差ができれば問題ない」

「と手前が考えるなら、敵も考えんだよ」

容赦なく指摘する師匠。

ケンドレット家も自派閥の滅衰を覚悟していた。それでも尚、乾坤一擲《けんこんいってき》となる策を練っていたのだと。

「で、聖騎士なんぞ大層な連中が唆されたわけだ」

「聖騎士は騎士団の象徴だ。ガンドールの命にしか従わん」

「その例外が、シズ、いえ『風神』なのですね」

聖騎士の誕生に僕のおじいちゃん『風神』セズが大きく関わっていて、共通のコンプレックスだった。あるいは命令で接触を禁じていれば違う結果があったかもしれない。

「大方、聖騎士長が不在なんだろうよ。違うか？」

「……そうだ。他の聖騎士が王都に集まる間はケンドレット派の私領を監督しておる。今、私に事態を報告した者が呼び戻しに行っている」

アランに聖騎士の暴走を伝えた人、か。なんとなくマルクさんを思い出す。

聖騎士長、か。属性魔法の聖騎士。

「騎士団のどこに毒が回ったか、洗い出しが大変だな？」

師匠の皮肉にアランは歯を食いしばっている。

聖騎士にまで入り込まれているとしたら、正常化するのには時間が掛かりそうだ。

ケンドレット派への強引な勧誘がなくならなかったのも、根本の原因はそこにあるのかもしれない。

自派閥の使いづらい人員をガンドール派に送り、全てが終わった後に再び取り込むという流れ。一度裏切った人たちは負い目があるから、絶対服従を誓うだろう。

と考えると、ココを脅迫していた五人が殺された本当の理由はそれかも。アドミスは騎士に相応《ふさわ》しくないからなんて言っていたけど、そんなの彼女を動かす建前。本当は五人が裏でケンドレット家と繋がっていて、それが露見するのを避けるための口封じ、とか？

想像でしかないけど、あんな過激な行動に理由をつけるとしたら、可能性はあった。

その辺り、師匠は興味がないのか。寧ろ嫌いな貴族が苦労して自業自得だと冷笑している。

「ついでに、このあほうも潰せれば両得というわけだ」

僕はケンドレット家と既に非友好的。

自分たちにとって都合の悪い人間が共倒れすればなんて考えられていたのか。

「まあ、そこらは競技会の後に用意した脚本だろうがな。本命はこいつだよ」

師匠が足元で頭を抱えている男を蹴る。

改めて観察してもどこにでもいる平民の人にしか見えない。敢えて言うなら特徴がないのが特徴だろうか。

「魔族を使うとは、面白い事を考えるよな。おい」

やばい。

例の師匠の殺気が噴出している。

余波で僕たちも冷や汗が止まらないのだから、当事者の男の恐怖は計り知れなかった。

「魔族、ですか？」

「魔物が百年生きると魔王になるって性質を利用したんだろう」

つまり、生まれたての魔物を捕獲して、百年も飼育した、と。

魔物が魔王になるタイミングを事前に把握できるなら、それを敵の近くに配置するだけで甚大な被害を与えられるだろう。

魔王爆弾みたいなものだ。

人類を滅ぼそうとする魔族を兵器のように利用するなんて、常人にはない発想に驚かされる。

「そんな事が可能ですの？」

「いや、要は捕らえておく施設と餌、そして、百年も維持する資産さえあればいいのだ。ケンドレットならば不可能ではない。ない、が」

クレアとアランが嫌悪に眉を歪める。理解できる思考ではないのだろう。同感だった。

百年も魔物を育て続けるなんて、執念を超えて狂気の沙汰だ。

「最初から千年祭が狙いだったんだろうよ」

千年祭という舞台のために百年前から魔物を育て続け、今日という日を待っていた。

では、この男はケンドレット家が用意した魔王の監視役だろうか。

「しかし、いくら騎士団に打撃を与えるためとはいえ、そのような危険を冒すというのか？」

アランの疑問ももっともだ。

魔族の兵器利用なんて知られようものなら、最早権力も何もない。貴族だろうが、王族だろうが、人間失格のレッテルを張られて滅ぶ運命が待っている。しかも、莫大な時間と費用が掛かる事も考えれば苦労に見合わない。

「少しは考えて話せ」

ほとんど喧嘩を売っているような言い方。でも、これが師匠の通常営業だ。

不快そうに鼻を鳴らすアランを横目に考える。

「千年祭を狙ったのは、人目が多いから？」

「多くの人に見られたい事……ケンドレット家……軍なら、戦功かな？」

ここまで考えれば結論は出ていた。

本来、魔王を倒すのは軍の役目なのだ。

「おい。マジかよ。それって、騎士団が模擬戦のために持ち込んだ魔物が魔王化して、市街地にすげえ被害が出たのを軍が討伐する、って目論見か？」

自作自演の英雄。

市民に被害を出した騎士団は糾弾され、対して軍は『魔王殺し』の名誉。

下手をすれば王都壊滅さえあり得る事態を解決するのだ。どんな褒美も叶ってしまうだろう。

「……ケンドレットの奴なら王族との婚姻さえ望みかねんな。奴の三男が未婚だったはずだ。確か千年祭の間は王都近郊で第五師団を率いていたはず」

それは王室を守る事を至上とするガンドール家にとって致命的な展開だ。

敵であるケンドレット家が、守るべき王族と繋がってしまうのだから。

まあ、その企みも師匠によって全て覆されたわけだが。

師匠が動かなければ僕も、ガンドール家も、スレイア王国も、終わっていたかもしれなかった。

「話はしまいだ。こいつをくれてやる。どうせ捨て駒なんぞ切り捨てるだろうし、証拠なんぞ消されているだろうが、『わかっているぞ』という程度の脅しにはなる」

ここまでは全て推測。

ケンドレット家も危ない橋を渡っている自覚はあるだろう。不用意に証拠を残しはしない。この男が証言したとしても決定打には足りない。

「承知した。此度の件は、礼を言おう」

アランは騎士に男を捕まえさせると、振り返る事なく去っていった。

ケンドレット家とガンドール家の争いは激しさを増している。

その事実を目の当たりにして思ったのだ。

僕はどうして生きているんだろう？

いや、自己嫌悪が極まって死にたくなったとかじゃなくて。

「もしかして、僕を陰で守ってくれていたんですか？」

貴族から見ると利用価値はあっても、手を出すのは危険という立ち位置だと思っていた。でも、今となってはそれ以上に邪魔な存在でしかないように思えたのだ。懐柔するなり服従させるなりできないなら始末した方が簡単なのでは、と。

つまり、暗殺という選択。

事故や病気に見せかけて……というのは貴族の常套手段だろう。

少なくとも魔王を利用した工作をするケンドレット家が、より手軽な手段を行使しない理由はない。けど、実際に僕はそんな危険に遭う事もなく、毎日を騒がしくも平和に過ごしていられた。そんなわけないのに。

何故か？　簡単な事だ。

暗殺がないのではなく、暗殺が未然に防がれていたんだ。

誰によって？

師匠に決まっている。

二人の聖騎士や魔王でさえも、一方的に封殺する実力。

僕の現状を僕以上に把握している見識と予測。

他に誰がいるというのか。

師匠は暗殺の魔の手から一人無言で守ってくれていた。おそらく、二年次生に進級してからずっと。あるいは千年祭の手伝いにルミネス家と関わらせたのもそのためかもしれない。クレアの近くで凶行に及ぶのは危険すぎる。たとえ、僕と敵対する決断はできても、同時にルミネス家まで敵に回すのは無謀だろう。

そこまで計算して凝縮魔法の実験を発案し、クレアからの劇団の手伝いという提案を文句もなく受け入れたのではないか。

「ちっ、気持ち悪い目で見てくんじゃねえよ。夜の散歩の最中に害虫がちょっかいかけてきたからプチッとしただけだ」

プチッという擬音が怖すぎる。

やっぱり、素直に話してくれるわけもない。師匠はそういう人だ。

困る。感謝したいのに言葉を受け取ってもらえないなんて。

いや、諦めるな。そもそも感謝してすっきりして終わりじゃダメだろう？

僕は師匠の弟子だ。

弟子の役目は師匠に認められること。

「師匠、お願いがあります」

「ああん？　なんだよ。言ってみろ」

「僕と組手をしてください」

師匠の目が細くしぼられて、僕を深く見つめてくる。

重圧に負けないように見つめ返した。

体感的には数倍の時間が過ぎて、師匠は野性味の溢れる笑みを口元に浮かべた。

「ちっとはマシな面構えになったか、チビ」

「そんなに酷い顔してますか？」

鏡でも持ち歩いた方がいいのだろうか。

師匠は香木の煙を吐き出して前に身を乗り出す。

「いいぜ？　一本だけ相手してやる」

33

何度も繰り返した立ち位置。

無造作に立つ師匠は香木を捨てないまま。

僕も壊れた杖の代わりは持たずに、無手のまま対峙する。

月明かりのおかげで視界も十分。

既に組手は始まっている。

開始の合図はない。本気で殺しに来る相手は合図なんて待たないから。

集中しろ。

師匠の初撃はいつだって姿が消えて、こちらの死角から放たれる。

今までは何度も実際に受けた経験と、僅かな気配だけを頼りに防いできた。でも、そこから流れるように連撃が叩き込まれて終わっていた。

だから、今日こそは。


師匠が動く。

足音はしない。

視線がピクリと。

右手を僅かに右へ。

爪先も同方向に傾く。

重心、右に流れている。

そして、気配が爆発した。


騙されるな！

魔王との戦いの最中。僕は師匠の動きを捉えられた。

速かった。でも、目に映らない程ではなかったんだ。

つまり、相手にそう見せる技術を使っている。

なら、理屈は想像できた。なにせ、一年の間、ボッコボコにされてきたんだから。

師匠は知覚できるかどうかもギリギリの挙動を重ねて、相手の視線を逆方向に誘導していたんだ。

瞬きほどの一瞬、視線——いや、意識と呼ぶべきか——を逸らし、その空隙を突いて無音無挙動の歩法で接近。

結果、師匠が消えたように見えていた。

でも、わかっていれば見切れる！

意識していても流されそうになる視線を風景に固定して、全体視を維持。

おかげで、師匠の動き出しを認識できた。左方向から回り込んできている。やっぱり、単純な走力も速い！　動きに無駄がないからか。

間に合わないか？

いや、できる！　僕は誰の弟子だ！　それを、ここで、証明するんだ！

「——っ、だあ！」

振り下ろしの拳打が空を切った。

できた。避けられた。

僕は振り返りながら距離を取って、師匠と相対する。もう易々と初撃を許しはしない。

いや、もちろん今のが師匠の全力じゃないのは百も承知だけど。

師匠は追撃してこない。拳を開いて舌打ちをひとつ。

「少しは成長したか」

「は、はい！」

嬉しい。

師匠の期待に応えられたのが嬉しい。

今の一撃で十分だったのか。師匠は香木の煙を深く吸って、同じぐらいの時間を掛けてゆっくり吐き出した。

「チビ。俺の話を聞け」

「はい」

「俺が復讐をしようとしていた話はしたな。誰の仇だと思う？」

一年次生の時の話だったか。

もう随分と前のように感じられる話題に戸惑う。

確かあの時は師匠の尋常ではない殺意で話が中断して、そのまま僕とリエナへのお説教になったのだっけ。

「家族、ですか？」

「ちげえ。恋人だ」

師匠、コイビト……こいびと……恋人？

「ええっ⁉　嘘でしょ‼」

「……何が信じられねえのか言ってみるか？」

怒鳴らない師匠の方が怖いって学びました。

そして、普通に失礼だった。師匠ほどのいい男に恋人がいない方がおかしいぐらいだ。

「すいませんでした」

「まー、いい。俺も自分で似合わねえと思う。実際、ちゃんと恋人できてたのかも今となっちゃ疑問だ。……話が逸れたな」

白木の杖を肩に置いて、師匠は話を続ける。

「俺も昔は普通の妖精らしくソプラウト大陸に住んでいた。といっても生まれて百年ぐらいの話でかれこれ五百年以上は帰ってねえがな」

ソプラウト大陸。

妖精族と僅かな亜人の住まう大陸。

アルトリーアの南に位置する最大規模の大陸だ。

一言で妖精といっても種族は非常に多い。樹妖精・獣妖精・羽妖精など多種多様らしい。

「シエラとはガキの頃からよく一緒にいた。何かと俺についてくる奴だったな。そこんところはチビと猫と似ていたか」

過去に思いを馳せる様子に何も口を挟めない。

シエラさんっていうのか。どんな人だったのだろう。なんとなく菩薩みたいな人を想像してしまうのだけど。

「成人して、恋仲になって、まあ満たされた時間が続いて、そして魔神に何もかもを持ってかれた」

空気が凍結したような錯覚に背筋が震えた。

なんとなく察してはいた。師匠が魔王と対峙した時の殺意は本物だったから。魔族を前にした時の師匠は怖い。

五百年を超えて消えない憎悪。

魔神。

魔物が時を経て魔王になり、その魔王が他の魔王を食い殺すことで生まれるという魔族の最大戦力。

一体の魔神が現れれば王都の守りなど一日と耐えられないという。

この千年はアルトリーアに出現したという記録はない伝説上の存在だ。

「復讐を誓ったわけだが、その間もなく初代学長の奴が倒しちまってな。しまらない話だ」

「よく、倒せたものですね」

「あの人は原書を持ってたからなあ。ありゃあ、天変地異だったぞ。大森林が半分消えたぐらいだ」

原書!

全ての模造魔法の原点。

この王都にも二冊あるとは聞いているけど、どちらも王宮で厳重に管理されていて、王族であっても容易に持ち出す事もできない人類の至宝。

魔神さえも討ち滅ぼすとは伝説に偽りなしなんだな。

「まあ、そうして全部終わっちまって、全部なくしちまって、俺は痛感した。大切なものがあるなら強くねえといつか失うんだとな」

「師匠が学園に来たのも関係あるんですか？」

「ああ。魔神に負けて種族特性だけの戦い方に限界を感じたからな」

あの魔王を一撃で仕留めた種族特性。あれでも魔神を倒すには至らないのか。

正直、ちっとも想像がつかなかった。

「それに原書なんて規格外を見たんだ。目指すに決まってる」

そして五百年。

師匠は研鑽を重ねてきたんだ。

しかし、師匠の口端に浮かぶのは自嘲の笑み。杖を額に当てて語る様子はまるで懺悔のようにも見えた。

「それも間に合わなけりゃ意味がねえ」

師匠の守りたかった人はもういない。

消えない憎悪と後悔を師匠はこれからも抱えて生きていくのか。

「だから、お前は間違えんなよ」

言葉が重い。

その重さを受け止めて、精一杯の誠意を込めて一言返した。

「はい」

及第点だったのか、師匠が僕の胸を軽く拳でぶってくる。

「ふん。チビもヤル気みたいだ。魔の森の校外学習まで、明日から存分に鍛えてやるよ」

師匠。なんかヤル方向性に重大な齟齬《そご》がありそうなんですけど……。

ごめん。リエナ、ラムズ。僕らは新年早々に死ぬかもしれない。

でも、だけど、返事は決まっているのだ。

「よろしくお願いします！」

物騒な言葉も表情もこの人だと安心してしまえるから不思議だった。

あとがき

三巻からの方は初めまして。一、二巻、WEB版からお付き合い下さった方はこんにちは。いくさやです。

この『魔法書を作る人』はWEB投稿サイト「小説家になろう」様にて連載していた作品を書籍化にあたって改稿したもの——でした。なんか、二巻と同じ事を言っていますね。既読の方はおわかりでしょうが、今回はほぼ書き下ろしになっております。WEBの原稿がそのまま掲載されているところなんて五十ページもないかもしれません。

本来なら既にできあがっている原稿を少し手直しするぐらいのはずなのに、あれこれとイベントが詰め込まれていき、既存のシーンも書き直し、気が付けば締切直前という事態に焦りました。前よりも執筆期間が長いから余裕だなどと油断していた二ヶ月前の私をぶん殴ってやりたいです。

いえ、単純に年末の書店がとんでもなく忙しかったというのもあるんですがね？　手帳や家計簿、カレンダーの準備にメディア作品の入れ替え、クリスマスのプレゼント包装などなど。

と、いつまでも私生活を愚痴っていても仕方ありません。

ここからは三巻の内容に触れておりますので、あとがきを先に読まれる方はご注意ください。

今巻のテーマは『リア充』でしょうか。

WEB版ではほとんどできなかった学園生活を満喫しております。友達たちと一緒にお昼ご飯を食べ、小旅行に行き、そこで美少女三人（?）と水遊びまでして、派手なイベントでも活躍しています！　……嘘ではないですよ？

まあ、歩く犯罪者・危険人物ホイホイ&フラグ製造機のシズが、普通に青春を謳歌するなんて夢のまた夢なんでしょうけどね。

今回の新キャラは濃いのばかりです。子犬の皮を被った恐ろしい子に、筋肉の装甲を纏った自称乙女に、イントネーションがおかしい暴走騎士。何も考えずに頭空っぽのまま書いた結果、変人ばかりになってしまいました……。

コーデリアはどうしてああなってしまったのか。書きながら人物像を固めていくうちに、おねえになり、筋肉がつき……。面倒見が良くて、頼りがいがあるし、そのまま男の性格と姿だったらモテそうなのに、勿体ないです。きっと役に入りきって、そのまま抜け出せなくなってしまったのでしょうね。業の深い世界から。

ともあれ、シズの数少ない青春を楽しんでいただけたら幸いです。


最後に感謝の言葉を。

担当編集様。

イラスト担当のｍｉｚｕｋｉ様。

他にも出版に当たり尽力いただいた全ての方。

何よりこの本を手に取っていただいた皆様。そして、「小説家になろう」から応援くださった皆様。

本当にありがとうございました！


次の四巻が出るとすれば、シズにとって大きな転機になる例の場面までいくかもしれません。書籍化のお話をいただいた時、何があってもここまでは書きたいと思っておりました。

四巻でお会いできることを祈っております！

２０１５年３月　いくさや

GC NOVELS

魔法書《まほうしょ》を作《つく》る人《ひと》3

【学園編Ⅱ】

2015年5月7日　初版発行

著者
いくさや

イラスト
mizuki

発行人
武内静夫

編集
伊藤正和／関戸公人

編集補助
岩永翔太／一ノ渡純子／町田悠真

装丁
横尾清隆
（マイクロハウス）

印刷所
株式会社平河工業社

発行
株式会社マイクロマガジン社
〒104-0041 東京都中央区新富1-3-7 ヨドコウビル
［販売部］TEL 03-3206-1641／FAX 03-3551-1208
［編集部］TEL 03-3551-9563／FAX 03-3297-0180
http://micromagazine.net/

ISBN978-4-89637-503-9 C0093

本書は小説投稿サイト「小説家になろう」（http://syosetu.com/）に掲載されていたものを、加筆の上書籍化したものです。

アンケートのお願い

右の二次元コードまたはURL（http://micromagazine.net/me/）をご利用の上、本書に関するアンケートにご協力ください。

■ご協力いただいた方全員に、書き下ろし特典をプレゼント！
■スマートフォンにも対応しています（一部対応していない機種もあります）。
■サイトへのアクセス、登録・メール送信時の際にかかる通信費はご負担ください。

ファンレター、作品のご感想をお待ちしています！

宛先　〒104-0041　東京都中央区新富1-3-7　ヨドコウビル
株式会社マイクロマガジン社　GCノベルズ編集部「いくさや先生」係「mizuki先生」係

ミラ、
大空を舞う！
召喚術士の本領発揮!?
地下迷宮の謎を解き明かせ!!
賢者の弟子を名乗る賢者
She professed herself pupil of the wise man.
りゅうせんひろつぐ／著
3
藤ちょこ／イラスト
5月30日発売!!
B6判／1000円＋税

伏瀬 イラスト／みっつばー
Story by Fuse, Illustration by Mitz Vah
転生したらスライムだった件
4
Regarding Reincarnated to Slime
スライム、先生始めました。
……ってもう学級崩壊!?
好評発売中
B6判／1000円＋税
第5巻
5/30
発売
2ヶ月連続刊行